手紙のアメリカ

Letters in the American Novel

TOKIZANE Sanae

時実早苗

南雲堂

わたしのすべての宛先に

手紙のアメリカ　目次

手紙のアメリカ

序章　移動するひと、旅することば

アメリカ小説と手紙

ジョーはナプキンをほうりあげて叫んだ。「手紙！　手紙！　お父さん、ばんざい！」

（『リトル・ウィメン』第一章）

ルイザ・メイ・オルコット（Louisa May Alcott 1832-88）の小説、『若草物語』の名で知られている『リトル・ウィメン』（*Little Women* 1868-9）の物語が始まってまもなく、次女ジョーが、南北戦争に従軍している父親から手紙が届いたと知って狂喜する。そしてここに、手紙を読む母親を四人の娘たちがとりかこみ耳をすますという、「手紙を読む場」が作り出される。それはこの小説を図示するかのような、女性たちと、不在の父と、不穏な外の世界が凝縮された場である。そこにおいて手紙は、読み上げる母親の声を通じて、父親を登場させ（あるいはかえって父親の不在を象徴し）、遠く離れた戦場を持ち込む。その文末で、父は娘たちに呼びかける。「家に帰ったときには、私の小さな女性たちをこれまでになく愛しく誇りに思うだろう。」この「小さな女性たち」というタイトルをなすことばを示すことによって、この手紙は彼女たちと物語の性格を規定する。さらにその手紙には、南北戦争というアメリカ合衆国の国家形成における重要な出来事と、それに関わる歴史や思想が直接影を落としているのみならず、背後に国家の統合の過程や分裂の危機において、郵便の果たしてきた重要な意味や役割が暗示されている。

一〇〇年以上のち、ジュンパ・ラヒリ（Jhumpa Lahiri 1967-）の短編「セン夫人宅」（"Mrs. Sen's." *Interpreter of Maladies* 1999）では、大学町のインド人大学教授の妻、セン夫人が、故郷からの手紙を心待ちにしている。そしてついに「ざらざらした手触りで、紡ぎ車のかたわらにすわるはげ頭の男性の絵の切手がいっぱい貼ってあって、スタンプで真っ黒になった、青い航空書簡」を見つける。それは妹の娘の誕生を知らせる手紙であるが、セン夫人は、自分は遠く離れていて姪に会えないので、姪にとって叔母であるはずが赤の他人になってしまう、とパニックになる。この手紙は、アメリカに渡ってきた多くの移民たちが受け取ったほかの手紙と同様に、移民たちと故国をつなぎ、かつ彼らの故国への思いとこの国での生活の不安を映し出す。外国からの手紙は、アメリカがこれまで包含してきたさまざまなエスニシティ、多様な地域と人々の表象である。ここでは、手紙はアメリカと世界の関係、アメリカがさまざまな地域から来た人々と、その人々の国境や海を越えた膨大な通信とをかかえこんできたことを示している。

小説の中にさまざまな形でごく普通に存在している数え切れないほどの手紙の、これらはごく一部の例に過ぎない。このように手紙とは、その「書いていること」の表すところの大きさは言うまでもないが、同様に、書いていること以外にも、多くのことを表しうるのである。

三つの疑問がありうるだろう。なぜ今手紙なのか。なぜ小説なのか。なぜアメリカ文学なのか。例にあげた手紙が、すでに多くのことを答えているかもしれない。しかし、もう少し長い答えを試みることにしよう。

最初の疑問に対しては、今だから、と答えたい。人間の歴史のなかで、社会とその文化において、そして何よりも文学にとって、今日まで手紙が重要な役割を果たしてきたことは言うまでもない。そもそも文学とは手紙であり、手紙とは「書くこと」であるというのが、この手紙についての論考のもっとも簡潔な結論として用意されてある。手紙という概念、便りや用件を書き送る仕組みの重要性そのものは、変わることはないであろう。しかしそのような仕組みの形態や機能は、これまでにもさまざまな展開をとげてきた。そしてとりわけ最近では、テクノロジーの飛躍的な発展により簡便な別のメディアに押されて使われなくなるにつれて、書かれる手紙自体は必然的にその存在意義が危うくなってきた。とくに電子メールという手紙によく似た媒体は、いまや明らかに「書く」手紙を駆逐しつつある。これは厳密には手紙ではなく、機能的にはすぐれている反面決定的に欠けたところがあると思われるのであるが、いまや手紙の多くの役割にとってかわり、手紙はもう必要ないという感覚さえ生み出している。しかし手紙の衰亡や電子メールの本質の問題には後で触れることにして、ここでは追求しない。重要なのは、現在手紙がその意味を疑問視されるぎりぎりの地点にあるからこそ、あらためて手紙について、手紙とは何かを考えてみることである。今こそ、ひとがひとにことばを送るとはどういうことか、という基本的な問題に立ち向かわねばならない。それが紙に書かれて、ほかの多くのひとの手によって、遠いかなたまで届けられるとはどういうことか。その紙が、ことばが、時間を超えて残り、伝えられるとはどういうことか。そしてそこに、どのような関係が作り出されるか。その関係にはどのような意味があるか。

それを小説によって考えるというのが、本書の方法である。手紙とは書くことであるから、文学は手紙であることを説明するやりかたはたくさんあるだろう。たとえば古代の日本では手紙に詩を添える習慣があり、手紙の交換がそのまま文学行為につながっていた、というなじみ深い例をあげてもいい。少なくともすべての書かれた文学の基底には、紙に文字を書きつけるという行為があり、その書きことばは人の手を経て伝播する。手紙という人間の日常的な伝達手段のひとつは、この基本的な点で文学と結びついているのである。しかしあらゆる文学形式の中で小説がとりわけ重要であるのは、この近代以降発達したジャンルが、手紙より発生したというわかりやすい出自を持つからである。十八世紀を風靡した書簡体小説は少なくとも十九世紀の半ばまで主要な小説形式であった。しかしそれだけではない。手紙は小説の物語に登場し、対象化される。手紙を書き、受け取り、読む行為が、社会的にまた日常的に重要な行為であったゆえに、写実を旨とする小説は必然的にその中に手紙および手紙を書く場、読む場を含むことになった。手紙のテクストもしばしば小説の中にとりこまれ、機能的のみならず美的な役割をも果たしてきた。さらにその象徴的な役割を考えるならば、手紙は小説作品、作家、読者の、経済的、社会的、政治的関係のアナロジーでありメタファーでありつづけたといえるだろう。しかも小説は、自省的、批評的に変貌をとげる過程で、手紙の本質と文学の本質と人間の本質の接点を自覚し、それを小説に還元するようになる。

このような小説と手紙の関係、およびその現代に至るまでの視点が重要であるということは、最後の疑問、手紙の議論をアメリカ文学によっておこなうことについての、ひとつの答えである。それは小説の発生を示すイギリス小説でも、すぐれた書簡体作品を持つフランスやドイツの小説でもなく、小説と同時代に成立した新しい国家の小説、遅れて出発したゆえに、遅れて発達しながら、国家の急速な発展とともに現代の小説を主導してきたアメリカ小説であるのがふさわしい。もちろんこれは、手紙の問題をたまたまアメリカ小説を読む過程で考察してきたという、実際的な理由による結果論でしかないかもしれない。しかしアメリカ文学を対象とすることに、やはり特別な意味があることは否定できない。それは、手紙をめぐる膨大なアメリカ文学作品群には、アメリカにおいてこそ他の国にもまして手紙が意味を持つ理由、手紙が実用性を超えて象徴化する理由があるに違いない、と思わせる力があるからである。それを考えることはまた、アメリカでは現代でも十八世紀のような書簡体小説が書かれる理由を、説明することになるかもしれないし、現在手紙の文学理論的議論が、アメリカ小説を中心におこなわれていることの意味も、探れるかもしれない。

まず、歴史的背景というものがある。その存立が植民、移民、移住の上に成り立っていたアメリカ合衆国では、その記録、報告、宣伝、そして歴史までが「故国」への通信という形をとった。言い換えればこの国の発展は、最初から書簡と結びついていた。すなわちアメリカは他者との関係の上に初めて存在した国家であり、手紙はそれを実質的に支えた手段であると同時に、その象徴となったのである。手紙は植民地と本国の政治的、経済的関係の動脈であった。情報は貨幣と同じように流通したのである。そもそもひとが移動することによって、世界は拡大し、新世界が「発見」された。旧世界は新世界の支配を手紙によっておこなう。このような遠隔操作は書きことば（文字）の、そして手紙の技術的本質である。また、旧世界は新世界との比較、それを通しての自己確立を、これも手紙によっておこなう。ひとつの文明が対象化され、別の文明への模索がなされる。反省は手紙の重要な機能のひとつである。さらに、手紙とは他者である。手紙によって他者との関係を保つ過程で、アメリカは逆に自らを絶対的他者として自覚するのである。やがて、今度はアメリカが手紙を用いて、旧世界を対象化し始める。

一方で、手紙は制度としてもアメリカにとって重要であった。歴史上、郵便は統治の政治学に組み込まれていたが、広い国土を持つ新しい国家において、その意義ははかりしれない。国家の成立に手紙がどのように機能したかという問題は、アメリカの初期の政治家や文人がどのように手紙と深く関わっていたかのみならず、手紙を送る制度、すなわち郵便システムがいかに当初アメリカ国家そのものと結びついていたかという点についても認識されてきた。植民地最初の、いわばアメリカ最初の「ポスト・マスター」（郵政長官）がかのベンジャミン・フランクリンであったことは、きわめて象徴的である。やがて国土を拡大し、かつ国家として統一していく上で、広大な地域同士を結ぶものも、郵便であった。国家分裂後の再統合の時期は、国家的郵便制度の確立と重なっていた。郵便は手紙だけでなく、布告やニュースや金を届けた。いかに速く、いかに遠くまで、が伝達の目標となった。手紙こそ、やがてアメリカより始まり世界を結ぶことになる、さまざまな電子的情報テクノロジーによる新しいメディアを生み出す源になったのである。

疑問に対してこのように答えるなかで、手紙と小説とアメリカの相互関係の意味が見えてこないだろうか。この結びつきは、アメリカ小説の主要な作品の中にさまざまな様相において展開されている。それらの作品は、手紙について、文学について、そしてアメリカについて、多くのことを語る。

たとえば、初期の書簡体作品、クレヴクールの『アメリカ人農夫からの手紙』は、植民地的、手紙的、他者的アメリカの、代表的作品である。手紙の形をとったのは、すでに流行していた書簡体小説にならったに過ぎないかもしれないし、後半までその形式や意味を維持できていないのであるが、それにもかかわらず、『農夫からの手紙』は、それがアメリカ人について述べたからという理由と同じくらい、手紙であるという理由によってアメリカ文学の象徴となる。そして、それが創作であったという事実、植民地の宣伝に果たした役割、手紙—通信—報道—記録—歴史という関係、等、どこからみても、アメリカ文学のみならず、手紙と文学の関係にとってきわめて重要な意味を持つ。さらにこのような植民地からの手紙の機能は、植民地主義を支えるという歴史的機能でもある。この機能は世界的規模で見れば近代のひとつの表象となっており、手紙＝書きことばの近代的役割の一面と考えることができる。

アメリカ小説と手紙の関係について考えるうえで書簡体小説と共に特に重要な問題は、手紙の象徴的機能である。書簡体小説、あるいは手紙を扱った小説は、他の国の文学にも多数存在するだろう。そして手紙が象徴として扱われる例も多々あるであろう。しかし、『緋文字』、「盗まれた手紙」、「バートルビー」のそれぞれに“Letter”の概念があり、そのすべてが象徴としての“Letter”であることを知るとき、十九世紀の主要な小説、アメリカロマン主義文学を代表する作家と作品が集まったのは、偶然に過ぎないとかたづけることはできないであろう。言い換えれば、“Letter”が象徴になることが、アメリカとも、文学史とも、また文学そのものとも無関係であると断言するのはむしろむずかしいことである。問題になっている“Letter”のありようはさまざまであり、その象徴的意味も異なるが、それらはそのまま手紙の意味の広さ、深さを暗示している。『緋文字』の“Letter”は手紙でさえない。「盗まれた手紙」は、手紙であってもその姿は見えない。バートルビーの運命にとって重要なのは、むしろ「宛先人不明書簡処理課」（The Dead Letter Office）の両側の単語のほうであるように見えるかもしれない。しかし、ホーソンの小説は、植民地を舞台とし、建国、宗教、社会などの主題と関わりながら、一方でロマンスと象徴主義について論じ、Aの文字はもちろんAmericaそのものを象徴するとともに、それ自体が記号、象徴、表象の象徴として、アメリカ文学の本質的象徴性を象徴する。ポーやメルヴィルの短編の「手紙」は、「書くこと」を通じて、ミステリーや不条理の影にアメリカの近代の不安、焦燥、暴力を示唆する。

この後さらに時代を追って眺めていくと、手紙がアメリカの問題であると同時に世界全体の問題、個人と社会の問題、そして小説と文学の本質的問題と深く関わっていくことがわかる。心理主義やリアリズムの小説における手紙、およびそのテクストは、社会における個人の状況を映し出し、小説のプロットの重要な要素として活用されることが多くなった。一方で手紙は、手紙自体から、通信、シニフィアン、権力、メディアと、その機能や意味を多様に展開する。十九世紀から二十世紀の変わり目にあって、ヘンリー・ジェイムズは彼の国際テーマの一環としていくつかの書簡体の短編を書いた。そこでは手紙はアメリカを外から眺めることによって相対化し、世界の文化の中に位置付ける役割を果たしている。またこの時代は、電報が現れ、通信手段が飛躍的に発展していく時代の先駆けであり、作家はその意味も意識していた。二十世紀になり、フォークナーは自分でも多くの手紙を書き、また作品の中に手紙を多用した作家のひとりであったが、電信や電話の時代をむかえて、手紙の「書くこと」という主要素にあらためて注目した。メディアの発展は、メディア自体への洞察と、そのなかでの手紙独自の性質と人間の欲望や思考との関係を、考えさせる契機になったのである。モダニズム小説が自らの「書くこと」という性質を強く意識するようになったのは、偶然ではない。

二十世紀後半のアメリカ文学において書簡体の小説が復活したのは、ポストモダニズムの時代にパロディがその主要な精神、手法であったからというのが、まず考えられる理由である。しかし、それだけではない。アメリカと現代と手紙は深く関わりあっている。ポストモダニズムが現代の代表的様式であるということは、それがすなわちアメリカ的である、現代の代表的文化の特徴を表す、ということを意味している。そしてさらに、現代の精神には「書くこと」について強い批判的自意識がひそんでいることも、見逃してはならない。書簡体小説という形式を解体することによって、小説自体が解体され、書くこと自体が問題視されるのである。一方、戦後のアメリカ文化に対する斜に構えた洞察によって書かれたトマス・ピンチョンの『ロット49の叫び』には、アメリカ資本主義社会の思想、体制とそれに対抗するさまざまな勢力の対立が、公的郵便制度とそれにはむかう地下郵便組織との対立によって描かれている。書くことの持つテクノロジーとしての本質は、現代のテクノロジー社会では逆説的に機能する。IT革命は手紙（通信）を主要な象徴とし、かつ滅亡の淵へ追い落とす。手紙は制度か？　それとも私的なものか？　電子の手紙は書かれているか、いないか？

以上のように、小説における手紙を文学史の流れに沿って見ていくと、時代によって異なる機能、形態の特徴が現れていることがわかる。本書はそれに従って、時間的な流れをゆるやかに考慮しながら、アメリカの小説作品における手紙の諸相を考察し、手紙の本質について論じる。一章では書簡体小説、二章では象徴としての手紙、三章では小説の中に引用された手紙のテクスト、四章ではふたたび書簡体小説と、郵便制度をとりあげる。それぞれの章の最初で手紙と小説についての批評的議論を概観し、ついで個々の作品を論ずる。手紙と小説とアメリカと、たくさんのことを言おうとするのは欲張りすぎであり、どれも満足に語れずに終わるかもしれない。しかしせめて、アメリカ文学にこれほど多様な手紙が存在し、またその手紙がこれだけ文学にとって重要な意味を持っていることを示せればと願っている。

最後に、このようにアメリカ国家と文学の関係における手紙の役割を考えるにつけても、歴史上いかに手紙が機能したかということももちろん重要ではあるが、そのうえで提起したいのは、そもそもなぜ手紙が、手紙の何が、歴史に、そして文学において意味を持つのか、という問いである。そしてさらに、究極的な問題として、手紙とはそもそも何であるのかという疑問がある。手紙とはいかなる言語であるか、いかなる文学形式、いかなる文学現象であるか。くりかえすならば、手紙とはおそらく究極的には「書くこと」であり、運ばれていくことばということになるだろう。手紙を、移動するという概念と考えてこそ、それは理論的にもまた歴史的にも、人間の営みと重なる。ひとは世界を流れ、ことばもその移動とともに遠くへと動くからである。

第一章——書簡体小説

手紙を書く女（チャールズ・ダナ・ギブソン画）

1　手紙性

書簡体小説については、すでに非常に多くの研究がなされている。まずなによりも書簡体小説は小説の発生と深い関係にあり、その研究はジャンル研究に不可欠である。ついで、その書簡の書き手（登場人物）、小説の作家、そして作品の読者までもが多くは女性であったために、フェミニズムの視点からの研究がそれに続いた。さらに最近では、（女性が）手紙を書くという設定が歴史的、文化的枠組みより検討されるようになってきている。一方でうずもれていたテクストの掘り起こしもさかんにおこなわれ、またより広い範囲の作品が書簡体とみなされるようになり、書簡体小説の文学史上の重要性は以前にもまして高まっているようにみえる。

一方では、これと平行して現実の書簡、有名無名の人々が現実に書いた手紙の収集、研究もさかんである。これらは歴史、文化、政治等の証言であると同時に、文学作品としても検討されている。そして今日の状況は、この二種類の研究が似かよって見えることである。すなわち他のジャンルにおいても起こっていることだが、フィクションであるかノン・フィクションであるかを問わず、広い文化的枠組みの中で考察される。しかし書簡体小説の小説性を見逃すことは、小説の解釈にも影響するし、手紙と文学の関係の考察にとっても得策ではない。ある書簡体小説においで検討されているのは書簡なのか、小説なのか。その両方か、それともどちらでもないのか。それは明らかにしなければならない。

実際のところ、書簡体小説は手紙と小説がもっとも密接に関連した小説であるにもかかわらず、小説と手紙について論じるのに必ずしも最上の材料であるというわけではない。簡潔に言えば、書簡体小説は手紙そのものではない。書簡体小説は書簡を集めたものではなく、むしろ小説の要求に合わせた形式としての書簡である。書簡体小説の書簡と現実の手紙の歴史的、社会的状況を結び付けるべきではないとあえて主張するつもりはないが、現実の手紙が書簡体小説を生んだ――この前提に立った議論が優勢だが――という点を重視しすぎてはならないと考える。言い換えれば小説が「書簡体小説的書簡」という特異なものを作りあげたという面を、見落としてはならないのである。

すなわち、書簡体小説によって導き出された書簡の性質、書簡体は、手紙の原理とは限らない。現実の手紙の集成とは似て非なるものであるにもかかわらず、書簡体小説を現実の書簡の集成としてとらえ研究することは可能であり、意味のあることであり、現実に数多く議論されている。しかし、書簡体小説が本当に「手紙」について多くのことを言っているかどうかは、必ずしも十分に検討されているわけではない。手紙と小説の関係を考察するにあたっては、書簡体小説の手紙と手紙そのものが同じものとは限らないということを認識することが重要である。書簡体小説についての膨大な研究の多くが、手紙の基本をなしている概念としてエピストラリティ（Epistolarity）について語っているが、実はそれは必ずしも手紙そのものの性質について論じているのではない。その点に関して厳密にするために、本書ではこの二つの性質を区別したい。すなわち、手紙の理論的性質としての書簡体（究極的には文学の手紙的本質ということになるのだ）、すなわち文学理論的書簡体こそがEpistolarityであると仮定し、それを手紙の本質、「手紙性」と呼ぶことにし、書簡体小説の一般的な議論における書簡の性質である「書簡体」――いわば虚構的手紙性（Fictional Epistolarity）、もしくは文化的手紙性（Cultural Epistolarity）とでもいうべきもの――と区別するのである。

書簡体小説の手紙は小説としてとらえられるよりは、ほとんどいつも手紙としてとらえられてきた。なによりも書簡体小説は現実の手紙の集成のように扱われることが多いからである。また構造的にも、手紙が小説を形成したと考えるより、しばしば小説全体が比喩的に一通ないしは数通の手紙として機能するかのように取り扱われてきた。しかもそれは、形式的に書簡によって形成されているゆえに無条件で、現実の手紙と等価であるとみなされるのである。そして手紙の持つ特徴が書簡体小説の基本的な要素であると想定される。書簡体小説のそのような理解が、たとえば手紙の形式的意味とされるもの、すなわち不在、秘密、読み等が女性の記号を喚起することから、上に述べたようにフェミニズム研究へ、そして女性の書簡を取り巻く歴史的、政治的状況の研究へと展開され、豊かな成果をあげてきたことは疑いがない。しかし問題は、書簡体小説の手紙はあくまで小説のための手紙であり、本当の意味で手紙ではないのに、それが手紙であるかのように扱われることである。この流れにおいて多くの場合、手紙そのものの理論的特質と小説・文学の関係はあまり問題にされない。小説が手紙とみなされうるとすれば、それはまさにこの手紙が本質的に持つ文学的特質（手紙性）によるのである。にもかかわらず、書簡体小説の小説それ自体としての手紙性は自明のこととして受け入れられ、書簡体小説全体としてひとつの文化的書簡となり、その文化的表象としての機能のみに焦点があてられるのである。それはある意味では、きわめて形式的な前提の上に小説と手紙を等価と考える議論である。言い換えれば、文化的手紙性が論じられているにもかかわらず、手紙それ自身がその理論的手紙性において本質的に持つ文化的意味は、ほとんど検討されていない。

それでは書簡体小説を、手紙ではなく小説、その手紙性を虚構の手紙性としてとらえるならば、どのようなことが言えるのだろうか。虚構の枠組みによって、手紙の書き手と読み手（宛先）、小説の書き手と読者との関係はより複雑なものになる。想定される文化的表象にさらに別の視点、別のコンテクストを導入することもできる。また書簡体小説は、それが小説であると認識したときに、逆説的に手紙の本質を明確に示すことがあり、そのうえであらためて、手紙と小説の関係、手紙の文学的本質が見えてくる。もちろん小説が書簡体小説として始まったこと、そしてそれが手紙と小説の関係の実際的、歴史的現象であることは、十分考慮すべきであるが、小説以前から存在していた手紙そのものの、文学的意味にも注目しなければならない。

上記のことを念頭において、書簡体小説のこれまでの研究を概観し、そこにおいて取り上げられた問題を検討し、取り上げられなかった問題に注目することにする。書簡体小説の研究史はギルロイとヴァーホウヴェン(Gilroy & Verhoeven)に詳しいが、そのなかで代表的な二人の議論に焦点をあてることにする。ひとりはEpistolarityという用語、概念を創始したジャネット・アルトマン(Janet G. Altman)、ついでフェミニズムの議論を確立したリンダ・S. Kauffman)である。

アルトマンは『書簡体』において、主としてラクロの『危険な関係』を論じながら、書簡体小説の持つ形式的特徴を抽出した。副題、「形式への手引き」からも明らかなように構造主義的、形式主義的な議論が中心であるが、初めて「書簡体」という概念を確立した功績は大きい。アルトマンは、手紙が持つ性質を特定し、それが書簡体小説の主題や内容を決定すると主張した。最終的には書簡体小説の議論であり、手紙について論じるときも書簡体小説の書簡をもとに論じているので、純粋に手紙そのものの本質を論じているか、という問題はあるが、書簡体が小説を動かすエネルギーになる必然性を指摘し、見事に整理している。

アルトマンは「書簡体」のことを「作業上の定義:手紙の形式的特性を、意味を創り出すために使用すること」(Altman 4)と定義している。ここからもそれが手紙の形式特性というよりむしろその特性の使用、すなわち書簡体小説における書簡の特性の現れ方、といったものであることが明らかである。それはまた、「書簡体」が文化的手紙性へと発展する契機を示している。彼女はこの「書簡体」を「パラメーター」として書簡体小説の読みに用いるのだと言っている。論の最後には、書簡の六つの対立し矛盾する極性、(1)橋／障壁、(2)親しさ／疎遠、(3)書き手／読み手、(4)私、今、ここ／あなた、過去、あそこ、(5)閉じる／開く、(6)統一／分散、が示されている。これらはいかにも構造主義的二項対立に閉じ込められた概念体系ではあるが、手紙の本質をかなりの程度まで網羅している。

アルトマンの著書においては、彼女が書簡体小説を分析する過程で示した部分的な考察のほうに、より注目すべきものがある。議論は書簡体小説の基本としての、手紙による誘惑小説、すなわち手紙に内在する働きかける力の認識から始まっているが、それはその後の研究、特に恋文の研究、女性と書簡の関係の研究に大きな意味を持つことになる。この誘惑小説は、「存在（現在）と不在、距離の増加と減少の両方を示唆する手紙の力」（15）のまわりに形成されている、とアルトマンは言う。この力は上記の「橋／障壁」という逆説的二項に整理されるものであるが、この議論に示されている、手紙が逆説的性格を持つこと、存在、時間、空間のすべてに関してそうであること、その逆説が力として機能することなどは、手紙と書簡体の両方の根幹をなすべき認識である。

さらに彼女は、秘密を打ち明けられる読み手（書き手）に関して「能動的な（物語に関わる）打ち明け相手は、手紙を所有しているということのみから権力を引き出す」（82–83）と言っているが、これは手紙の所有と権力についての鋭い示唆である。また書簡の言語の特徴についての、

「ひとりでなくふたりの人間によって、そしてその間に存在する特定の関係によって色づけされる度合いである」(118) というのも、興味深い指摘である。あるいは現実の手紙の情報不足に関して、「虚構の書簡物語の作者は、外部の読者との接点をまったくなくしてしまわないような形で、真実らしさの印象を作り出さねばならない」(120) とあるのは、手紙と小説の関係にとって重要な問題である。

また手紙の時間について、こう言っている。「手紙の書き手は、過去や未来の設計の基点となる特定の現在において書いていることを、強く意識している」(122)。その結果「書簡の言語は直接性すなわち現在にとりつかれている。なぜならそれは不在の産物だからである」(135)。「手紙の中の〝現在〟という語には、その時間的、空間的両方の意味がこめられている」(135)。手紙の「時制」、手紙の「現在」と「自意識・反省」の関係、および、手紙の「現在」における時間と空間の結合等は、手紙の言語のみならず、小説の言語、文学の言語についての主要な問題のひとつである。

この presence (存在/現在) という概念は、「書簡体」においてもっとも重要な概念であると同時に、もっとも基本的な「手紙性」を表すと言ってもいいだろう。それは不在や過去との、あるいは距離に敷衍されての逆説的対立の要素であり、存在、時空の問題における手紙の意義を示す。これをアルトマンは「書簡体の言説は、あたかも存在する『かのような』ものの言語である」(140) と、要約する。それは「現在にする」こと (presentification)、すなわち、本来不在の言語であるものが架空の現在を作り上げることである。彼女の議論はそこで終わっているが、それが書簡体小説の言語を超えて虚構の言語、文学の言語と本質的に関連するのは、明白であるように思われる。しかもそれだけにとどまらない。現在（presence）は現存させる／提示する（present）という動詞を喚起することによって、提示する／再提示する（present/represent）、表現／表象という関係を導き出すこともできるであろうし、プレゼント／贈り物（present/gift）の持つ物質性ともつながるであろう。それは文学の言語の文化的意味をも暗示しているのである。

アルトマンの用語「書簡体」は、そのころから盛んになる書簡体小説研究のみならず、現実の書簡の研究、書簡とみなされる言説を含めた書簡研究などにも適用され、手紙の特性を示す用語として広く用いられるようになり、定着した。実際のところアルトマンの「書簡体」は、その形式主義的傾向のゆえに、後の研究において用いられる「書簡体」というよりは手紙の理論的「手紙性」に近いものである。しかし全体としてアルトマンの書の目的は書簡体小説の考察であり、その書簡体が手紙性と同様のものに見えたとしても、それはあくまで書簡体小説の手紙性である。現実の手紙の特性が虚構にどのように関係しているかという点についての興味深い指摘もあるが、その虚構も書簡体小説が前提となると、手紙が書簡体小説にしか意味を持たないのかという疑問が生じる。現実の手紙の手紙性が小説、文学そのものと有機的に関連するという観点は必ずしも明確に示されていない。のちにアルトマンは、手紙のマニュアルの研究という文化学的地平を探求し、書簡体を歴史的に位置付けようとする研究の方向に向かうことになる。

リンダ・S・カウフマンは彼女のフェミニストジャンル論『欲望の言説』を始めるにあたって、バフチンやトドロフの後、最後にアルトマンの名をあげているが、そのジャンルが「ラブレター」すなわち書簡であると特定するときには、彼女の依拠する重要な概念がアルトマンから来たことをはっきりと示している。「ヒロインの言説は話しことばによるパフォーマンスとして意味される、つまり読まれるべき手紙である。彼女は愛する人の不在において彼女の欲望を口にする」(Kaufman 26)。カウフマンはこのように、読み手、不在という概念、さらにそのような手紙が誘惑や告白を演じること、書簡の持つ矛盾する性質、作者と読者、書き手と読み手の関係の妥協等、アルトマンが提示した「書簡体」が彼女の議論の出発点にあることを明らかにする。しかし同時に、アルトマンが愛の書簡の言説というジャンルに触れていないことに言及し、またこの言説が「非常に多くの二項対立を覆す」(26) と示唆することによって、彼女は独自のフェミニスト書簡体論の方向を打ち出している。カウフマンの仕事は二つの点で重要である。ひとつは書簡体の議論がフェミニズムの議論となる方向を確立したこと、いまひとつは書簡体の定義を広げて、いわゆる書簡体小説や詩ではない、普通の形式をとる物語の言説をも射程に入れたことである。

カウフマンのフェミニズムの議論の特徴は、対象が必ずしも女性作家ではなく、作品の中の「手紙の書き手」が女性だという点である。この書で扱われた作品のうち、女性の手になるものは『ポルトガル文』、『三人のマリア――新ポルトガル文』の二つのポルトガル文と『ジェーン・

エア』のみで、あとは男性作家、詩人の作品である。その点では、彼女の議論は女性作家の活動に依拠する歴史的、社会的なフェミニズムではなく、きわめて文学理論的なものであるということができるだろう。ラブレターの変遷を追いながら、ジャンルとジェンダーの関係に着目し、ミメーシスは表面的であり既成概念やジャンル（ジェンダー）の法は表象にすぎないと指摘することで、カウフマンは欲望の言説がジャンルを越境し、既成概念を転覆する政治的な力を秘めていることを示唆する。すなわち、ラブレターは女性解放の手段であると同時に、女性の破壊力を象徴する。言い換えれば、これらの作品はいわば女性の欲望のエネルギーの強さが、おさえこまれ得なかったことの証であるかのようである。

カウフマンの議論の基盤となる「書簡体」は、主として対話、不在、誘惑／説得のレトリックである。しかし手紙が何をするかよりは、彼女は当然手紙で誰が何をするかに興味を持っている。何人かの男性の手紙の書き手には目もくれず、書簡体の基本をラブレターとし、その書き手を女性とすることで、彼女は書簡体の持つ逆説性を、権威と抑圧に立ち向かう女性像に転移することに成功した。ここでは女性の作家が特に焦点をあてられているわけではないが、その後女性の手になる書簡体小説が数多く発掘され、女性が書くことと書簡、書簡体との関連がますます重要なものになっていくための、道筋がつけられたといえる。それと同時に、書簡体と女性とを関連づけるにあたって、手紙と文学の関係——境界の越境という形で——が触れられていることに着目すべきである。カウフマン自身も、ラブレター、女性について語りながら、実は一方で文学、表象について述べているのだと言っている。

そのような文学理論的な姿勢は、対象を書簡体の作品のみとしなかったことにも現れている。カウフマンは愛の言説を女性の一人称の語りに広く認めているのである。それはそのままジャンルの逸脱を体現しているともいえるが、それだけではない。書簡体ではない物語とラブレターとを関連づけるうえで、カウフマンは必然的に書簡体小説・書簡体詩ではない手紙に注目する。作者の現実の書簡、引用された手紙、内容が明らかにされない手紙、書く行為等は、必ずしもその意味を深く問われているわけではないし、その手紙性が論じられているわけでもないが、書簡体小説における書簡体とは別の手紙性の可能性を暗示する。さらに、この著の続編『特別配達便』(1992)においては、録音テープのような異型の書簡も取り扱われる。

しかしたとえば「ねじの回転」論におけるように、書簡体でない小説をラブレターと読むレトリックは、逆に「本当の」手紙のインパクトを弱めているように思われる。主人から家庭教師へ送られたただ一通の手紙の持つ意味や力は、それを愛の物語の転換点としてのみとらえる議論においては、はっきりとは見えてこない。他人の手紙を封も切らずに同封・転送し、かつそれに対して自分に返事を書くことを禁止するというこの主人の一方的な手紙の、二通の手紙を伴う二重の暴力の衝撃を、手紙性によって論じてはいないからである。家庭教師の幻滅を補塡する虚構としての欲望をあらわす(手紙の)言説である、というこの物語の説明は説得力を持つし、書くことについての関心もあるが、にもかかわらず、この物語が手紙についての言説でもあるという側面は軽視されている。カウフマンの関心は幽霊物語と愛の言説の融合（もしくは破壊）であり、書かれた、もしくは書かれ得なかった手紙、あるいは封を切られた、もしくは封を切られていない手紙ではない。

ギルロイ他による『書簡の歴史』は最近の書簡体論のひとつであるが、これまでの書簡体論を文字通り歴史的に概観すると同時に、現代の文化学的、新歴史主義的視点から喚起される書簡体の問題をとりあげている。ここにはカウフマンが寄稿しており、アルトマンは論文こそ含まれていないがその最近の仕事はたびたび言及されている。先に概観したそれぞれの著書から二十年近く、彼らの関心も書簡体の政治、社会的側面に移っている。アルトマンは書簡の出版、あるいは文学的制度としての手紙のマニュアルといった、書簡が書き手（女性）と社会を結びつける役割を果たしていることに注目する論文を発表している。カウフマンは、『欲望の言説』およびその続編『特別配達便』を省みながら、彼女の一貫したねらいは「ロマンティック・ラブのイデオロギーの有害な効果」（Gilroy 200）であったという。彼女は政治的発言としての、あるいはほとんど政治的パフォーマンスとしての書簡体作品を取り上げ、女性がこのイデオロギー、およびそれに代表されるさまざまな制度的抑圧に対抗する手段として書簡体をとらえなおす。フェミニズムがジェンダーの問題に、政治に、グローバル・エコノミーにとりこまれていくように、手紙も制度に、テクノロジーに、とくにカウフマンの場合、文学を超えてパフォーマンスに、取り込まれる。

このような道筋は当然であるかもしれないが、そこでもう一度手紙それ自身に戻るという考え方もでてきていいのではないだろうか。形式主義的な分析にも制度的、文化的な側面が含まれ得るということも、追求してよいことであろう。逆にいえば、エコノミー、制度、テクノロジーとしての手紙という概念は、実はきわめて即物的な手紙を指し示している。書かれて、運ばれて、長い距離を移動する紙——それはたとえば、書簡体小説になる「以前」のただの手紙である。これまでの書簡体論によって比較的に見逃されてきたものがあるとするならば、それは書かれた紙としての、書くことの物質性としての、手紙の基本的特性である手紙性が、歴史や社会にどういう意味をもってきたかである。一通の手紙のことを考えてみよう。だれが、だれに、何を、何のために書くのか。どういう言語で、どういう字で、どういう道具で書き、どういう体裁で、どういう回路で送るのか。それはどこに着くのか、着かないのか。どのくらいの距離を、どのくらいの時間をかけて、いつまで、移動するのか。それはだれのもので、いかなる力を、だれに対して持つのか。そもそもそれは、われわれにとってなんであるのか？

しかし少なくとも、研究史からいえば、すべては書簡体小説から始まった。

2　アメリカからではない手紙　『アメリカ人農夫からの手紙』

クレヴクール (J. Hector St John de Crèvecoeur 1735–1813) の『アメリカ人農夫からの手紙』(*Letters from an American Farmer* 1782) は、複雑な書である。いかにも本当のことを書いているふりをし、また本当のことを書いていると受け取られがちだが、作者は「アメリカ人」であったとも「農夫」であったとも言い難い。D・H・ロレンスが『アメリカ古典文学研究』においていみじくも言ったように、クレヴクールは「うそつき」であった (Lawrence 37)。それゆえ虚構作品であることを強調し、いっそ小説であると考えるべきかもしれない。そして、作者と登場人物としてのアメリカ人を区別し、またロレンスが鋭く指摘したように嘘をつきながらも芸術家として真実を言いあてているところ、あるいはデコンストラクション的に書くこと自体の転覆力によって本質が露呈されているところを読むべきであろう。

その本質とは何か。それは「アメリカからの手紙」というより、いわば「アメリカとしての手紙、手紙としてのアメリカ」である。あるいは「アメリカ=他者=手紙」といってもよい。

虚構であっても、この書がきわめて早い時期にアメリカという新しい国とアメリカ人という新しい「人種」を描写し、その概念を形成したことはまちがいない。第三書簡、「アメリカ人とは何か」は、もっとも重要なアメリカ人論のひとつとしてくりかえし引用されている。ヨーロッパより移住し、広大な土地と制度からの自由を享受する人間を、「彼はアメリカ人である」と誇らしげに宣言し、さらに「アメリカ人は新しい人間である」と規定する。もちろんこれはアメリカという国家の独立と同じ時期になされた発言であるが、観念的に独立宣言や憲法に述べられた精神を、個人の状況にあてはめて具体的に説明し、アメリカ人という新しいアイデンティティを描き出したのである。しかし作品全体を通してみると、矛盾や葛藤に満ち、明暗相反するヴィジョンが映し出されている。そして最後には「アメリカ人の観念からアメリカ人になる過程へと後退する」(Manning xxxvi)。実際のところこの作品は、啓蒙思想を抱いたひとりのフランス人がアメリカ人になっていく(そしてなれない)過程の物語と言えるかもしれないし、その過程において、皮肉にもアメリカという新しい国家の成立を表象していることになるかもしれない。

さらに、そのような内容以上に、あるいは作者像以上に、『アメリカ人農夫からの手紙』がアメリカを表すのは、まさに作品のあり方においてである。この作品がまずイギリスで出版され、さらにフランス語に「翻案」されて、ヨーロッパ人が求めるアメリカとアメリカ人を提供したという事実は、世界におけるアメリカの成立と「アメリカからの手紙」という形式との関係を物語る。すなわち書簡形式は、アメリカがヨーロッパにとって他者として存在すること、そしてアメリカは、たとえ複雑に入り組んだ形とはいえ、自らをそのような他者として規定すること、を示しているのである。

十八世紀、イギリスには書簡体小説が栄え、アメリカの小説もその影響を受けた。しかし、建国期のアメリカにおいてジャンルを問わず多くの書簡体の作品が書かれたことには、アメリカ特有の原因があったに違いない。もちろんすぐに明らかなひとつの説明は、ヨーロッパの故国を離れて新大陸に渡った人々が当然するべき仕事のひとつが、故国との通信だったということである。新大陸はまず地理的な位置、距離において、手紙が書かれることを必然とした。故国とのつながりを求める移民の気持ちや、故国の人々の側の好奇心といった情緒的要素も加わった。そして流れる情報の傾きによって、このような書簡は圧倒的に新世界から旧世界に向かう「アメリカ便り」となったのである。

また、新大陸についてのさまざまな報告が書簡体をとったことには、公的で形式張った記述より、手紙の私的な観察や瞑想の方がふさわしかったということが言えるであろう。理想に燃えて渡った人々が、精神を高揚させるような自然に直面し、苦難を越えて成果を得た場合、その記述には直接感動を表現できる自由な形式が求められたと考えられる。それはアメリカ人が個人として確立する思想とも関連していた。

新しい国アメリカ、新しい人間アメリカ人が、自己を規定するために手紙を書いたということも、同様に単純すぎるかもしれないが、多くの書簡体作品が書かれたことのもうひとつの原因であろう。人が自己を確立するとき、他者との差異を契機として自らを自らとして認識する。手紙を書くこともその作用のひとつである。手紙には宛先が必要であり、宛先に向かって「私」として書くということは、言い換えれば宛先によって自己を形成することである。アメリカが手紙を書き続けたのは、ヨーロッパの好奇心を満足させるためということ以上に、アメリカとは何かを自ら知るためであった。

しかし手紙がその本質として含む相互性と、書き手自らが移動しそのアイデンティティを変えたことが、このような自と他の関係を複雑にする。はじめ新大陸を他者として見ていたヨーロッパ人がアメリカに渡る。そして旅行者のように他者としてのアメリカを報告するのではなく、自らのアメリカ人としてのアイデンティティを確立すべく、ヨーロッパに手紙を書く。すなわち彼はヨーロッパを他とするのである。しかし以前ヨーロッパ人であったものとして、そして実際に書いたのはヨーロッパに戻ってからであって、それはまた、ヨーロッパから他者を見る目を内在する形での自己形成であった。ここにおいて、アメリカの存立はいわば自己を他者として規定したのである。

かくしてクレヴクールの『アメリカ人農夫からの手紙』がアメリカを語っているとすれば、それはなによりもまず手紙であることにおいてである。この書が「手紙についての手紙」という性格を持つことを如実に表しているのは、第一書簡、「序」である。そこにおいて農夫ジェイムズは、自分が手紙を書くことに動機付けをおこなうべく、書くに至るいきさつをこまごまと述べる。このように動機や理由や言い訳は、手紙が書き始められるために必須の儀式であるが、手紙が宛先を指向する以上、動機は決して起源を示すものではなく、むしろ相互性を示す。言い換えれば、それは他者によって自己が規定される構造を表象する。ジェイムズの動機は、宛先であるF・B・氏からのアメリカ便りを書いてほしいという要請の手紙に答えて返事を書くということである。手紙を書くということは、宛先という他者を設定して自己を規定することであるが、ここではこの自己は、まずヨーロッパ人F・B・氏にとっての宛先／他者であるという自己なのである。

ジェイムズはこのF・B・氏の手紙を念入りに自らのテクストの内部に位置づける。この手紙を牧師に見せただけでなく、妻にも求められ、妻が読み上げるのを牧師とともに耳をすませること、つまり手紙を読む場が再現されている。さらにこの手紙の一部を引用するが、そこには、「手紙を書くということは、紙に向かって話すということに他なりません」とある。しかも、書くことにたいする自意識は手紙の本質であるが、この作品においては、それはアメリカを意識することと重なる。牧師は、書きたいだけ書くがよい、「あなたの手紙は少なくとも大いなる荒野の縁から来るという利点がある」、離れているから害はない、と言う。さらに、自己と他者までもが言及される。ジェイムズはF・B・にこう書く。「覚えておいてください。あなたが私に主題／自己（subjects）をくださるのです。だから他のこと（other）については書きません」。最後はこう結ばれる。

もし学識者のスタイル、愛国者の省察、政治家の議論、博物学者の観察、風流人の美しい外観をお求めだったならば、あなたはきっと町にいる文学者（men of letters）に頼んだことでしょう。ところが反対に、理由はわかりませんが、土地を耕すもの（a cultivator of the earth）、ただの市民と通信したいとお望みなのですから、よかれ悪しかれ、あなたは私の手紙（my letters）を受け取らなければならないのです。

このように宛先を設定はしたが、書簡体といっても『アメリカ人農夫からの手紙』には日付も署名もなく、ときおり最後に付された「さようなら」という挨拶だけが、手紙であることを確認しているだけで、これでは手紙でなくて、ただの報告書でも大差がないようにも思える。もちろん、アメリカ事情を平易な言語で報告するということが「アメリカ便り」の主要な役目である。しかし、形式的に手紙であろうとすることには、手紙における自己と他者の関係が大きな意味を持っていることを見逃してはならない。この書には奇妙な手紙が含まれている。第十一書簡は、「ロシア人紳士、Iw—n Al—z氏より。彼が私の要請でおこなったペンシルヴァニアの著名な植物学者、ジョン・バートラム氏の訪問の記述」と題された、別人がジェイムズに宛てたとされる書簡である。注目しなければならないのは、この書き手がアメリカに来て四年にしかならない「ロシア人」であること、「アメリカ人」であるジェイムズが宛先になっていること（それをF・B・氏に転送したという形をとっているとも考えられる）、この書簡だけが"Iw—n Al—z"と、略語ながら署名があること、である。ひとつには、いわばジェイムズは第一書簡におけると同様、自分に宛てられた手紙を引用しているとも考えられる。手紙の手紙への言及は、書くことの自意識であり、手紙という物理的存在を浮き彫りにする機能も持っている。しかし同時に、書き手が宛先になることを示して、自己と他者との入り組んだ関係を再認識させているようでもある。「アメリカ人」ジェイムズがこのロシア人にとって宛先となり、ロシア人が他者（アメリカ人）によって自己を規定する仕組みに思えるが、実はロシア人が訪問し、対話し、その記述をする対象としてのバートラムはアメリカ人であり、アメリカ人をヨーロッパから見た他者として眺めるという構図が見えるのである。このバートラムは実在のクウェイカー教徒の植物学者をモデルにしているが、自ら「鋤で耕す人」(a ploughman) と称していること、彼の思想や意見がジェイムズと通ずることから、農夫ジェイムズを知的にした像であると考えられている。

つまりジェイムズはヨーロッパ対他者アメリカという構造を持った書簡集の中に、さらにもうひとつ入れ子のように同じ構図を繰り返し、かつその構図自体の複雑性を示している。さらに詳しく見ていくと、このバートラム氏は、先にジェイムズが示した自然と空間の中の「アメリカ人」とは異なり、ヨーロッパ的伝統を保持していることが見えてくる (Lawson-Peebles 106)。彼の理論は、アメリカの野生を囲い込み、制御しようとするものである。それはジェイムズ=クレヴクール=アメリカ人のふりをしたヨーロッパ人=「アメリカみずから他者としてのアメリカを作っている、という図式を作っているヨーロッパ」、という複雑なことになる。クレヴクールがこれをすべて見通していたとしたら、彼は批評の地平にいたと思われる。

実際には、すでに示したように、この書簡集において第一書簡と上記の第十一書簡をのぞいては、書簡形式があまり意味を持っているとは言えない。旅行記には手紙を書いているような意識はなく、自然観察の書簡にも、始めや終わりにとってつけたような、宛先への関心が見られるくらいである。具体的には、手紙に特有の自意識も他意識も言語に現れていない。アメリカ人を規定した名高い第三書簡において、人称は多様な揺れ動きを見せるが、基本は三人称であり、それにはアメリカ人さえ含まれる。まず、アメリカを訪れるイギリス人が、新大陸に降りたってどのような印象を受けるかが述べられる。このイギリス人はF・B・氏を仮定しているかもしれないが、「彼」と呼ばれ続ける。新大陸の側は、最初は「ここ」と表され、やがて「私たち」という主語にとって代わられる。それに対して、ヨーロッパは「あちら」であり、ヨーロッパ人は「彼ら」となる。「私たちは世界に現存するもっとも完全な社会である。ここでは人間は当然自由である。」ところが、ついでこの人間は現実にこの広大な土地に生きる多くの人間であることが語られ、そしてパラグラフが変わると、「この旅行者の次の願いは、この多くの人々はどこから来るのかを知ることであろう」と、新大陸の人々はヨーロッパ人にとっての「彼ら」に転化するのである。

それはいみじくも、書いているジェイムズにとって、アメリカ人が実は「彼ら／他者」としてとらえられていることを露呈している。このあとのアメリカ人の誕生を告げるくだりは、ひとりのヨーロッパからの貧しい移住者（emigrant）の物語として語り始められる。これは“emigrant”

であって“immigrant”ではない（後者の単語が初めて用いられたのは一七八九年）。「アメリカ人とは何か？　この新しい人間は？」とジェイムズは自問し、この移住者はヨーロッパ人ではもはやなく、多くの民族の混合でさえある、と答える。「彼はアメリカ人である」、そして「彼はアメリカ人になる」のである。ジェイムズがすでに定住している「アメリカ人」として新たに移住してくるヨーロッパ人を見ている、ということも考えられないわけではないし、最後の「ヘブリディーズ諸島人アンドルーの物語」はそのような視点をとっているように見える。しかし手紙全体の構造を見ると、それは疑問である。この「ヨーロッパ人の移住者=アメリカ人=彼」という図式は、その後もくりかえし用いられる。もちろん、ジェイムズはときおり手紙を書いていることを思い出し、「私」や「あなた」に言及する。アメリカ人を表すために「私たち」と言う場合さえある。しかしこのように手紙の枠組みを意識したことは、別の方向へ進み、さらに新大陸におけるアメリカ人の誕生の説明を続けていくうちに、ジェイムズはF・B・氏に「あなたと私とで旅をしていると仮定してみましょう」ともちかけるのである。ジェイムズの視点がどこにあるかは、明らかである。

この第三書簡の最後は、長い対話によって導入される長い挿話、先に述べた「ヘブリディーズ諸島人アンドルーの物語」で締めくくられる。対話は、「私」が新しく来たスコットランド人の移住者をたずねて語るという設定である。第十一書簡のような入れ子構造ではあるが、ここでは「私」の方が訪問者である。しかし訪問相手は、現在話題にしている「アメリカ人」なのである。

ここでもヨーロッパ人から見た、他者としての「アメリカ人」という図式を見ることができる。「アンドルーの物語」は対話の設定（友人の訪問、アンドルーとの対話）をそのまま繰り返して入れ子の構造を重ねながら、アンドルーがアメリカ人になる過程をたどっていく。この挿話の始めの方に、ジェイムズがフィラデルフィアに行く途中で友人を訪問した際、その友人がF・B・氏の知り合いであり、F・B・氏によろしく伝えるよう頼む、というような、この書の構造を裏返しにするような記述があるが、友人の妻の歓待と彼女の名が「フィラデルフィア」であるというエピソードは、この友人の方が「アメリカ人」であり、ジェイムズがF・B・氏の側に立つことを示唆している。

さらに憶測を重ねるならば、アンドルーにスコットランドやヘブリディーズ諸島の説明を長々と語らせるのは、イギリス人F・B・氏に宛てた手紙としては奇妙であり、ジェイムズがF・B・の側に立つというより、F・B・がジェイムズに取り込まれていると考えるべきかもしれない。ウロボロスが尾をのむように、あるいは合わせ鏡のように、入れ子を進めていってひっくりかえし、自と他を交錯させる構造には、他者としてのアメリカ人を自己という設定で表す、というこの手紙の構造、あるいは一般的手紙の構造、そしてすなわちアメリカ=他者=手紙という構造を見ることができるだろう。

最後の第十三書簡では、ジェイムズは幻滅し、インディアンの住む地域で暮らすことを夢見て文通を終える。書簡の結びは「さようなら」ではなく、「終わり」である。もちろん、第三書簡の希望に満ちたアメリカの考察が最後に来て暗い絶望につつまれる、という問題は興味深いが、ここでは書簡体作品の終わりという問題と関連させて考えたい。ジェイムズが文通を開始するにあたっては、念入りな儀式を必要とした。それがそのままアメリカという新しい国の始まりと重なるとしたら、文通が終わるということは、新しい国の記述を終わらせるということは、どういうことであろうか。ひとつには、アメリカ合衆国は終わるどころかまさに始まったところであったにもかかわらず、クレヴクールにとっては、合衆国は彼の夢見たアメリカの終わりだったのであろう。また、ジェイムズがアメリカとの乖離が大きくなり、アメリカ人農夫とF・B・氏というペルソナを維持できなくなった、すなわち書き手と宛先の構造を維持できなくなったことを意味する。さらに、クレヴクールがアメリカを捨てるのは、アメリカが完全な他者になることを意味するが、まったく完全な他者は手紙の書き手でないことはもちろん、宛先でもないのである。

手紙とは、自己を確立するために他者に対峙する構造を作り上げることである。しかしそれは、他者を内部に取り込んで自と他の構造を内部に作り上げるのではなく、自らを他者とするような、外側に開いていく構造を持たねばならない。さもなければ、そこに生まれるのは対立と閉塞と自己欺瞞でしかない。このように言うことは多少ともクレヴクールのこと、あるいは、アメリカのことを言っていないであろうか?

3　女性たちの手紙　『コケット』

一七九七年に出版された書簡体小説『コケット（浮気女）』（*The Coquette*）は、ウィリアム・ヒル・ブラウン（William Hill Brown 1765–1793）による同じく書簡体の『親和力』（*The Power of Sympathy* 1789）とならぶ、アメリカ最初の小説のひとつである。初版において作者は「マサチューセッツの一婦人」となっていたが、後にハンナ・ウェブスター・フォスター（Hannah Webster Foster 1759–1840）と特定された。ブラウンとフォスターの作品はともにアメリカ建国期の小説、女性を扱った小説として近年注目を浴びているが、後者のほうが小説として明らかに読み応えのある作品である。『コケット』は特に女性によって書かれており、女性による女性の主人公の造形という点で、フェミニズム文学研究の注目の的になっている。しかし女性が書いたから女性の声が聞こえるというのは、短絡的な考え方である。書簡体小説によって女性の自己表現がなされているということも、単純にとらえるべきではない。

ひとりの若い女性が結婚をためらっているうちに、女をとりこにする手腕に長けた男性の魔手にかかり、堕落し、死にいたるという筋は、女性の「誘惑」を主題とする先行する典型的イギリス書簡体小説作品を思わせる。そこに主張されているのは同じく「誘惑」に陥らないようにする「女性の美徳」の教えである。主人公イライザ・ウォートンは、牧師のJ・ボイヤーという誠実な求婚者がいて婚約にまでいたりながら、遊び人のピーター・サンフォードに心を奪われる。婚約は破棄され、サンフォードの子供を宿し、彼女は身を隠して出産するが命を落とす。「事実に基づく」とうたっているのは、一七八八年にエリザベス・ホイットマンという名家の女性が、仮名で滞在していた宿で子供を死産したのち死亡した事件があったからである。『コケット』はこの大きく報道されたいわば当時の週刊誌的スキャンダルをもとにして、若い娘の不始末による悲劇を描き、反面教師的な教訓物語になっている。小説は主人公を始めとし、彼女の交際相手、友人など関係者による七十四通の手紙で構成されている。

この小説が脚光を浴びるようになったのは、単にうずもれていた大衆小説や女性の手になる作品の発掘のみならず、黎明期の合衆国において、いわば共和国の女性像とはどのようなものであったか、そしてそれに対して女性がどのように対応したかという問題が注目されたからである。そこでは初期の小説の持つ教訓と助言の役割と、女性の創作エネルギーとの葛藤が問題の焦点である。書簡体はイギリス小説の伝統（美徳の概念、教訓と助言の精神も含めて）と、ヨーロッパ全体の「手紙を書く女性」の図式の中にはめこまれているが、悲惨な死を遂げた女性の現実の事件を考えたとき、そこには当時の女性の置かれていた状況の告発や抵抗の表現としての女性の声、という書簡の役割が大きく浮かび上がってくる。

それではこの小説に関して、書簡体と女性の声はどのように関連していると考えられるのであろうか。書簡体は共和国の女性像についての議論に意味を持つのであろうか。基本的な解釈を見てみよう。モラルを踏み外し情欲に従った女性の堕落を戒めとする道徳の教科書であったものが、裏を返せば現実に疑問を持ったために破滅する主人公を通じて、女性を結婚という経済に閉じ込める社会の機構を暴く告発の書となる。この読みの違いを生み出すのに、書簡体が生み出す複雑な視点がそのような異なる解釈を可能にしていると考えられる（Mulford xlvii）。もちろんそのような解釈には、受容する社会の変遷、とりわけ、作者や読者が女性であることの認識の変化が大きく影響している。しかし重要なことは、実は当初より作者も女性の読者も、ともに道徳書という表面的な設定以外のことまで理解していたと想定されることであり、それに書簡体が関与していたということである。とりわけ女性像が、女性が表現手段を持つという形式で表象されるということは、大きな意味を持っていたと考えられる。

いままで表現手段を持たなかったものが自分の心中を書き表し、またそれを享受することができるということは、革命的な意味を持っていた。それはたとえば中産階級と読み書きの能力そして小説の勃興との関係において、書簡体小説は「自分とは自分が読み、書くものと一致するという確信に、形而上学的な肉付けをおこなった」（Gilroy 42）ということでもあった。そしてその主体が女性であるとき、『パメラ』や『クラリッサ』を超えて書簡と小説とが重なり合い、その声はより力を増す。『コケット』を作り上げている、ある事件において当事者が何を考え何を語ったかを知りたいという要求は、事実の核心に迫ることによって教訓的価値を高めるというより、自身を発見し確認したいというほとんどエロティックともいえる欲求の現れであり、それは書き手、読み手の双方において言えることであったに違いない。実質的にも比喩的にも幽閉された女性にとって、唯一の自己表現の手段は書くことであり、それこそが物としての女性の身体の価値なのである。女性のエロスの経済化は、経済のエロス化につながるのである。

もちろん『コケット』の書簡はまずなによりも説教と忠告の手紙である。この小説において、リチャードソンの主人公たちのような貞節を守り抜いたり、陵辱されて死を選んだりする女性ではなく、誘惑され、婚約を破棄され、孤独に死んでいく女性が描かれたのは、ひとつには「誘惑」による堕落、具体的には結婚外の妊娠、出産、というものが、共和国の支配者が共和国の明日を担う母となる女性を制御する上で、もっとも忌むべき状況だったからである。小説はそれを避けるための女性の教育書として作用する。書簡体は、当時の手紙の持っていた啓蒙的文書としての機能を果たした。しかしそれが男性の側のきわめて勝手な想定であったということは、たとえば『親和力』を読めば明らかである。この小説は小説としては退屈な作品であるが、男性の女性の身体への欲望と近親相姦の幻想とが、女性に向かって「誘惑」に陥り堕落することを警告する主題にすりかえられていることが、よくわかる。それゆえ他方で、女性の作者によって、そのようなすりかえに対する女性の側の抵抗が試みられたということが、当然考えられるであろう。

女性の作者にできることは、心情を告白する手紙の機能を活用して女性の生の声を届けることである。イライザの物語が十八世紀アメリカの女性の苦境とそこから抜け出したいという苦闘を表していることは言うまでもない。意に染まぬ婚約者の死によって解放されたと思ったのも束の間、結婚をして家庭に入るという社会的、経済的要求によって次の婚約へと追い詰められていく主人公が、寄りかからざるを得ないのが、同じ父権性社会に根を持つ女性蔑視の男性であるという皮肉は、過酷で悲劇的である。しかし一方で、自身の欲求に誠実であろうとした彼女は、結婚、家庭、宗教、道徳といったあらゆる既成の価値に背を向ける。そのやり方は決して英雄的ではなく、逃避的、退行的、自虐的でさえある。にもかかわらず、書簡において主人公が自分の声でその過程を明らかにしていくとき、本人の悩みや欲求が直接に表現されるというまさにそのことによって、解放と自由が表現されるのである。さらに読者のほうを考えてみると、「囚われていた」女性が道徳的に落ちていくその過程こそが、その悲惨な結末にもかかわらず、読者のほとんどを占めた自ら「囚われていた」女性の多くの欲望と一致したということが考えられる。よくあるたとえであるが、「読者は事実上手紙の受け取り手の肩越しに読んでいる」(Mulford xxxiii) のである。ただし実際には、読者が書く側と共鳴している要素のほうが強いと考えられる。書く行為を内包した書簡体小説は、読者の欲求を具体化する仕組みとして作用するからである。

『コケット』の書簡についてのこのような解釈は、書簡体小説、特に女性との関係を探求したフェミニズム批評の基本的な解釈であり、これが意義あるものであることは言うまでもない。しかしもし手紙を中心に考えるならば、女性が手紙を書くという問題は、異なった側面から考えられないだろうか。書簡体小説論の多くは、作者が書くことと主人公が書くことを短絡的に同一視することに基づいた書簡論である。言い換えれば、そこでは小説のための書簡体の解釈と、手紙そのもの、もしくは（女性が）書くという問題、または小説の書簡体と手紙性とが、混同されがちである。手紙性の問題を考えるためには、まずこの小説における小説としての書簡体を明らかにし、小説が何をおこなっているかを見る必要がある。

とりわけこの小説においては、複数の書き手の書簡の複雑な視点によって構成されており、女性の作者と女性の主人公を重ね合わせることが完全に機能しているわけではないということに、注意しなければならない。小説はイライザの書簡のみからなっているわけではなく、彼女を取り巻く女性の友達、そして婚約者、誘惑者といった男性たちの書簡が彼女を外側から描写し、批評する。この立体的な構造は、イライザの状況を説明することには効果があるが、主体としての彼女自身への焦点は曖昧になり、むしろ彼女の声を相対化し、客体化する結果になっている。仮にイライザの書簡だけ取り出したとしても、そこに本当にイライザが書くことによって自らを規定し、解放することに成功していると読み取れるかどうかは疑問なのである。

『コケット』の手紙の三分の二は女性の手紙であり、「女性が互いに打ち明け話をし、忠告し、叱り、警告し、反対し、偽り、対立する」というわゆる「女同士のおしゃべり」（Davidson 144）から成っている。その意味で女性の声が主流であることにまちがいはないが、書き手であるイライザの友人たちが、女性の心情を告白するというより、主としてイライザの考えや行為を注意し、批判する役割を担っていることは明らかである。とりわけ、最後のことばを述べるジュリア・グランビーは、イライザの親友で結婚して動きがとれなくなったルーシー・フリーマンに代わって、イライザのそばに来て（実際にはイライザが招いたのではあるが）彼女の身辺を報告し、かつ道徳的規範を示すという役割を果たしている。ジュリアの手紙は、女性が手紙を書くこととは別の、警察的役割を伴った制度的性格を持つ書簡であると言えよう。かくしてイライザは、書簡二十六でサンフォードのことばによって「家庭の義務の退屈な繰り返しに閉じ込められることに満足する」と形容される結婚生活に、精神的な幽閉を感じとっているのみならず、周囲の人々によっても包囲されている。そして彼女は最終的には駆け落ちのように出奔し、友人や家族より離れ、恋人をさえ切り捨ててただひとり宿屋にこもり、死をむかえる。イライザの最後の手紙は母とジュリアに宛てた書置きであり、家を出た後、この絶対的孤独の事実上の幽閉状態において、彼女は自ら書くことをやめてしまう。幽閉が自身と書くことの同一に導くという『パメラ』や『クラリッサ』の図式は、ここでは成立していない。

実際にこの小説は逆説的な形で書簡の主体を問題にしている。『コケット、またはイライザ・ウォートンの物語、事実に基づいた小説』という表題は、小説と書簡の関係を少しも示唆していない。あるいは、『パメラ』におけるような、手紙の状態や内容を示す目次もない。小説の文面は、「書簡一、ルーシー・フリーマン嬢へ、ニュー・ヘイヴンにて」によって始まり、小説が書簡から成っていることは明白である。しかし書簡において重要なこと、書き手がだれなのか、は明らかではない。これは手紙の形式としては普通のことであるし、小説の一人称の語り手が身分を明かさないまま語り始めることも珍しくはないが、通常手紙を読むことの前提は、封書等によってたとえ名前だけであれ書き手を知っているということである。たとえばブラウンは『親和力』においてこの前提にのっとり、各書簡の題として「ハリントンからワージーへ」というように書き手と宛先の名を記している。しかしフォスターは、しようと思えばできたであろう書き手の明示をなぜか避けて、異なる複数の書き手がいるにもかかわらず、すべての手紙を宛先によって代表させている。一通の手紙を読み終わるまで、書き手がだれであったかがわからないようになっているのである。

このことが暗示しているのは、書く力より、読み、批判し、裁く力のほうが優勢だということである。イライザは書き手というより受け取り手である。すなわちこの小説の方式においては、彼女は宛先としてイライザ・ウォートンと書かれることによって、初めて規定されているのである。このことは書簡体小説の小説としての構造を明らかにする。手紙における秘密の打ち明けにおいて、書簡体は、告白すること自体より打ち明け手との力関係、直接の返事の有無にかかわらずその相互関係に大きな意味を見出しているのである。また、秘密を打ち明けることに意味があるゆえに、秘密そのものを直接扱わない。この小説における宛先主導の手紙のもたらすひとつの皮肉は、物語の関係者でただ一人手紙の宛先にならない人物がいて、それがサンフォードだということである。この欠落は、サンフォードのこの小説における特殊な位置、道徳の外の位置、を暗示するとともに、中心となっていいはずの恋文は省かれているという、この小説の書簡体の奇妙な特徴を示している。サンフォードからイライザへの手紙はイライザからルーシーに宛てた手紙の中に引用されたものが一通あるが、そのときもイライザが書いた返事の引用はない。

またこのような書き手の不明さは、そもそも手紙における主体と書くことの同一性をむしろ抑圧している。書簡一の書き出し、すなわち小説の書き出しはこうである。

私の胸はただならぬ感情の高まりにとらえられています。かつてはどんな場合にも決して私をとりこにするとは思わなかった感情の高まりです。それは喜びです。いとしいルーシー、父親の家を出るという喜びなのです！　甘えることができる最愛の母親のかわいい子供が、彼女のもとから去ることに喜びを感じるなんて、信じられますか？　でもそうなのです。

この文は、恐らく全体のイライザの感情の告白のなかでももっとも劇的なものであり、またもっとも象徴的なものでもありながら、主人公の声と特定されないまま「受け取られる」のである。それを特定できるまでの宙吊りの不安定さ、あるいはまた、すべての他の手紙における、同様の主体についての曖昧さは、この小説における書くことの意味を疑問視させる。

この書き出しは、イライザの状況と表現可能性を象徴的に、しかし皮肉に示していると言える。イライザは結局「父の家」（実際は母親しかいない）を出ることはできなかったし、自らの感情の主体になることもできなかった。『コケット』においては、『親和力』とくらべても、この時代の手紙が持っていた公的で教訓的な調子が少なく、書き手個人の心理や性格が表されているとみなされている。しかしそれにもかかわらず、イライザの声は、抑えられ聞こえにくくさせられている。手紙の内容は事件のいきさつとともに、会話の記録によって占められている。書き手が宛先に対して直接心情や意見を吐露することはまれであり、個人の心のうちはむしろ第三者との会話のことばを記録することによって表現されることが多い。たとえばルーシーに宛てた書簡五において、イライザは自分とリッチマン夫人との会話を記録しているが、そのなかで、結婚を勧める夫人に対して彼女はこう訴える。「私は若くて、陽気で、快活です。最近の悲しい出来事のために、親の権威によって課されたくびきから解放されることになりました。だから、私がとても大事に思っているその自由を味わわせてください。私に機会を与えてください。人の意見にまどわされることなく、私が生まれつき持っている、若さと無邪気さに許される喜びを求める性質を、満足させる機会を与えてください。」しかしこの心からの訴えは、引用符もないためにだれのことばであるのかわかりにくく、リッチマン夫人の説教に囲まれてその輝きを失っている。しかも、そもそもイライザがこの感情を直接表すことをしないで、他人に語ったことばとしてのみ語っていることは、念入りな声の抑圧の仕組みを暗示している。そして、この方式は全体を通じて機能している。

さらに、告白という手紙の原理を、書簡体小説の原理に従属させ、打ち明けることより、打ち明け手との関係、受け取ってもらうことのほうが重要になっているところが見られる。それは、突き放した、感情を明らかにしない書き方である。たとえば書簡六におけるように、心のうちを表現するのに、わざわざひとりごとという「せりふ」のような形が用いられることがある。「彼ら（リッチマン夫妻）が考えているのは、と私は言いました、彼らにはお互い以上に求めるべき満足などないということだわ。」その後に続く文は、イライザの心情告白であるが、これも奇妙に客観的な分析になっている。「すべての喜びはそこにつきるのです。でも私はあわれで孤独な人間で、自分で自分に与えることのできるものを超えた楽しみが必要なのです。精神はしばらく家に閉じ込められると、新しい宝を求めて想像力を外へ送りだします。肉体がそれに従うのももっともなことだと思われます。」またルーシーに宛てた書簡十二においては、「意見を述べない」と書いている。彼女はボイヤー牧師の求愛に対するやりとりを描写した後、「私はすぐに引き下がってこの手紙を書いています。これは封をすることにします。あなたの意見を聞くまではこの問題についての考えは何も述べません」と言って手紙を終えるのである。もちろん、いかに親密な手紙といえども、この時代の手紙においては公的な調子が優勢で、直接的な感情の表現は抑制されているということを示しているとも受け取ることができる。しかし、それだけではない。

すべての書簡体小説におけると同様に、この小説の書簡も書簡体のための書簡であり、これらの手紙を支配しているのは、手紙の本質というより物語の構成原理と編集のシステムである。手紙の書き手や受け取り手のほとんどが物語の当事者であるにもかかわらず、交換書簡をなすものは少なく、ほとんどの手紙が一方的である。多くの「失われた」手紙があり、順序、間隔も不確かである。そもそもこれだけの書簡が一堂に集められたということは、非常に考えにくいことである。もちろんこれらの点は書簡体小説においてなにも特異なことではない。しかし問題は、このような小説において、手紙の中の主人公の声を無条件に額面どおりに受け取ること、あるいはその部分のみをそのまま作者の声と同一視すること、そしてそのような読み方が小説の中の書簡の手紙性によって可能になっているという考え方である。

『コケット』が暗示しているのは、書簡体は手紙性と相容れない可能性があるということである。すなわち書簡体小説が手紙を書くことに基礎を置いているという前提、女性の作者と女性の主人公を短絡させる前提が、ゆらぎうるということである。それは、書簡体小説が受け取ること、読むことに基礎を置くということが考えられるからである。書簡体小説がその形態であることの意味は、単に性格、心理描写に優れていることや、複雑な視点を可能にすることにとどまらない。歴史的にはこの時代の手紙が持っていた教訓的、説教的役割を、小説、女性というカテゴリーが必要とした（された）ということであり、政治的にはそれを逆手にとるための小説技法であり得たといえる。しかしその政治性は、制度の内部での綱渡りであり、自己表現のエネルギーがそのまま表出されたということを意味しない。表現こそが身体であり、存在であるという、手紙自身の本質、あるいは手紙がとりわけてこの時代の女性に関して持っていたと考えられる特質は、必ずしも強調されていない。むしろ自己表現のエネルギーは、その時代の慣習によってというより、小説を構成する方針によって、抑制される。『コケット』においてその抑制は、皮肉にも受け取ること、読むことによってなされていると考えられる。

読むこと、読み手がいるということは、手紙のもっとも重要な本質のひとつであるはずなのに、それが制度化されるとなぜ書くことと対立するのであろうか。多くが交換書簡の対をなす『親和力』の場合、書くことと読むことは調和をなし、その組み合わせは素朴で退屈な関係を作り出している。その意味では、限られた程度においてむしろ手紙性は保持されていると言えるかもしれない。しかし逆に多くの手紙が一方的であるにもかかわらず、宛先すなわち想定される読み手によって規定されたものからなる『コケット』においては、手紙性と書簡体は衝突し、読むことが書くことを抑えこんでいるように見える。それはそもそも書簡体の小説の存在意義というものが、手紙性をそのままの形で取り込むのではなく、それと対立するところにあるということを示すものである。本来手紙は交換されるものかもしれない。しかし『ポルトガル文』の昔から、小説はむしろ一方的な手紙を好んでとりあげてきているのである。

しかし他方で、まったく反対のことを考えることもできる。『コケット』において、手紙性は否定的、逆説的に提示されているとみなすこともできるのである。手紙は本当に本来交換されるものなのか。手紙にとって読むことは本当に本質的な要素なのだろうか。ここでは自らの声を第三者的に表現することによって、手紙における主体の声の地位が曖昧になり、さらには主体の「自明さ」を前提としないことによって、枠組みとなる書き手と書かれていることとの関係までもが疑問視されている。そのような曖昧さは、だれにとってのものであろうか。それは読み手にとってであって、書き手には曖昧ではないのではないか？　そのように考えると、この状態によって暗示されているのは、受け取り手、読み手主導ではなく、反対に、受け取り手の不在ではないのか。それも、手紙を書くことの動機になる、今、ここにいないという物理的、機能的不在ではなく、心理的、そして本質的不在であるとは考えられないだろうか。つまりこの小説は、手紙とは読むものというより書くものであることを、逆説的に示しているのではないだろうか。イライザの死は、書くべき相手の喪失、彼女と物語にとっての手紙の終焉、でもある。

4　ラブレターの書き方　「手紙の束」、『あしながおじさん』

初期の小説の後、アメリカ文学から書簡体はほとんど姿を消した。アメリカン・ルネサンスと称された十九世紀のアメリカ文学の繁栄の時代において、ポー、ホーソン、メルヴィル等の多くのすぐれた小説家が輩出されたが、彼らは一人称の語りを用いたということはあっても、書簡体には興味を持たなかった。実際、小説の最盛期の複雑で高度に洗練された長編小説を書簡体がささえきれなかったのは、アメリカだけの事情では決してない。書簡体小説は短編か小品にしか見られなくなった。手紙との関係を考えるうえでの新たな視点を求めて、十九世紀末から二十世紀初頭にかけての二つのアメリカ小説作品を選んで論じることにする。ひとつはヘンリー・ジェイムズ（Henry James 1843–1916）の短編、「手紙の束」（"A Bundle of Letters" 1879）、いまひとつはジーン・ウェブスター（Jean Webster 1876–1916）のよく知られた少女小説、『あしながおじさん』（*Daddy-Long-Legs* 1912）である。

(1) 手紙の束

ジェイムズの書簡体小説（短編）は、ジェイムズが書簡体を書いたということに関して言及されることはあっても、それについて論じられたことはほとんどない。短編であり、何よりも後で述べるように問題にすべき物語が存在しないからである。しかしそれは、典型的な書簡体小説の形式をとっているにもかかわらず、書簡体小説として機能していないというまさにそのことによって、ジャンルの異なる側面を提示している。すなわち、書簡体というより手紙性を明らかにしているということである。

ジェイムズは二編の書簡体の短編を書いている。「手紙の束」も、いまひとつの「視点」（"The Point of Views"）も、文字どおり複数の書き手の複数の視点、それも異なる文化を背景にした視点を導入することによって、彼の得意の国際テーマを明確に示しており、書簡体が視点の複数化のために利用されていることが明らかである。「手紙の束」という即物的なイメージは、さまざまな人からの手紙が束になって存在するという真実らしい設定をうかがわせるが、実はまったく逆である。物語はパリのある宿屋の複数の住人によって、おのおの、国もそれぞれ異なる宛先に発信された手紙からなっており、このような手紙が束をなす可能性は現実的には考えにくい。もっとも返信は含まれていないので、なんらかの形で検閲があって実はすべて届けられなかったと想像することはできるかもしれないが、受信されていることを示す記述もあるので、これも考えられない。少なくとも作家が束という形で編集をおこなったということであり、それが虚構の枠組みとして提示されていると考えるべきである。その意味でこの手紙の束は、あくまで書簡体という形式を示す概念に過ぎない。

物語の中心は、アメリカからパリに来た若い女性で、彼女が滞在することにした下宿と語学教習所を兼ねた家には、彼女のほかにもイギリス、ドイツ、そして同じくアメリカなど、さまざまな国から来た旅行者が滞在している。彼らはてんでにフランスやフランス人、そして同宿の外国人、同国人のうわさ話や批判を、本国に書き送る。それらの手紙は、主人の親戚の男性、すなわちフランス人自身の視点も含めて、さまざまな異なる見解を色とりどりに展開する。フランス文化に夢中になっているロマンティックなアメリカ青年もいるが、おおかたはフランスの批判であり、他人の批判である。同じ問題、同じ人間に対する意見の違い、一種の「藪の中」効果が、この短編の主たるおもしろさである。中心にいるのが無知で無邪気で無謀なアメリカ娘であり、彼女の傍若無人な行動は周りの人の眉をひそめさせたり、失笑をかったりしているが、彼女自身は何も気づいていない。彼女はしたいことをして、急に興味を失い、風のように去っていく。

以上が筋と言えば筋と言えるかもしれないが、実はこの書簡体の短編の特徴は筋のないことである。事件と言えるものは何も起こらず、書簡が筋を作るようには構成されていない。つまりその意味では単なる束にすぎない。いちおう時間的な流れはあるし、手紙の配列によって「主人公」ミランダ・ホープ（「希望」いう名は皮肉である）がメゾンルージュ夫人の宿に滞在するいきさつ、滞在している間の行状をうかがい知ることができるようになっている。また手紙の中で言及された人間がまた書き手になることで、お互いの関連もつけられている。しかしそれらの手紙全体によって得られるある一貫した物語、ないしは意味などは存在せず、そもそもそのようなものを作り出すことは意図されていないのである。しかし手紙が集まっていることがまったく無意味でないことはもちろんである。

ひとつには、もちろん主題は存在し、それに書簡体が利用されている。それは異文化の比較と対照である。この短編は、ある意味では『コケット』と似た構成を持っている。「主人公」の女性の情熱を回りの目が批判的に抑え込むという形であり、主人公の意見と周囲の目の対比が書簡を並べることによって明確化されている。しかしここにおいてはこの主題は道徳的なものではなく、教訓的なメッセージがあるわけでもない。また彼女の感情にも行動にも、進歩であれ後退であれ何の変化も見られない。また彼女と同世代の若い女性たちとの対比が、なんらかの正しい基準を示唆しているわけでもない。もちろんジェイムズの初期の小説の主題、国際のテーマ、すなわち「爛熟したヨーロッパ文化対無垢なアメリカ人」が読み取れることは明らかである。しかしここではジェイムズは通常以上に皮肉な態度を示し、彼女への同情はなく、辛辣であり、嘲笑的である。ミランダ自身が、アメリカ人として文化的に囲い込まれ、攻撃される状況を作っているのである。アメリカ人は他にふたりいて、対比によって彼女の「アメリカ性」をひきたてているが、三人あわせてアメリカ人のイメージを形成しているとも考えられる。ドイツ人のルドルフ・スタウブは友人にこう書き送る。「この三人はお互いに不信の目で眺め合い、避け合っている。

そしてそれぞれが何度も私を脇に呼んで、ひそかに自分だけが本当の、正真正銘の、典型的アメリカ人であると主張する。形作られる前になくなってしまったような典型――これから何が出てくるというのか?」しかし重要なことは、たとえばこのドイツ人が特権的な批判者であるわけではない、ということである。すべての書き手が同様な辛辣な目で眺められていて、アメリカ人が批判されていると同時に、彼らを批判するヨーロッパ人も嘲笑されているのである。

このようにこの短編は国際テーマを扱っており、アイデンティティの確立と書簡体との関係、古典的な「故国への便り」と無縁ではないが、自と他の関係のためだけに書簡体が用いられているわけではない。むしろさまざまな視点が並列することが目的であると言えよう。いわゆる「アメリカ便り」からはじまって、とりわけアメリカにとって外国との比較が書簡体を用いてなされるという伝統があるのは、時間(歴史)的距離と空間的距離を前提とする手紙が、隔てると同時に結びつけ(Altman 15)、ヨーロッパに対して親近感と疎外感との両方を感じ、自らを他者として規定するアメリカにふさわしいからである。しかしジェイムズは、国際テーマについての長編小説において、比喩的であれ故国への便りの形はとらなかった。ジェイムズがその形式を利用したことがあったとすれば、きわめて複雑な形での、つまり数十年ぶりに帰国して、外国人のようにアメリカを見て、ヨーロッパに送りつつかつアメリカに向けて返すという、旅行記『アメリカン・シーン』の場合があたるかもしれない。しかしジェイムズの初期の国際テーマも、実は最初からこの複雑さを内包していた。単にアメリカ人の目でヨーロッパを報告するのではなく、ヨーロッパ人から見られたアメリカ人を語ることにより、アメリカを語りまたヨーロッパをも語るのである。同様にこの短編も、このような複雑な視点を得るために異なる書き手の手紙の束という形をとり、ヨーロッパ便り、ヨーロッパ人のアメリカ人批判、単なるうわさ話などの、さまざまな書簡を組み合わせることによってそれを実現している。

国際テーマとの関連におけるこの短編の書簡体の意味は、手紙の中でアメリカ人青年ルイス・エヴェレットが語ることばから推定できる。

でも一方でこの社会はコスモポリタンであり、そこには大きな利点がある。われわれはフランス人であり、イギリス人であり、アメリカ人であり、ドイツ人である。ロシア人やハンガリー人もいていいはずだと思っている。ぼくはいろいろな国の人の型の研究に興味を持っている。比較し、対照し、長所や短所、それぞれの物の見方を把握するのだ。視点を移動させるのはおもしろい——今まで知らなかったような、異国的な、人生の見かたをとることができる。

ここではコスモポリタンであることが「視点を移動させる」ことに結びつくことが、はっきりと述べられている。

それゆえやはりこの作品は、ジェイムズの視点に関する習作と考えるべきであろう。手紙の束は異なる視点の語りを一同に会するしかけである。それはたとえばみんなで集まって話をするような語りの場を考えてもよいが、単に物語を語るのではなく、あるひとつの状況についての反応、意見を語るために、書簡体がふさわしかったのである。その理由は第一に、手紙の持つ報告と告白のいりまじった性質による。もちろん素直な感動を表すこともできるが、手紙は不平や批判により向いている。この作品の場合、打ち明ける相手は、仮に本人にとって重要であったとしても、作品にとっては重要ではなく、その関係が意味に影響をあたえることはない。その点で、真の受け取り手は読者となるよう想定されていると考えられる。第二に、手紙がある具体的な書き物をイメージさせうる「束」になっているからである。言い換えればここでは書き手は、内容によってと同様、それが書かれるということ、すなわち表現方法によっても表現されている。これはジェイムズのモダニスト的態度を代表するものであり、視点の意味もそこに含まれると言える。書くことに手紙の束というきわめて具体的なイメージを与えることによって、書くことそのものが意識され、意味ある、もしくは意味生成の機能を持つものとして考えられている。だからこそ、この短編の手紙は手紙らしい形をとり、日付とともに多くの手紙には冒頭の挨拶がついている。結びの挨拶や署名こそないが、ジェイムズの眼前で、手紙は文字どおり一通一通が別個のものであり、かつ束ねられている。

その意味で、冒頭のミランダの手紙が手紙を書くことについて書いているのは興味深い。

一八七九年九月五日
親愛なるお母さんへ
少なくとも先々週の火曜までは報告したと思いますし、私の手紙はまだ着いていないかもしれないけれど、ニュースがいっぱいにならないうちにもう一通書くことにします。家族の間で手紙を回し読みしてもらってけっこうです。みんなに私のしていることを知ってほしいけれど、ひとりひとりには書けないからです。みんなが当然知りたいと思っていることには答えるつもりです。でも、ご存知のように当然とは思えない質問がたくさんありますーーお母さんのではありません。だって、あなたは決してあたりまえ以上のことは要求しない、と言おうとしているところです。ほらこの手紙がそのご褒美ですよ。誰よりも先にお母さんに書いてます。

すでに述べているように、手紙を書くことについて書くことは手紙の基本的な性質のひとつである。これは書簡体の小説の原理とは無関係である。書簡体は手紙であることを前提にしていて、改めて断る必要はないからである。しかしこの特徴が書簡体小説の書簡にも見ることができるのは、これが手紙を書く心理と関わる言い訳作用だからであろう。この言い訳は、相手に対するとともに自身にも作用している。書簡体小説にこれが現れる場合、特にこのように冒頭から現れる場合には、それは作者の心理、この小説を書くことの言い訳になっていると考えることもできるだろう。しかし、一方でこの特徴は、手紙それ自体の特徴である。それは手紙が自己言及的であるというより、手紙の本質が露呈されるというべきであろう。それは書くことは書いていることに常に意識的であるということである。言い換えれば手紙とは書くことに他ならず、手紙を書くとは手紙を書いていると書くことだ、ということが、明示されているのである。

しかしこの短編においては、一通一通の手紙の手紙らしさが意識されているということが、手紙らしい手紙、手紙のための手紙が書かれているということを意味するわけではない。イギリス人イーヴリン・ヴェインの手紙のような、当人同士にしかわからない無意味な情報をまきちらした「自然」な手紙もあれば、ミランダの二通目は不自然な長い引用を含み、物語の様相を呈している。全体的に「パリ便り」風の報告文書であって、おのおのが宿の状況や人物の描写等を説明するというはっきりとした方向性をもち、かつそれが全体としてその目的のために機能している、ということは明らかである。その結果として、筋はないもののひとつのまとまりをなした一短編が成立しているのである。

しかしながらジェイムズの書くことに対する意識は、書簡体小説としての成立とは別に、一通一通の手紙としてではなく、手紙の束として、手紙についていくつかのことを考えさせる。ひとつには、手紙の集まる状況の問題である。この短編のような手紙の束は考えにくい。しかしひとりの書き手がさまざまな宛先に書いた手紙を収集して一堂に集めるという状況は、著名人の書簡集が編まれる場合として存在する。第三者の手によってではあるが、いわば手紙は書き手の元に戻ってくる。それは役目を果した結果とも考えられるが、送り返された恋文のようなむなしさをも内包している。このような手紙の宛先はどこなのであろうか。一方、個人のもとにさまざまなところから手紙が来るという通常の状況を超えて、ある宛先が広範囲の手紙の宛先となることも考えられる。「抗議文」、「はげましのお便り」、「読書感想文」などである。これらは書き手の多様性にもかかわらず驚くべきまとまりをみせる。また、テーマを決めてさまざまな人がさまざまな人に宛てた書簡を集めた本も、多く出版されている。さらに本当に驚くべきは、実は現実の手紙は、ほとんど何の理由も、テーマも、脈絡もなく集められても、束になることである。ひとが書いているというだけで。

これらの手紙が手紙らしいというならば、皮肉にもそれはこれらの手紙が他人に向かって書いていないということであろう。脈絡もなく集められた手紙はそれぞれが自由で、独立していても、ある意味で完全である。しかし意味を持って集められたはずの束は、逆説的に個々の手紙の孤独と不完全さを強調する。それは別々の視点のひとつひとつにひそむ孤独でもあり、ジェイムズはそれをよく知っていた。断片であることと返事のないことによる不完全さは、多くの場合小説のコンヴェンションの中で解消されている。この短編においても、もちろん返事を要求する必要のないことしか書いていない。あるいはまた個々の手紙は、他の手紙と並列され情報や間隔を互いに補足しあうことによって、その断片性を克服している。というより、返事を要求しないということは、これらの手紙が自分のことしか書いていないということである。相手の存在は必要でもなければ、意味もない。作法にはずれて、これらの手紙のほとんどが一人称によって始まっている。このような自己中心性は、手紙の本質的な自己言及性をにおわせていると言ってもいいだろう。

「手紙の束」は、書簡体が筋を作り、道徳的基準を提示して、小説として意味をなすように作られた作品ではない。といって偶然の束のようなふりをした個々の手紙が、小説とは無関係に価値を持つような手紙であるわけでもない。これらの手紙の特徴は、その構造の中から手紙性が透いて見える点である。それは作者が手紙性を意識して意図的に利用しているからであろう。

(2) 片道通信

十月一日

親愛なる、あしながおじさん

私は大学が大好きで、私を大学に入れてくれたあなたが大好きです——私はとてもとてもしあわせです。興奮していないときはないくらいで、ほとんど眠れません。ここは、ジョン・グリア孤児院とは大違いです。この世にこんな場所があるなんて夢にも思いませんでした。女の子でなくて、ここに来られないすべての人を気の毒に思います。あなたが男の子だったときに行っていた大学も、絶対にこんなにすてきではなかったはずです。

かつての書簡体小説は、手紙の形式こそが、書かれたものが目の前にあるという真実らしさによって、小説の成立そのもの、あるいはそのリアリズムをささえていた。時代が進むと、おそらく書かれたものの真実らしさは手紙が集まっていることの不自然さに圧倒されて、書簡体小説のリアリティは影が薄くなり、この形式ははやらなくなった。あらためて書簡体小説が書かれるには、小説の形式に対する鋭敏な自意識と批判・皮肉の精神を持つポスト・モダンの時代を待たねばならなかった。その意味でこれから述べる作品は十九世紀のリアリズム小説を通り抜けてまだ書簡体小説が書かれ得た例として、小品ではあるが注目すべき点がある。その成功の理由は、ひとつには書き手（女性）の心理を告白する手段としての機能がまだ意味を持ちつづけたということ、いまひとつには、書簡体の不自然さを説明できる設定にしたということである。

少女小説、ハーレクィン・ロマンスのようなものであっても、『あしながおじさん』の人気が高いのは、そこに人生を自ら切り開いていく若い女性の知性と情熱のひらめきが読み取れるからであろう。孤児院から大学への転換は、束縛から自由へ、家庭から社会へという十九世紀的女性から二十世紀の女性への転換を意味していた。孤児の女主人公は二十世紀初頭の流行にすぎなかったかもしれないが、それは少女が大人になる途中での親の否定というような心理学的な要因より、社会的孤立と、しかしそれにともなうある意味での自由という、今日にも通じる女性の環境を写し出している（Bower 97）。新しい世界で新たな生を始め、周囲を規定し、命名し、自らも変化し成長していく主人公はアメリカ神話的、アダム的要素すらそなえているが、女性にとって二十世紀初頭のアメリカは、まさにそのような時代だったのである。しかもこの主人公は明らかに当時の新しい女性、高等教育を受け、自活をめざす女性、を代表し、その目で社会、階級、ジェンダー等の問題を眺めていた。「いいですか、おじさん。私たち女性が権利を得たなら、あなたがた男性はご自分の権利を守るよう注意をしていなければいけませんよ。」実際には、このような小説のフェミニスト・ヴィジョンは添え物でしかなく、主人公は結局男性・（未来の）夫・権力者の支配の中から出られていないという見方が優勢である。しかし一〇〇年近くたってもなお、女性たちは好感を持って、ジルーシャ（ジュディ）・アボットのユーモア、快活さ、好奇心を受け止めている。

そして、共感をまねくために、書簡の告白形態が大きく作用しているのはいうまでもない。女性の文学（女性の作品、女性を主人公とした作品）の研究において、女性の自身の内面の分析と自己主張に書簡体小説の果たした役割が認められている。長い間、書簡は他に表現手段を持たなかった女性が唯一手にした「書く場」であった。徐々に女性はその場を広げていくようになり、それがそのまま女性の解放の歴史を作ってきた。二十世紀初頭、女性がいよいよ男性と同等に社会に進出するようになる時代においてさえ、書簡はその伝統的役割を本質的には失っていないことを垣間見せる。それはすなわち、自己分析と自己主張は書くことの本質に他ならないことを意味している。

『あしながおじさん』という書簡体小説の最大の特徴は、書き手が宛先の正体を知らされず、返事を期待できずに書く、ということである。主人公のジュディは、自分を大学に入れてくれた、見ず知らずの孤児院の理事に、大学の生活を報告する手紙を書くことを要求されたのである。このことにより、一方的な手紙が集まるという小説の枠組みの不自然さが、集まっていること自体はともかく、解決されて、より現代的要求に呼応した書簡体小説が成立した。書き手はどのような相手が読み、どんな反応をするかを知らずに、言い換えれば考慮することなく、文字どおり一方的に手紙を書くのである。しかし日記ではない。相手がいて相手に読まれることは確かだからである。この卓抜な設定によって、書き手が自由に、しかしまったくの自己満足に陥らずに、ある程度の慎みと理性をもちながら自身の状況を報告しその心情を告白することができるようになっている。伝えられる情報は、書簡体小説によくあるように、真実らしくするために無意味に不明瞭であったり、読者を意識して不必要に過剰であったりする必要もない。読者は、その不特定性、無名性において、書き手にとっての宛先とまったく同じ位置にあるといっていいからである。この手紙に書かれていることの前提は、書かれていることしかない、そしてそれがほぼ小説の全体を占め、かつストーリーをつむぎ出すという点で、これはいわば完璧な書簡体小説である。

おそらくは、このように小説を成立させるための制約からかなり自由であったということが、一通一通の手紙の自由さを生み出しているのであろう。物語としては終結しなければならず、落ちもミステリーの解決も必要であろう。主人公は卒業し、作家になることも必要だろうし、ロマンスのゆくえも見届けられなければならない。しかしそれは論理上いつ起こってもかまわないのであり、寸前まで書き手はなんのくったくもなく書けばよいのである。その意味で、これらの手紙は、現実的な観点から見た設定の「奇妙さ」にもかかわらず、きわめて現実的であるといえる。この手紙が現実的であることに関して、作者のジーン・ウェブスター自身の手紙の執筆が書簡体小説と関連があった、すなわち、彼女とおおっぴらに会うことのできない恋人との間で、多くの場合手紙が唯一の通信手段であったらしいとする考察もある (Bower 98)。ウェブスターの手紙は、たしかにジュディの手紙のユーモアと人生に対する快活さを共有している。女性作家の現実の書簡と作品の書簡との関連についての議論は珍しくはなく、情熱や欲望の表現という観点からは、共通点が見出されるのは当然であろう。『あしながおじさん』に関しても、基本的に単純な内容や筋から見て、作者がひたすら自分の本当の手紙を書くようにこれらの手紙を書くことができた、ということは十分想像できる。

しかし、実際にこの小説の手紙が現実の手紙と同じであったかどうかは問題ではない。重要なことは、この小説の手紙が小説の制約から離れて、手紙について多くのことを示している点である。そのひとつは、手紙における虚構の関係である。手紙は現実のやりとりではなく、想定されたやりとりである。一方的に書きながら、相手の反応を自ら創り出し、またそれに応答していくという、いわば虚構の関係が設定される。手紙の書き手は、まず自分の声を受け止める相手として宛先像を創出し、ついでその相手にみあう自分の像を創出していくのである。たとえば、もちろん恋人に向かって書くのと、正体不明のパトロンに向かって書くのとでは書く態度に大きな違いがあるだろうが、『あしながおじさん』の手紙は、だれかわからない相手に書くというまさにその点を利用して、主人公が自分の書きたいと想定した相手に書かれているのである。ジュディはこの相手に「あしながおじさん」という名前や身分を創り出しただけでなく、ときにはふざけて、さまざまに異なる呼び名、「ダディ」、「理事殿」、「慈善家殿」などで呼びかける。あるいは家族のいる人をうらやんで、「ちょっとだけ、私のおばあさんのふりをしてくれませんか」と頼んで、手紙の最後で「おやすみなさい、おばあちゃん」と結んだりする。それは彼女が、自分が書いていている相手をなんとか意味のある存在にしたいと考えて、想像力を駆使していることを表している。しかしそもそも手紙の場とは、書き手が自分と手紙の宛先とを自分の願うイメージに造りあげる場なのである（Bower 100）。

極言すれば、手紙というものは架空の相手に向かって架空の自分のことを書いている。それはある意味で、たえず自分の「あしながおじさん」に向かって書いているようなものである。それは言い換えれば、非常に多くの場合、書き手は自分を意識して手紙を書くということである。もちろんすべての手紙がそのように自意識的に書かれているわけではない。相手のことを思いやって、相手のことしか書いていない手紙も数多く存在するだろう。しかし手紙を書くことを少しでも意識的におこなった場合、その手紙の場には、書き手が書く存在として投影されるのみでなく、読む存在としても、（架空の）相手の上に投影されるのである。手紙を書くことにこのような強い自意識性がありうることは、どの手紙にもほとんど例外なく見られる書くことへの言及が、物語っている。たとえばジュディの手紙でも、最初の手紙には、「知らない人に手紙を書くのは変なものですね」、つぎの手紙には「長い手紙を書いて、私が習っていることすべてをお話しようと思ったのですが…」、あるいは、四通目には「たったいま手紙を読み直してみたら、ずいぶんしめっぽい感じがします」というような言及が見られる。これはもちろん、同時性の強調でもあり、小説の写実性を増すねらいもあるかもしれない。

同時性の強調自体は、いまひとつの手紙性、時空の隔たりの問題とも関っている。手紙は宛先（読み手）の不在を前提とし、かつその不在を存在にする役割を果たす（Altman 140）。書き手の時空を共有しているかのように繕うレトリックは、報告を基本とするジュディの手紙にも随所に見られる。「（チャペルのベル）」「！！！！！！！！！！！！」　これはチャペルの塔の時計が十二時を打っているところです。」「わっ！！！！！　この叫び声で、サリーとジュリアと（いまわしい瞬間に）上級生が廊下を横切ってやってきました……ちょうど最後の文章を書いて、次に何を言おうかと考えているときに——ぽとん！［ムカデ］が天井から私のそばに落っこってきたのです。」後者の例では、電話で話しているような同時性が強調されている。しかし、手紙において現在とは実は書いている場のことに他ならない。時空を共有しようとすれば当然書き手は書いていることに意識を向けざるを得ないのである。

この小説において「書く場」は特に強力に作用する。それは告白の型に限界があり、読者との関係も他の書簡体小説とは異なっている、すなわち当然想定されるような、読者が事実上告白の相手になる関係が成立しにくいからである。書簡体の力学は、時代が移っても十八世紀のそれと何の違いもなく、書き手と読み手の関係であり、それはそのまま小説と読者の関係となる。書簡体小説の手紙は、腹心の友への打ち明け話である場合が多く、素直にさらけだされた書き手の胸のうちは、読者の共感をまねく。読者が自分に向かって打ち明けてくれているような親近感を感じるからである。告白は書簡体の重要な要素である（Altman 46-86）。告白をする相手、手紙の宛先は、すなわち手紙の読み手であり、それは実際に反応する、しないにかかわらず、手紙の中に潜在的に埋め込まれた機能である。それは手紙自体を規定する機能があり、たとえば書き手は相手との心理的距離を測り、告白の度合いを変え、自らをさらしたり、相手の気を引いたり、逆に自らを隠したりする。一方告白は小説を成り立たせる機能も持つ。すなわち秘密を打ち明けられる快感によって、小説の読者はこの宛先に同化することが容易になるのである。

ところが『あしながおじさん』の特徴は、この宛先の正体が不明確だということである。書き手の方でも、その理由のために告白には限度があり、胸のうちを直接さらけだすことはしていない。といって、たとえば『コケット』におけるように、会話を記録するだけというわけではなく、ユーモアにつつんで間接的に表したり、時間がたってからようやく打ち明けたりする。ジュディがペンドルトンに対する思いを「おじさん」に相談するのは、ほとんど物語の終結間際になってからである。書く側の自由さを生み出す不明確な相手は、逆に読者がそれに同化することを妨げる。役割としては同化しても心理的に同化することはできないのである。このような告白の構造の不完全さが、結果として読者が告白の聞き手になることを促しているとは言いがたい。

むしろこの小説においては、よく用いられる比喩をかりるならば読者は「肩越しに」読んでいる読み手となるが、しかしそれは、実は「書き手」の肩越しであり、その読み手は、書き手の心を書いていないことまで含めて感知するような読み手である。あるいは、その比喩を推し進めるならば、その多くが主人公と同性、同世代である読者は、むしろ書き手と同化し、ペンを持つ手に自分の手を重ねる。特定できない、しかし無限に不特定ではなく、自分を受け止めてくれると想定できる「おじさん」に向かって書くことは、手紙の書き手の理想だといっていいだろう。すべてのものが「おじさん」を得られるわけではないが、ある程度の環境や想像力があれば、だれでもジュディのように自らを表現することができ、また表現することが楽しいのだという約束は、読者を潜在的な書き手から、本物の書き手に変える力さえ持っている。先に作者は実際の手紙を書くようにこの小説を書けたはずだと推定したが、それは言い換れば、近い状況にいるだれでもがこの手紙に似たような一通を付け加えることが可能であり、この小説がだれをも書き手に変える力を持っていることを意味する。この手紙は、自由でかつ適度の慎みを持つ自己表現手段、たとえばインターネットのブログのようなものと言えるかもしれない。それらの公開日記が読み手を読者にとどまらせるのではなく容易に新たな書き手に変えていくように、この物語は多くの読者を現実に手紙あるいは日記の書き手に変えてきているに違いない。

このように、『あしながおじさん』は、書くことへの動機付けについての物語である。手紙を書くということ、すなわちそもそも宛先があるということは、手紙の、そしてすべての書くことについての成立の動機を形成する。もちろんそれは、文字や記号、あるいは表現手段といった物理的な契機があることが前提である。また、心理的な動機、表現する意思ももちろん必要であろう。しかしひとがまず発信することを意図しなければならない。実は記号も表現意思も書く契機としての発信する意図に含まれ得ると言ってもいいかもしれないのである。発信するということは宛先を持つということである。この宛先とは、必ずしも特定の宛先ではなく、発信の設定のようなものである。ゆえに機能的には『あしながおじさん』は、ジュディの孤児院の作文の宿題と何の変わりもない。ただそれははるかに楽しい宿題であった。

第二章——象徴としての手紙

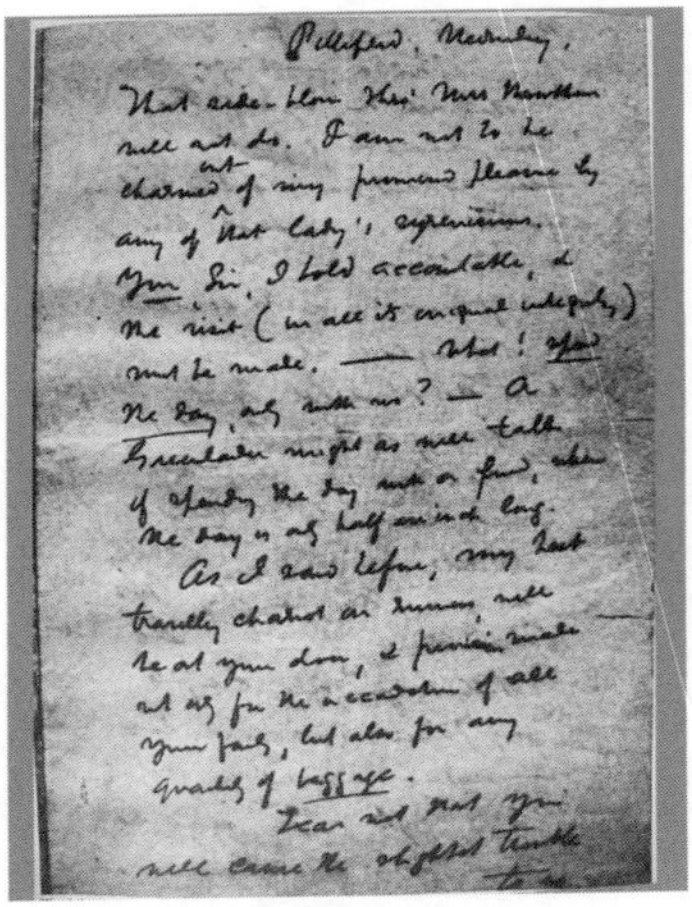
Pittsfield, Wednesday.
That side-blow thro' Mrs Hawthorne will not do. I am not to be charmed out of my promised pleasure by any of that Lady's syrenisms. You, Sir, I hold accountable, & the visit (in all its original integrity) must be made. — What! spend the day, only with us? — A Greenlander might as well talk of spending the day out on the floe, when the day is only half an inch long.
As I said before, my best travelling chariot on runners, will be at your door, & provision made not only for the accomodation of all your family, but also for any quantity of baggage.
Fear not that you will cause the slightest trouble

Herman Melville's Letter to
Nathaniel Hawthorne, 13August 1852.
メルヴィルからホーソンへの手紙

1　文字（Letter）、象徴、記号、シニフィアン

西欧において書簡体小説は十九世紀には衰退する。小説に書簡という真実らしい契機が必要でなくなると同時に、その形式的制約が邪魔になったからである。書簡体はそれが培ったリアリズム小説と心理主義小説という二つの道へ発展していった。アメリカ文学は遅れてやってきたが、小説においてはほぼ同時代的に発達し、書簡体小説の後を追い、まもなく独自の小説世界を展開するようになった。文化的劣等感の克服と新しい国家的理想への期待と不安という独自の条件のもと、十九世紀アメリカ小説は時代の風潮であるロマン主義の空気を十二分に吸い込んだ「ロマンス」もしくは象徴主義的作品を作り上げるのである。

アメリカン・ヒーローというアメリカ的小説主題をもっとも顕著に表しているのは、ナッティ・バンポーやハック・フィン以上に、メルヴィル描くホーソンであるかもしれない。ホーソンに宛てた書簡の中で、メルヴィルはいみじくもこう書いている。「ナサニエル・ホーソンについての偉大な真実がある。彼は雷鳴の中でノーと言う！　しかし悪魔でさえ彼にイエスと言わせることはできない。」その姿はそのまま、アメリカのロマン主義、象徴主義の具現となっている。

荒野において嵐と直接対決し「カーペットバッグ、すなわちエゴ以外何も持たずに、辺境を越えて永遠へと向かう」ひとの図式は、アメリカ国家を建設する開拓者精神を表すと同時に、より本質的に、「神」や運命と直接対峙する詩人の自由な魂を表す。その像は、もちろんそれ自身が象徴であると同時に、象徴の機能について多くのことを示唆している。詩人が神と対峙するとは、すなわち言語、表象によってするのであり、またその図式を表現するにあたっても、「否」という言語が用いられている。言い換えれば、言語、表象（象徴機能）自体が、もっとも重要な関係を結ぶ媒体である。それと同時に、「直接」の対決であるはずのものが実際には象徴によって間接的にしか示され得ないものであることも示されている。しかも表象とは、本質的に「否」ということなのである。この挑戦を、ドン・キホーテ的な高みを目指した、しかし失敗する闘いととるか、皮肉で絶望的な異議申し立てととるか、それとも真に希望に満ちた試みととるか、考えの分かれるところであろう。いずれもアメリカ文学的かもしれない。さらに、「詩人」の個人主義的で孤独な肖像、表象媒体（シニフィアン）としての言語の作用、その意味内容（シニフィエ）が「否定」であるという点なども、きわめてアメリカ的であると言ってよいであろう。

ホーソン、メルヴィル、さらにポーという三人の小説家が、アメリカの小説にリアリズムと並んで、あるいはむしろより強くロマンス的、寓意的、そして象徴的な流れがあるという説を裏書するような、典型的作品を生み出してきたことは言うまでもない。たとえば、白い鯨、赤い文字、そして黒い猫は、あまりにも明白に象徴的である。アメリカ十九世紀ロマン主義文学をもっとも明確に象徴主義という概念で語ることを主張したのは、チャールズ・ファイデルソン（Charles Feidelson, Jr.）の『象徴主義とアメリカ文学』であろう。上記の三人の作家に詩人のホイットマンを加えて、アメリカの四人の象徴主義者として挙げながら、ファイデルソンは、彼らがヨーロッパの亜流のロマン主義者ではなく、アメリカ文学を形成し、かつ現代文学につながる象徴という「方法」を手に入れたのだと論ずる。そこでは象徴が何を意味するかというより、そのような言語の使用によっていかに重要なものが手に入れられるかということに焦点があてられている。また、アメリカロマン主義の文学が、言語そのもの、文字（letter）、記号、などの象徴性に強くひかれたことは、たとえばジョン・アーウィン（John Irwin）の『アメリカの象形文字』にも描かれている。最近になってフランスの批評家クロード・リシャール（Claude Richard）は、『アメリカの文字』において、主としてロマン主義の作品における「文字」の表象を扱っている。彼は、形、体、ものとしての文字、その解読が意味を生む構造から始まって、アメリカの超絶主義思想が文字は神を表すと信じようとし、かつそのことに疑問をいだいたことを、ポスト構造主義の思想をてがかりに読み込もうとする。ここにおいて重要なことは、「文字」と「手紙」の交換可能性が示唆されていることである。そしてここでも当然ながら同じ三人の作家の名前が挙げられている。そのポスト構造主義の批評では、ポーの「盗まれた手紙」の手紙が、いわば象徴の象徴的象徴となっている。ジャック・ラカン（Jacques Lacan）は「『盗まれた手紙』講義」において、この手紙が通常の手紙のようにテクストによって意味するのではなく、それが循環することに意味があること、すなわち手紙のシニフィアン性に注目する。そしてラカンの精神分析学的において、シニフィアンは、ファルスであり、権力である。このシニフィアンをめぐって、ラカンの名高い主体についての三者構造が成立する。

このようなアメリカの象徴主義の象徴作用においてとりわけ注目したいのは、「盗まれた手紙」に表されているような、手紙の象徴である。リシャールがとりあげた、アメリカ文学全体を代表する作家たちの三つの作品、『緋文字』、「バートルビー」、「盗まれた手紙」に、共通して letter が現れていることは偶然ではないと考える。もちろん、いかに名作だからといって、また仮に手紙の象徴性が共通するといっても、それが十九世紀アメリカ文学と象徴主義全体を表現すると結論することには無理がある。これらのうち真に手紙を扱っている作品はそのうちのひとつだけだからであり、それぞれの「手紙」の様態も象徴性も異なるからである。しかし、象徴そのものの本質、またアメリカ文学における象徴主義全体のあり方が、文字と深く関わっていることから、これらの作品は、アメリカ小説における象徴が文字の延長としての手紙と重要な関連を持つ可能性があることを、示していると考えられる。またそれは、これらの作品が手紙の象徴性にとって意味を持つ理由でもある。

これら代表的な象徴主義的作家の思想や創作にとって、共通して手紙そのものが重要な役割を果たしていたことは、他にも指摘されている。しかもそこでは、当時発達した電信が、作家たちに強い関心を引き起こしたと推察しているのは興味深い（Rovit 430）。電信は、その後アメリカが主導することになる科学技術の発達を象徴するとともに、記号の問題が現代のコミュニケーション・ネットワーク全体の問題へと広がる可能性を示していた。手紙は、新しい土地へ移り住み、そしてその広い土地を移動する人々にとって、異なる空間、時間をつなぐための重要な「手段」であった。しかしその手段はやがて、システムやテクノロジー、知識の様相を強めていく。それゆえ、文学において象徴の問題が不可避になるとき、手紙において象徴（記号）を考えることは、文字と同じぐらいアメリカ的選択であると言える。

文字からネットワークへ。手紙は、その形式の複雑さ、多様な様態、そして運動を含むことによって、驚くべき豊かな象徴性を発揮する。文字の力は人間にとってのことばの力の多くを占める。手紙の紙の可燃性、有限性と人生の類似は、それを乗り越える思想への希求につながり、また、秘密や権力を秘めた手紙が想定外の移動、循環を通じて、その構造をあらわにする。そしてこの図式は、さらに時代を経て精神分析によって、実は人間がかかえている秘密や権力の問題につながっていることを明らかにする。そして、さらに重要なことは、そのすべての場合を通じて浮かび上がってくるのが、人間を取り巻く文字と書くことの意味だということである。

厳密に言えば、象徴としての手紙は、テクストではなく手紙という実体である。そもそも象徴であるということは、具体的なイメージが、抽象的な概念を表象することであり、手紙の象徴機能を保証するには、もの的な側面が必要とされるのである。よってこのような手紙は、その内容はほとんど問題とはならず、手紙のテクストが示される必要もない。もちろん一般的な意味で手紙が象徴的に用いられるとき、それは多くの場合、メッセージを運ぶものとしてである。しかし、このとき手紙が伝達の道具として、欲望、関係、時空等を象徴することができるとしても、それは必ずしも内容がそのような問題についての内容であるからではない。象徴作用が必要としているのは、内容ではなく、むしろ手紙のより即物的な性質、伝達の道具を成立させる性質、すなわち、手紙の形式、物質性だということになる。文字のシニフィアンとシニフィエの関係は単純であるが、手紙は文字だけではない。手紙のメッセージを運ぶ媒体としての物質性とは、文字であり、インクであり、紙であり、そしてこのものが物質であるゆえに可能である移動や送付である。しかも、実体があることが望ましいとは言っても、物質そのものが必ずしもなまの形で現れなければならないとは限らない。より重要となるのは物質性のイメージである。特徴的に、手紙は往々にしてその物質性の概念のみによって表象する。実体がなく、その存在さえ危ぶまれる手紙が、手紙の形式概念と「運動」の概念によって意味を生み出すことがあるのである。

このような手紙の物質性、形式概念、運動の概念が究極的に指し示すものこそ、手紙の本質、手紙性である。言い換えれば、手紙はその表象作用において、自らの機能、手紙自身の本質を表面化することになる。そして表象作用の相互性は、シニフィエがシニフィアンを内包していることを露わにする。その機能があるからこそさまざまな象徴が可能であるということは、逆に言えば、手紙によって表象されていることが実は手紙性を、すなわち広義の「書くこと」の意味を示していることになる。言い換えれば、手紙はその人間や人生との密接な関わりによって多様な概念を表象しうるが、同時に象徴としての手紙は、象徴的に機能することにより、逆に手紙性を照射するのである。そのとき手紙が究極的に示しているのは、手紙自身の本質的意味、すなわち、それらの概念が含む「書くこと」の意味である。それゆえ、手紙は、他のことともに、「書くこと」を象徴しうる、と言ってもいいだろう。

このような象徴としての手紙、しかも手紙が「書くこと」を象徴すると言えるような場合が、この章の論点である。三人のロマン主義作家の作品における手紙を検討する前に、時代は少し後になるがヘンリー・ジェイムズの短編から、このような象徴的な手紙の例を簡単に示すことにしよう。そこでは内容を持たぬ手紙、あるいは実体さえない概念としての手紙が顕著に現れ、その手紙性によって象徴的に機能し、「書くこと」の意味を明らかにする。

「アスパンの手紙」("The Aspern Papers" 1888)において、手紙は現実に見える形では登場しない。貴重な手紙を探し求めるという設定で、探求の目的としてその具体性を暗示させておきながら、当の手紙は一度も場面に登場することはなく、その存在すら疑われる。そこにおいて手紙が「もの」としての特性を強調するのは、主人公の女性が手紙を探し求めていた語り手に、自分が受け継いだその手紙を焼いてしまったと告げるところである。この手紙を手に入れるには、これまでそのために利用してきたこの女性をも併せて受け入れなければならないと知らされて、一度はためらった語り手は、考え直して戻ってくるが、それはもう手遅れだったということがわかるのである。この皮肉な場面で、手紙が紙であり、消滅し得るものであることが印象づけられる。すでに述べたようにこの語り手はこの手紙の存在を確認することができなかったのであり、女性の証言も偽りかもしれない。しかしそのことはこの物語の筋にとってさえさほど重要ではない。逆に手紙の焼失は、記録、歴史、「真実」といったもののはかなさを示すと同時に、「書くこと」によって記憶を受け継いでいるにすぎない人間の営みのむなしさも浮き彫りにする。さらにそれは、書くことが実は記録として意味があるのでも、真理に関係するのでもないのだということを暗示し、逆に移動や複製にこそ、さらには消滅にさえ積極的意味のあることを示唆する。

「アスパンの手紙」においては、高名な詩人アスパンの秘められていた情熱は、詩人の名声を食い物にする批評家を通してではなく、それを共有したものの意志によって、消えることによって「あった」ことになることを選ぶのである。このパラドクスは作家の持つ一種の脅迫的独占的破滅願望の現れかもしれない。これはむしろ手紙の持つ無限の移動の可能性が絶たれていることになる。しかし燃えることが示す紙としての存在、そして消滅可能性が移動可能性と矛盾する特質として同じ紙の中に存在することは、手紙にとって重要な特徴なのである。それはさらに、ある意味では紙より消えやすく、しかしある意味では燃えない現代の電子の手紙との関係においても、問題となるのであろう。

ジェイムズの別の作品「ねじの回転」("The Turn of the Screw" 1898) が示している手紙のシニフィアンは、発送である。具体的にはそれは出されない手紙であり、手紙を書くことができる、もしくはできない、ということが持つ意味を示唆する。この物語に出てくるのはほとんどが中身の見えない手紙である。主人公の家庭教師が勤める家の男の子が放校されることを知らせる内容の手紙もあるが、それもテクストはなく、あとは出す予定の手紙、盗まれて出されない手紙などである。唯一テクストがあるのは、放校を知らせる手紙を封も開けずに添えてくる雇い主の短い手紙であるが、そもそもこの物語において、家庭教師が精神的に追いつめられていく最大の原因を作っているのは、この手紙にも記されている、雇い主に「手紙を書き送るな」という禁止事項である。ショシャナ・フェルマン（Shoshana Felman）の精神分析的理論に従えば、これは無意識に対する検閲や抑圧である。しかしより実際的に見れば、書くことの禁止は表現の欲求の抑圧であり、禁止するものと禁止されるものとの間の力関係を映し出す。さらにそれは書くことが力であるということを意味している。

この物語において手紙を書くことは、手紙を書き得る、出し得る、という問題に集約される。「幽霊」の出現にあって、自分の責任と、事態を訴えたい願望の狭間で、家庭教師は代理的に子供たちに伯父（雇い主）への手紙を書かせる。しかしそれも出すことはできずに、彼女が保管することになる。「幽霊」と思われる女性は、恋文を書く女として家庭教師の目に映る。これもおそらくは恋する相手である雇い主に書きたいという彼女の願望の投影であろう。問題が深刻になり、いよいよ雇い主に事態を知らせるということになり、家政婦が申し出るが、家庭教師は家政婦が字を書けないという事実をとりあげて、自分が書くことに決めさせる。しかし家庭教師は、家政婦との力関係においては書く人であるにもかかわらず、雇い主に対しては書くことができないままである。その手紙は雇い主に来るように請うているだけの内容で、「書かれ」て家庭教師のポケットにあり、発送するためにテーブルにおかれ、紛失したということになる。この物語においては何が真実であるかは知りがたいが、少なくともこの手紙は、書かれず、発送されないことにしか意味はないのである。男の子（マイルズ）が盗ったということになって、詰問された彼は、盗み見たが、「何も書いてなかった」ので燃やした、と答える。しかもマイルズは、学校で行った「悪事」について話しながら、「家に手紙を書いた」のが悪かったという、意味不明なことを語る。家とは？　まだ幼い妹？　字の読めない家政婦？　書いてはならない伯父？　前の家庭教師、すなわち幽霊？　いずれにしろ、手紙は書いてはならないものであり、家庭教師のおかれた禁止と検閲の抑圧状況を象徴する。

この物語では、手紙を書くことと書けないこととの関係は明らかである。書くということと発送するということは、レベルは違うように見えるが実は同じことである。発送することこそが書くことの本質にある運動を体現するともいえる。「あった」ことにするためには送らねばならない。そのとき内容は意味がない。意味はむしろ送ることに存在するからである。逆に、出すことのできない手紙は、この物語におけるように「何も書いていない」と同じことである。また、出すということが比喩的もしくは象徴的であるのは、ひとつにはそれが宛先との関係を設立して、書く動機を得るということであり、すなわち自分に宛てて書くことも可能である、ということである。一方で、この雇い主が学校からの手紙を、中身を読まずに送りつけるということは、内容とは無関係に、送ることのみによって「書く」ことの権力を行使していることを示している。

ホーソン、ポー、メルヴィルの作品における"letter"は、過酷な運命にある。人々の非難の的であったり、盗まれたり、そして死んだと宣告されたりする。しかし、その悲惨な運命がいかなるものを象徴するとしても、手紙が存在するやいなや、それはすなわち手紙性を指向する運命にあることに、注目したい。かくして緋文字はAの表し得るあらゆる概念のなかにaddress/addresser/addressee（宛先／差出人／受取人）を含み、盗まれた手紙は、論理的な思考や権力の場の象徴であるとともに、宛先に着くかどうかを問題にし、宛先人不明の手紙、デッドレターは、人生における死、あるいは生だけでなく、手紙が死ぬかどうかを問うているのである。そしてそのすべてにおいて、手紙が究極的に表しているのは、「書くこと」である。

2　文字は殺す『緋文字』

「文字（Letter）は人を殺し、霊は人を生かす」（コリント人への第二の手紙　三-六）は、よく引用される句であり、さまざまな解釈がなされている。この「文字」とは「ことばの字義どおりの意味」ととるのが一般的であり、その「ことば」も法の言語と考えられているようである。しかし、この法とは何か、法の字義どおりの適用とはどういうことか、に関しては議論があり、法そのものの厳格さを指すという説もあれば、あるいは法の濫用であるという説もある。この法が神の法か、人の法か、にもよる。パウロ自身は法を霊的なものと認めているから、問題は人のほうであって、「『文字』に不当な否定的意味を付与するべきではない」（Garland 166）という解釈者もいる。しかし概して、この句は人間に対する「規範的」言語の抑圧的な力に言及していると考えられているようである。

聖書解釈を離れて見てみると、この句は「精神」と対比されたときの「文字」に対する疑惑の根深さを示しているように思われる。それは言語についてのさまざまな二項対立、形式と内容、表現と思想、文字どおりと比喩、意味するもの（シニフィアン）と意味されるもの（シニフィエ)、などにつながっている。このうちの前者が、形式的なもの、文字、もしくは文字通り(literal)、言い換えれば精神的なものと対立する広義の物質性を表すカテゴリーであり、どうもそれに対する疑念が問題となっているようである。法の言語は英語の letter の主要な意味ではなく、それ以外により流通する意味がある。それでは、それらの letter も「殺す」のであろうか。なかでも書きことば(文字)、そして手紙という意味は、法の言語と同じく広義の物質性に依存している。それゆえそれらも同様にその「真実性」を疑われているのだろうか。当然、文字、手紙、法の三つの語義は重なり合っているが、そのうちの手紙は他の二つを包含しうる(手紙は文字からなり、法は書簡において伝達されると考えられる)。その意味で、literal の力は手紙に収斂し、逆に疑念の解明や問題の解決が手紙において成立する可能性がある。しかし、そもそもこのような疑い、「殺す」と表されるほどおそれられているliteralの力とは、いったい何であろうか。

まず、手紙を構成する文字そのものに焦点をあててみよう。文字は本当に殺すのであろうか? だれも文字が「文字どおり」に殺すとは受け取らない。しかし、まさに文字どおりにそれが起こる、もしくはそう見える例がある。しかもそこでは、文字と法との驚くべき結合が見られるのである。ナサニエル・ホーソン(Nathaniel Hawthorne 1804–64)の『緋文字』(*The Scarlet Letter* 1850)の終結近く、読者はディムズデイル牧師のさらし台の上での死を目撃するが、その死は彼の胸の上の文字によるものではないかと疑われ、あるいはほとんどそうと信じられる。そこにおけるこの文字の力の恐ろしさは比類なく、また文字の letter と法の letter と結びつきは明らかでである。それどころか、文字を題名とするこの小説のほとんど全部がまさに「文字は殺す」の例示になっていて、そしてそれがこの場面に集約されているとも考えられるのである。

牧師の死の直前、彼は胸をはだけて何かを顕すのだが、語り手はその瞬間妙に口よどむ。「それは顕された！　しかし顕されたものについて述べることは適切でない。」そして物語の中でこの場面を目撃した人々が「見た」ものは文字を含めてさまざまであり、特定されない。しかしこうした作者の意図的隠蔽にもかかわらず、牧師を殺したものが、比喩をこえて物質的にいまわしい文字の力であったことは、その力がその瞬間に作用したのであれ、あるいは物語の始まりから終わりまでの時間がかかったのであれ、ほとんど疑いがたいように見える。

ディムズデイルの胸の怪しきものが文字であると想像されるのは、言うまでもなく、そもそも『緋文字』の物語の中心にあるのが、ヘスター・プリンの胸につけられた緋文字Aだからである。姦淫の相手の名を明らかにせず、ひとりその罪の印であるAをいだいて生きていく女性の物語において、そのAの力、機能、意味こそがこの小説の主要な関心なのである。Aの文字は法の力を表し、罪の象徴（姦淫 adultery の頭文字）として、また罰の手段として働くことによって、この文字を負う人間をさいなみ、殺しかねない装置である。しかしこの文字は、ディムズデイルを殺したかもしれないが、ヘスターを殺すことはできなかった。ある意味ではそれは文字に抗して霊の勝利と言えるかもしれない。また逆に、ディムズデイルは、法の力に殺されたというより、むしろこの文字の人間的機能を超えて神の意によって死んだとも考えられ、殺したのは文字というより霊であったとさえ言えるかもしれない。しかし、だからといって霊の力こそ重要である、あるいは文字は無力である、とは考えるべきではない。なぜなら、この文字は比喩的にさえヘスターを「殺す」ことがなかったどころか、驚くべきことに、時を経てその強い彼女自身と同一化するからである。

この小説は法とその執行、喩と現実、の問題を直接扱っている。しかし「文字は殺す」という命題は、たとえ『緋文字』が「文字」を主題とするとはいえ、この物語によって証明されるとはいえないし、この物語にそのままではあてはまるわけではない。そうではなくて、「文字は殺す」とは、文字、あるいは言語の広義の物質的側面、または「文字性」の持つ転覆力を現す概念と考え、それがこの物語において重要な意味を持って展開されていることを見ていきたい。ある意味では「文字は殺さない」と考えられるかもしれない。反対に、「文字は殺す」が、異なる方法においてそうする、もしくは異なる見方を表すのだと考えられるかもしれない。物質的なものが霊(真実)を覆すという疑いとは、真実が曖昧になったとき、真実を楯にする権力側の、抵抗し、転覆する力へのおそれを暗示しうるからである。

(1) 文字の力

この若い女性――この子供の母親――が群衆の前にその姿を完全に現して立ったとき、まるで彼女の最初の衝動は、赤子を胸にきつく抱きしめることであるかのように、しかもそれは母性愛の衝動というよりは、そうすることによって、彼女の衣服に縫いつけられたか、止めつけられているあるしるしを、隠すためであるかのように見えた。しかしすぐに、ひとつの恥のしるしが別の恥のしるしを隠しおうせるものではないと考えたか、彼女は赤子を腕よりはなし、顔を燃えるように赤らめながらも気高いほほえみを浮かべ、目をそらさずに町の人々や隣人たちを見わたした。彼女の上着の胸には、美しい赤い布の、凝った刺繡と華やかに輝く金糸で縁を飾った、Aの文字が現れていた。

『緋文字』は本質的に曖昧な小説で、何が主題であるかについても議論があるが、個人的には、これはヘスターとディムズデイルの恋の物語でも、罪人の改悛の物語でも、姦淫の諫めの物語でもなく、周囲との闘いをしいられた女性の闘争の物語と考えたい。そして、真の敵がピューリタンの社会であるかどうか、その闘争は勝利したのかどうかにかかわらず、重要なことは、その闘争の場が、法と、情熱的な女性の肉体の象徴としてのAの文字だということである。

罪人への罰として犯した罪を象徴する文字を付けさせることは、すでに英国においておこなわれていたことで、ボストン植民地の発明ではない。しかし、罪と罰を同時に表象できるこの仕組みは、制御力を強調することで逆に植民地の法制の脆弱さをにおわせているように見えるかもしれない。とりわけ姦淫を表すAの文字の場合は、この植民地の性的な問題への対処における困難を露呈していると言える。しかしながら、このような公開処罰は、罪と罰と正義の関係を目に見えるものにし、貼り付けられた文字はそのまま法となる。「それは法を意味する——それはそれを略語にしている法規則の中でのみ読むことができるからである」(Berlant 66)。それゆえこの卓抜な罰則は、植民地社会の原始性を示すというよりは、罪人を広告塔にすることによって政府がその権力を誇示するという、洗練された策略を表しているのである。

このような罰の形式において、法は法の言語そのものというより、法の執行力として機能する。すなわち文字は、法の意味(姦淫すべからず)というより、背後の権力の表象であって、その効果はその文字の明示性または読みやすさと、可動性にかかっている。そのとき文字は、法の物質性を誇示するのである。ところがこの物質性こそが、文字が自らが形成する法と対峙する際に、決定的な役割を果たす。すなわち法の文字には、法の精神を滅ぼす可能性がある。この小説はこのような、文字の持つ本質的に両面的で転覆的な構造の上に確立している。

実際には、この物語において法は、ピューリタン社会において想定されたその力を十分に行使できたとは言えない。それは、Aの文字の象徴する罪を犯したヘスター・プリンを「殺す」べく意図されているのであるが、そのようには機能していないし、小説もまた機能させないように働いているからである。法が罪人にもっとも恥辱を与えるべき場における最初の登場から、ヘスターは法に屈服しない態度を見せる。彼女は監獄の戸口で、「生まれついた性格の持つ威厳と力」によって、役人をはねのけ、さらし台の上でも、「顔を燃えるように赤らめながらも気高いほほえみを浮かべ、目をそらさずに町の人々や隣人たちを」見わたすのである。

法の言語がヘスターを「殺す」ことができない理由は二つある。ひとつは、現実の法の意味と機能が、虚構の場において緩和されているからであり、もうひとつは、ヘスターが自らの状況を変えていく能力を持っているだけでなく、文字の性質自体が彼女を助けるからである。法の意味の変更とは、まず姦通罪に対する罰の扱いである。姦通罪は聖書によって禁じられた罪であり、当時のボストンにおいては死を意味したが、法廷の記録ではほとんど執行されていない。ただし焼印を押すという、文字を付けることがその流れを汲んでいると思われる残酷な罰もあり、ヘスターも焼印か少なくとも鞭打ちの刑にあうはずだったと考えられる。それが軽い罰に変更されているのは、作者が執政者側を好意的に書くための改変だという説もある（Korobkin 201）。

さらに罰以上に重要なのは、罪自体の性格であり、ヘスターが本当に罪人であるのかどうかさえ問題になる。そもそもこの罪は扱いにくい罪なのである。神権政治として出発したピューリタン社会において、姦通は聖書において禁じられ、しかも父系を冒し、家父長社会をおびやかすもっとも恐るべき罪であったはずだが、実際には往々にして証拠不十分で軽減されて、厳罰に処されることは少なかった。物語はこの罪の疑わしい基盤の上に展開し、その結果それはますます曖昧な性格を帯びる。小説は一度もおおっぴらにこの罪を断罪しない。テクストにおいて「姦通」という語が巧妙に明言することが避けられ、いわば「罪の問題が、妻を寝取られたという問題に置きかえられている」（Weinauer 2001）ようにさえ見える。それどころか、その「犯罪」が起こったということすら、テクスト上では曖昧にされている。物語の最初から、さらし台の見物人が話題にするのは、罪ではなく罰のほうである。その場にひそかに登場したヘスターの夫のチリングワースに、この女性が何の罪を犯したのかと聞かれた町の人は、「身の誤り」と言っただけで口を濁す。ヘスター自身も、夫に「悪いことをした」と言うだけである。ヘスターがいだく赤子は起こったことの明白な証であるはずだが、父親を欠き、かえって聖母子像のような図像を提示して、むしろヘスターの母性の証を強調する。しかも実際には父親を欠くどころか、物語の水面下でこの子供は二人の父親を持つことになり、最後に子供に遺産を残すのがチリングワースであるということが、問題をさらに複雑にしていて、物語の終わるころには、姦通があったかどうか、どうでもよくなる(Brown 111)。それゆえ、問題は犯罪ではなく道徳の問題となる。もちろんこれは危険な問題であるが、明らかに小説は、主人公を幸福にすることで、制度よりも愛、あるいは、「神よりもセックス」(Colacurcio 111)という判断を暗示している。作者自身はあらゆる手段を通じて結論を曖昧にしているが、少なくとも「自ら神聖なるものとした結婚」が真の結婚であるとみなしていたと考えられる(Herbert 186)。

かくして、法そのものはこの小説ではその力を施行できないようになっている。それでは、支配者の権力の象徴としての法の文字はどうだろうか。こちらのほうも、ヘスターの能力によって文字自体が変質させられたために、覆されてしまうのである。ヘスターは彼女の技術を用い、「凝った刺繍と華やかに輝く金糸」で、Aの文字を当時の規制を越えるほどの豪華な装飾品に変えてしまう。文字が法であるなら、ヘスターは法を超越する。彼女は法を犯したばかりでなく、うわべは罪に服すようにみせながら、実は屈服させられていないのである。

言い換えれば、法の精神も文字も、法の文字の文字どおりの文字、すなわち文字の物質性によって覆される。ヘスターは文字自体に目を向けさせ、その象徴性を無効にすることによって、Aの文字の物質性を強調する。さらし台のヘスターは、文字の意味するもの、「罪」や「恥」によって苦しめられているようには見えないばかりか、文字を装飾品とする技術、自らの姿を勝利の図像に変えてしまうエネルギーによって、「罰」を課す権力である法に挑戦する。彼女の技術によって、文字は芸術作品にさえなり、彼女が娘に、文字を身につけるのは「金糸がきれいだから」と説明するのは、あながち嘘ではない。このとき彼女は、「その意味はなに?」という娘の質問には、答えていない。

この文字の物質性は、物語の導入部である「税関」の部分からすでに明らかである。そこで作者は古い税関にしまわれていた「緋文字」を発見したことを物語る。その文字を胸にあてたとき、作者は「完全に物質的というのではないが、ほとんど燃える火のような感覚を経験した。まるでその文字が赤い布ではなく、赤い鉄であるかのように。」ここには文字の物質性が暗示されているだけでなく、作者が赤く燃える鉄が表す情熱、エネルギー、挑戦、のすべてをヘスターに授けている、言い換えれば、ヘスターが緋文字と同一化することが、暗示されている。

これに比べると、最後のディムズデイルの「文字」が、まったく反対のものであることが明らかである。牧師の文字は物質性を持つどころか、見えもしない。見えることに法の力がかかっているようなこの「文字」が、見えていないということは、この文字が公的なものではないことを意味している。それはまったく彼の私的な、あるいは内的な印であって、それゆえ、広場で告白していても、彼は公的な法に従っているわけでもなく、実際のところ人々に対しては何も告白していない。彼の死は神の慈悲ともとれるし、罰ともとれるが、いずれにしろ彼を殺したのは神の心、すなわち「文字」ではなく「霊」だということになるだろう。

(2) 文字から手紙へ

それゆえこの物語では、「文字は殺す」は逆転し、いわば「霊は殺すが文字は生かす」ことになるとも考えられる。物語の発端にAの文字があることを指して、文字が物語に命を与えた、という考え方もある(Crain 193)。しかしそれ以上に、作者が比喩的にではなく文字どおりの「文字」、すなわち文字の物質的な力を見ていたことは、その発端から明らかである。税関における「文字」の発見は、布、緋色の布、文字の「形」、そして「腕」の長さが三と四分の一インチのAの文字、という順序で、まさに「もの」としての文字が姿を現す過程として示される。それゆえこの物語を支配するのが、文字それ自体、記号のシニフィアンであると考えても、そう間違いではない。といっても、「セサミ・ストリート」の文字のように「腕」を持ち、人間のように動いたりする文字のことを言っているわけではない。それは「運びうるもの」、「移動するもの」ということである。

文字（letter）はその物質性において手紙（letter）となるのである。「緋文字」の物質性に注目した批評家のひとりアール・ロヴィット（Rovit）は、またさらに『緋文字』の「盗まれた手紙」、「バートルビー」という同時代の作品との関連に注目している。彼は三作品の「文字」に焦点をあてているのであるが、他の二作品が「手紙」を扱っていることはいうまでもない。比喩的な用法ではあるが、「『緋文字』の宛先」（Railton）という論文もあり、また最近、メルヴィルのホーソンへの書簡を論じ、税関の場面における「郵便」的なイメージに注目した批評家もいる（Hewitt）。それゆえ三つの作品を「手紙」という概念で結ぶのは、決して屁理屈ではないし、『緋文字』において、文字から手紙へと展開させることも、唐突ではないのである。

この小説において、文字はたった一文字であって、そのまますぐ文字が集まって手紙を成すように手紙となるとは考えにくいかもしれないが、緋文字のきわだった物質性と、「郵便的」移動によって、その転換は可能である。そもそも法は公式の手紙という形で伝達される。郵便システムそのものが、まさに王の命令を臣下に広めるために設置されたのである。このAという法の文字も、ある特定の罪人に届けられるが、しかし同時に、法の力を示す印として、手紙のように政府から民衆へと配達されてもいるのである。この文字は、物語の終わり近くで、おそらくは持ち主とともにヨーロッパに移り、またともにボストンに戻ってくる。そして持ち主が死を迎えたあとは、なんらかの変遷ののちに、セーラムの税関に落ち着き、作者が発見したという次第である。そしてその後は、この小説の本となって、読者へと配達されるのだとも言える。

しかしこのような象徴的流通とならんで、文字が手紙になるにあたってもっとも重要なことは、書くこと（writing）の要素である。仮に布でできたこのAの文字を封筒に入れて送ることもできる。しかしこの文字は他のもの、他者の体に付けられたときもっとも力を持つということに、注目しなければならない。税関において作者が文字を自らに押し当てたとき、赤々と燃える鉄のような刺激を受けたという場面は、罪人に文字を付す罰がその背後に隠した焼印の刑を暗示させるが、それはまさに「痕跡」の寓話となっている。焼印のように、二つの異なる素材が接触したときの摩擦が「痕跡」を作り、writingを創るのである。この場面はひとつの文字が文学を生む過程を象徴的に示していると考えられるが、それは同時に「もの」としての文字に文字の本質を実証させることによって、「書く場」ともなっている。そこには、「封筒」、「古い黄色くなった羊皮紙」、「記録」、「個人的な手紙」、「ペン」、「原稿」などのイメージがちりばめられ、手、ペン、インク、紙のそれぞれのエネルギーがぶつかり合ってwritingを成す現象が、文字が紙の上に集まる「手紙」へと具象化されている。こうして作者は緋文字を胸にあてることによって、ヘスターになると同時に作品（手紙）と化す。Aの文字とヘスターと作品がひとつになる。

それゆえヘスター自身も、Aになると同時に手紙になる。ヘスターが緋文字と同一化する、もしくは過程を経て同一化していくことは、すでに認められている。Aが表す概念が、姦通から能力（able, ability）、芸術（art）、愛（amour）などに変化することは、さまざまに論じられており、実際Aの語彙項目のリストには限りがなく、それは逆に言えば、Aが何を表すかはそれほど重要ではないということになる。重要なのは、それが彼女を表すことでは共通しているということである。言い換えればそれは、彼女自身のテクスト化であり、手紙化である。Aの文字を罪に対する支払いの印としていわば切手のように貼り付けて、ヘスターは監獄から共同体に向けて出された手紙として送り出される。しかしAの文字はこの手紙の唯一のテクストでもある。人々は彼女をこのいまわしい文字としてしか受け付けず、彼女も自らをその文字に封じ込める。一方で法的には、彼女はその文字を付けることで、法の意図をテクスト化していると考えられる。いわば彼女は人々にとって理解しやすい「法の効果の形象」としてピューリタン「国家」に奉仕させられているのである（Berlant 69）。

しかしこの手紙は、ボストン植民地政府が人々に宛てた法の文字に過ぎないとは言い切れない。罰を受けたヘスターは、恥から逃げるためにヨーロッパへ戻るという選択をせずに植民地にとどまる。やがて、ディムズデイルのためにこの地を去ることを試みるが、それも挫折する。ディムズデイルが「告白」して死んだあとはじめて、彼女はヨーロッパへ去るのであるが、意外なことに、彼女はふたたび新大陸に戻ってくるのである。注目すべきは、ヘスターが手紙としての自らの軌跡を決めていることである。彼女は最初から新大陸の意味とそこにおける生を積極的に理解し、彼女の罪は自分がここの土に根付かせたものであり、この文字、「焼印」を、「新しい出発」

とみなしている。しかも彼女はいったん去った後、再び戻ってくるのである。それゆえ彼女はいわば書かれた手紙というより、自ら書く、自ら移動する手紙となり、自分の宛先を自分で決めている。罰によって苦しめると同時に、法の執行の象徴の働きをさせるはずだった緋文字は、すでに見たようにその効果を発揮できなかった。ヘスターはそれをのりこえて、自らを文字と化し、手紙と化し、共同体のひとりひとりに向けて出てゆく。受け取る人々はしだいに彼女の勇気や誠実さを知るようになり、彼女に対する反応をも変化させていく。文字は力を保持するが、それはもはや「国家」の法の力ではなく、彼女自身の法であり力である。

ヘスターがディムズデイルと会い、二人で脱出することを夢見る森の場面で、その計画が挫折することを予期させるのは、彼女と緋文字の分離の禁止である。彼女はいったんは文字をはずし、自由の雰囲気を味わう。しかし娘のパールはそれを再び身に着けるよう命ずるのである。パールは「別の形式をとった緋文字、命を与えられた緋文字」と述べられており、象徴の象徴という形で、表象作用の無限性を暗示している。その解釈はさまざまであるが、ヘスターの文字どおりの罪の印であり、この場面では彼女の良心を表すと考えられることが多い。しかし道徳的な意味とは別に、この場面のパールの強い命令は、明らかにヘスターと文字が同一である必然を意味している。こうしてヘスターは文字を身に着けたまま、ディムズデイルの死をむかえる。その後彼女は、予期した形ではないにしろいったんはヨーロッパに去るのであるが、この不可分性は生きていて、物語の最後における彼女の帰還と文字の再着用、すなわち手紙として彼女が自らを書き、自ら宛先を選び取る行為を説明する。

それゆえ最終章は終わりではなく、始まり、少なくとも「再開」である。ヘスターは昔暮らした小屋に戻ってきて、「自分の意思で」緋文字を取り上げる。緋文字がヨーロッパにいたときも所持はされていたのか、それとも小屋に置き去りにされていたかははっきりしないが、いずれにせよ、中断はあったものの、あるいは中断を経てはっきりと、文字・手紙はその宛先を知る。ヘスターは戻ってきて（return）再び文字を身に着ける（resume）が、これらのことばは、繰り返しだけでなく新しい出発を暗示する。彼女が小屋の戸口をくぐるさまは、ちょうど最初の監獄から引き出されたときの様子が、逆の形で繰り返されている。緋文字をとりあげるさまは、のちに税関の場で繰り返されることになっているが、物語的には税関の場の再演である。繰り返しと再開とが、次々と手紙の転移のサイクルを作り上げていく可能性を暗示している。

(3) 文字の法

それゆえヘスターの帰還とその後の人生は、意思と力に満ちた積極的なものであり、その力は「文字の法」を表していると言える。その法とは、literal なものは覆すということである。『緋文字』の最終章は議論の多いものである。ヨーロッパでしあわせに暮らしていたヘスターがなぜ戻らねばならないかは、単純には不可解だからである。まず考えられるのは、ヘスターが

「幸福な姦通者」になってはならない、二人の愛がたたえられてはならない、ディムズデイルの死だけではそれに影を落とすのに不十分である、という判断である。『緋文字の役目』でサクヴァン・バーコヴィッチは、その役目とは、贖罪の役目であると考えている。自由を信奉していたヘスターが、しだいにその過剰さを悔い改め、償いにより救われるのである。最後のヘスターは、不幸な女性たちのために尽くし、彼女たちのためのよりよい世界を夢見る。彼女は「法の対象ではなく」聖なる目的に仕える「法の執行人」となる (Bercovitch 3)。

しかし彼女は「法の執行人」にはとどまらない。もちろんそれは、この法とは何かによる。ヘスターが神の法に従うのであれば、彼女は権力の代行者にとどまるだろう。仮に世俗の法に従い続けて罪をあがなうのであれば、「法の文字」であり続けることになるであろう。しかし、彼女は自分の意思で「どんなに厳しい役人にも押し付けられず」緋文字を身に着け、自分と同じような苦しみを味わっている女性たちを助けるのである。彼女が力を行使し、体制と闘うのは、彼女自身が法だからである。ヘスターは文字として、手紙として、literal なものの転覆力として機能するのである。

文字の転覆力とは、writing の持つ本質的転覆力につながっている。書かれたものは書いたものの意図とは切り離されうる。文字がそれ自体の物質性を持つように、書かれたものはあらゆる比喩的な解釈の前に、あるいはそれを超えて、literal な意味を持ちうる。この章は、ヘスターの行為の勇敢さ、高潔さにもかかわらず、恥、謙虚さ、改悛に彩られているように見える。少なくとも作者は、道徳的にさえ曖昧なこの物語を、贖罪のトーンで終わりたいと意図したのかもしれない。しかし文字はまさに、意図を覆しうるのである。この章をより積極的に読み、ヘスターに彼女の推し進める思想と同じ強さを与えうると考えるのは、ひとつにはヘスターの手紙としての働きが、彼女の死を乗り超えて進む可能性を示すからである。また文字の力が生きていることを信じるからである。

ヘスターは「緋文字をつけた人」として去り、数年後彼女が見知らぬ女として戻ってきたとき子供たちの目を通して示されるのは、胸の上の緋文字である。この文字はつぎには「長く忘れ去られていた恥の印」と書かれているが、最初は文字そのものとして出現したことに注目したい。しかも人々の間でこのしるしは「軽蔑」から「畏敬」へと変わっていくのである。ヘスターは女性たちの相談相手となり、女性が認められる社会が来るであろうことを約束する。それでいてすぐに、彼女自身は罪があるので預言者にはなれない、と否定するので、これでは彼女の示したヴィジョンを裏切るように見えるかもしれない。しかし預言者に「なれない」人、「罪に汚れた、恥のために頭をたれた、生涯続く悲しみを背負わされた」、すなわちまさに彼女のような境遇の女性のリストは、否定文が無意識の抑圧を示すように、文面に明確に示された女性のほうが書かれていない女性より実は正当性を持つことを、暗に主張しているかのようである。

この「生涯続く悲しみを背負わされた人」の「悲しみ」の持つ力に注目してみよう。「悲しみ」(sorrow) は「罪」(sin) や「恥」(shame) と同じ子音を持つためか、この小説でも組になって使われることが多い。しかし罪や恥が社会によって規定されうるものであるのに対し、悲しみは主観的、個人的な感情に属するものであり、規則とは無縁なものである。逆に仮にヘスターの罪や恥には疑わしいところがあったとしても、彼女の深い悲しみは疑う余地のないものである。全体でもこの語はひんぱんに出てくるが、特にこの章ではこの「悲しみ」という語がキーワードとなり、そして必ずしも否定的にとることはできないのである。ここでは「悲しみ」は決して悲劇的なヴィジョンではなく、同情、相互作用、連帯という概念と関連して現れる。組になるのはともに人間的感情であるものとしての「喜び」である。緋文字は「汚名」ではなくなり人々の「悲しむべきものの型」となる。人々は「彼らのあらゆる悲しみ」をヘスターのところに持ってくる。ヘスターは悲しむ心を他者に呼び起こすと同時に、他者の悲しみの宛先になる。こうして悲しみは相互関係を作り出し、またさらに宛先が広がることを暗示する。手紙としてのヘスターは、まぎれもなく未来を展望する預言者として機能している。

こうして最終章は、ヘスターの抑圧してもしきれない力を、文字の、ひいては writing の転覆力として示している。この章のまさに最後は、literal なものの極みで終わっている。手紙と墓石は、その耐久性において対比されるものであり、しかも墓石の紋章の図柄は、新大陸にふさわしくないものであるが、重要なのはその墓碑銘である。「黒い地の上に、赤いAの文字」と書かれたその句は、地の上の文字という writing の説明になっているだけでなく、letter という文字をつづることによって、Aが文字に他ならないことを強調する。象徴のAが物質のAとなり、ついに文字そのもの、「Aの文字」（LETTER A）になるのである。これは物語を要約することばであると同時に、石に刻まれたものであっても「文字・手紙」を顕示することによって、文字、手紙の持つ移動可能性を強調し、ひいては、ひとからひとへと伝えられ、分かち合われることによって、文学へと転化し、そして生き残っていく可能性を暗示しているのである。

文字は殺す。おそらくは二つの意味で。ひとつは、権力や抑圧を転覆する力を示す。いまひとつは、文字は生き残る。

3　手紙はだれのものか

エドガー・アラン・ポー（Edgar Allan Poe 1809–49）の「盗まれた手紙」（“The Purloined Letter” 1845）は、私立探偵の祖オーギュスト・デュパンが活躍する推理小説の古典として知られている。高貴な人の手から盗まれ、盗んだ者の屋敷にあるとわかっていながら見つからない手紙を、デュパンが見事に発見するというこの短編は、文字どおり手紙についての、しかも内容ではなく手紙というものについての物語の白眉である。近年この短編が、精神分析、デコンストラクションといったポスト構造主義批評の焦点になった。この作品をめぐってフランスの著名な思想家ジャック・ラカンとジャック・デリダが論争を闘わせ、またその論争についてさらにさまざまな意見が飛び交うことになったからである。それらの言説の集大成が、『盗まれたポー』という書として一九八八年に出版された（Muller）。

ラカンの「『盗まれた手紙』講義」において、内容が明らかにされないまま人の手から手へと渡る「盗まれた」手紙は、実体を持たずに移動するゆえ、シニフィアンであり、不在を表す象徴である。物語では手紙をめぐって、見えない者、気づいているが自分が見られていることを知らない者、両者を見る者の関係が繰り返されるとラカンは見ており、それは、ゆるやかにフロイトのスーパーエゴ、エゴ、(言語的)イドまたは無意識、そしてラカン自身の、現実界(無知としての)、想像界、象徴界と対応する。ラカンは、最後の立場に立つことで治療者の役割を果たすことができると考えられている。手紙は究極的にはファラス(の不在)を表すシニフィアンであり、女王という権力の場を指し示す。それゆえ、手紙はつねに宛先に届くのである。

これに対してデリダは「真実の配達人」において、ロゴス中心主義に反対する立場から、シニフィアンが真理を示すという議論に抵抗する。そして、ラカンがこの作品の物語の内容のみを扱って語りや書き方を無視している、ラカンにおいて言語とは話しことばのことである、またファラスは分割できないが、手紙、字句(書きことば)は分割可能であり、散種する、と批判する。それゆえ、手紙はつねに宛先に届かないことがあり得る。

この討論は知的興奮をまきおこし、多くの付随的な議論を生み、多くの批評家の目がこの作品に向けられるようになった。それらを併せて集めた上記の批評書の題が示すように「盗まれた手紙」あるいはポーは、こうして多様な批評のネタとして、いわば「盗まれた」と言えるのである。しかしここで問題なのは、本当に盗まれたのは、まさに「手紙」だということである。ラカンもデリダも、まして他の批評家は、「盗まれた手紙」の物語あるいは物語の意味するところに関心があっても、手紙一般には関心がないように見える。デリダは、「真実の配達人」を『葉書』という郵便システム全体に関わる思索の枠組みに入れており、実は関心は大いにあるのだが、この論文では手紙そのものを扱っているわけではない。問題の、手紙が宛先に届くかどうかという論点に関しても、いずれも手紙の配達状況について本気で心配しているわけではなく、それはより大きな問題、精神分析とか、脱構築哲学の比喩に過ぎないのである。

もちろん手紙が象徴であるということはそういうことである。しかし一方で、この手紙は手紙そのものの象徴であるとも考えられる。つまりこのあまりにも抽象化された手紙は、手紙が書くこととして担っているさまざまな側面の象徴でもありうるのである。もしこの小説を文字どおり手紙についての物語と考えるならば、そこから手紙について何が見えるだろうか。ひとつの重要な問題は、手紙の所有である。

「盗まれた」手紙について考えられるべき最初の問題のひとつであって、しかしあまり問われていないことは、手紙はだれのものかという疑問であろう。「盗み」は当然所有と関わるからである。しかしこの「盗まれた手紙」という題そのものが、巧妙に手紙を主体とし、だれから盗まれたか、すなわちだれのものだったか、という問題を隠蔽している。"purloin"という単語は、受動態で用いられることで盗む（置き換える）動作の主体を曖昧にしているが、語そのものが主として盗みの対象物を問題にする語であるために、もとの所有者をも深く抑圧しているのである。この所有者については、『盗まれたポー』に収められた数々の批評においては、当然の事実とされ、全然疑われていない。手紙はもちろん「彼女の」ものである。ただし実際にこの手紙に言及するとき、手紙に所有格を付与したり、所有者の名を冠したりする批評家はきわめて少ない。所有者は問題にされていないか、あるいは意識的、無意識的に明示が避けられているのである。そのなかで、ただひとり所有の問題を提起したのはラカンである。「こう問うてもいい。盗まれた手紙が存在するためには、手紙はだれに属するのか?」(Lacan 41) しかし彼はこの問いには答えない。これは「手紙が存在するために」という前提もあるし、そもそも別の重要な問題、たとえば手紙の保有者 (holder) であって所有者 (possessor) ではない (42)、といった問題を導くきっかけに過ぎない。後で述べるように、所有者をまったく問題にしていないというわけではなく、「宛先に届く」ことが重要になるのであるが、ここでは「だれ」ということを本気で問うているとは言えない。

手紙がだれのものかということが当然の事実と受け取られているのは、本文のある箇所に「彼女の」ものだと書いてあるからである。しかしこの明々白々に見えることは、実際にはそれほど明確に打ち出されていないのである。物語はデュパンと語り手のところに警視総監が来て、事件について語り、援助を求めるところから始まる。しかし警視総監は奥歯に物が挟まったようなものの言い方で、なかなか話を始めないし、はっきりと述べようとしない。事件とは「ある最重要書類が、王宮の部屋から盗まれた」ことであり、盗んだ犯人はD大臣とわかっているが、盗まれたとおおっぴらにできない状況だという。しばらくのち警視総監はやっと盗まれた書類が手紙だと打ち明ける。

問題の書類は——はっきり言うと手紙なのですが、被害者が王宮の私室におひとりでいらっしゃるときに受け取られたものでした。ところが、お読みになっているときに突然身分の高い方、とりわけその方に手紙を見られては困るという御ひとが、部屋に入って来られたのです。急いで引き出しに隠そうとしましたが、間にあわず、彼女はやむなくそれをテーブルの上に開いたままで置きました。しかし、宛先は表にありましたが、中身は隠れていて、手紙は注意をひきませんでした。そこへ、D——大臣が入ってきたのです。

……

最後にいとまを告げるとき、大臣はテーブルから彼のものではない手紙を取り上げて行ってしまいました。その手紙の本当の持ち主はそれを目にしましたが、すぐそばにもうひとりの方が立っておられる手前、その行為を指摘することはできませんでした。大臣は立ち去り、テーブルに残ったのは彼自身の意味のない手紙だけでした。

……

被害者は日々彼女の手紙を取り戻す必要を痛感されましたが、もちろんおおっぴらにするわけにはいきません。途方にくれたその方は、結局私に依頼なさったというわけです。

「問題の書類——はっきり言うと手紙なのだが——が、盗まれた方に受け取られたのは、王宮の私室にひとりでいるときだった」と、原文の語順に無理に沿うように訳すとわかるように、実際には主語は手紙であり、手紙は受け取られたのであり、それを受け取った人がすなわち盗まれた人だということになっている（...had been received by the personage robbed）この手紙の属性は、受け取られたということだけであり、その手紙がだれのものかについては何も触れられていない。手紙を主語にするのは、「盗まれた方」を表に出したくないという抑圧のしるしと思われるが、その結果この人の所有の問題も曖昧である。受け取ったはずの人は直ちに盗まれた人に転じ、言語の上でこの手紙は、実は所有されることがないのである。

この手紙がだれのものかを示す所有格の使い方にも、問題がある。盗みの方法は、「彼女」が置きっぱなしにせざるを得なかった手紙の意味を悟った大臣が、「彼自身の」意味のない手紙と置き換え、「彼には権利のない」手紙を持ち去るというものである。「その手紙の正当な所有者」はそれを目撃するが、身分の高い方である「もうひとりの方」がそばにいるために何も言えないのである。警視総監は、「盗まれた方」が「彼女の手紙」を取り戻す必要を感じている、と説明し、ここで初めて「彼女の手紙」という表現が出てくるが、それは文章の流れで「彼の」手紙に先を越され、また、「彼女」という語が文法的に直接指示しているのは、「正当な所有者」ではなく、「盗まれた方」である。「権利」や「正当」などの用語にもかかわらず——それらは犯される概念としてしか使用されず——「所有者」と手紙の関係は不安定である。ちなみに「彼女」の正体は、王妃であるということになっているが（それゆえ、第三者がだれであるかも推測されるが）、本文では明言されていない。

このようにこの手紙は、最初から特定されることを嫌い、所有の問題の起こる前に、その実体すら定かではない。事件は手紙のすり替えで始まり、またすり替えで終わる。それゆえ手紙自体のアイデンティティが主要な問題である。そもそも特定を嫌う手紙は、どのように特定されるのであろうか。しかもこの物語には、盗まれた手紙、大臣が置き換えた手紙、大臣が自分の手紙に見せかけた手紙（実は盗まれた手紙）、デュパンが置き換えた手紙、の全部で四通（実際には三通）の手紙が登場し、それぞれが類似の関係にあり、それぞれが偽りの自己主張をしている。盗まれた手紙は、存在自体を隠そうと試みられるが、中身は隠せたものの、表書が外に出る。大臣が残した手紙は、オリジナルと似ても似つかないが、見とがめられ得ない状況でオリジナルの振りをする。大臣が警官の目を暗ました「偽手紙」は、オリジナルの紙を裏返しにしたものであり、偽装によって別のアイデンティティを主張し、オリジナルの存在を隠そうとしている。デュパンが置いた手紙は、「偽手紙」と外観は似ているが別の手紙であり、オリジナルを取り戻したしるしにそれが元あった場所に入れられ、一見似ているが実は違うものであることを示すことに意味がある。

こうしてこれらの手紙が差異によってアイデンティティを示していることには、疑いがない。その差異の実質とは何か？　これらの手紙について似たり異なったりするのは、形態である。しかしながら、そもそもこの盗まれた手紙は人から人へと移りながらその内容が全然言及されないことがその重要な特徴であり、ラカンの議論の基礎ともなるのであるが、実はこの手紙の形態もまた、ほとんど説明されていないのである。警視総監はデュパンに捜索を依頼する上で、手帳に書かれた、「遺失書類の中身の、そしてとりわけ外観の詳細」を読み上げる。当然彼自身は手紙を目撃しておらず、伝聞の内容を披露するだけであるが、ここで述べられているのは、説明したという事実のみである。しかも書かれたことがわざわざ音声に換えられていて（しかもその音は「聞こえず」）、ますます希薄になっている。

状差しになにげなく入れられた手紙のように、地図上の大きな文字のように、あまりに見えすぎるものは見落とされる、というのが、この物語のひとつの「教訓」だということになっている。しかし実際は、あまりに隠しすぎて、その隠しすぎが見えてしまう、つまり、隠すもの、または隠しているということが見えているのではないか。あらゆる実体を抑圧されて、手紙はいわば根源を露呈する。手紙を確定するのは、その差異を決めているのは、文字と印章、すなわちletterである。大臣が受け取られた手紙の重大さを判断したのは、手紙の文字、筆跡を見てとったからである。デュパンが大臣によって偽装された手紙を盗まれた手紙と断定するのは、警視総監から聞いていた外観と「まったく違っていた」からであるが、その外観とは、印章の文字と、住所の文字の筆跡である。

これらの文字は何を表すのであろうか。筆跡は純粋なシニフィアンではない。それは大臣が見破ったように書き手を表すことができるからである。しかしそれは必ずしも書かれた内容、すなわちシニフィエにおいて表すとは言えない。署名の場合、歴史上その信憑性、筆跡（文字）と書かれた内容（人名）との同一性は、常に不安定であった。署名は、正当な人物特定の手段とはなかなか認められなかったのである（Goldberg）。ポーの時代にはその信用価値は増してきており、ポー自身は、真理をシニフィアンに求め、筆跡から真実が出てくると信じていた（Jackson 139）。それはポーが作者として自分の書いたものに対するコントロールを求めていたことと、関係があるだろう。デュパンが文字の太さを問題にしたと同様、大臣も「手」において、シニフィアンそのものによって、書き手を確定したと推測される。また、偽手紙についてデュパンは、大臣は自分の筆跡をよく知っているので、だれの仕業かわかるだろうと予想する。ただし、印刷の時代、書かれた文字はその「真理」としての力を失いつつあり、デリダが論ずるように、本質的に反復可能な現象になっている。この点で最後にデュパンが大臣に残した偽手紙は、興味深い。これは盗まれた手紙の文字どおりのパロディである。この手紙については、外見（大臣の偽装の模倣）はもちろん内容までが記述されている。内容は古典の引用であり、それ自体コピーであって、手紙／書きことばの反復可能性を示唆している。ファクシミリ、MS（手書き=筆跡）、コピーといった用語に縁取られたこの手紙は、書きことばの象徴と言える。また、盗まれた手紙は大臣が受け取って状差しに入れてあるように偽装されているが、その印章はなぜか大臣を示すDであり、そしてデュパンが複製をつくるとき、それは「偶然にも」Dupinを示す文字になっている。このDは偽装であるために、本来指し示すべきひとを意味しているとは言えないが、はからずも本当の手紙の「書き手」を指していることになる。

筆跡がシニフィアンとして内包する意味内容は、その語のシニフィエが該当する「真理」であるという意味での意味ではなく、方向もしくは機能である。盗まれた手紙の印章はSである。その名はもちろん隠されているが、それは手紙の書き手の正体を示すのではなく、書き手の機能を示している。書きことばは反復可能、複製可能であり、しかもこの物語では手紙の内容は問題にされていないのであるから、厳密に言えば書き手というより、手紙の「送り手」(sender)を示すと考えるべきであろう。

手紙のすりかえは、手紙はだれのものかという問題についても興味深い示唆をする。Dに宛てたと偽装された手紙にDの印章があるのは、大臣本人が自分に宛てたように見せかけた真実を露呈していることになるが、それは裏を返せば、手紙が「受け取られた」ものというより、送られたものだということを暗示する。デュパンの偽手紙も同様である。その手紙は、彼による工作過程が詳しく述べられた上、大臣によって受け取られたと言うより、デュパンが無理矢理押しつけたに等しいからである。所有格についていえば、盗まれた手紙については曖昧にした批評家が、デュパンが残した手紙は「彼の」手紙だと断定している例がいくつもある。

そもそも一般的に、だれが手紙の正当な所有者なのであろうか。著名人の書簡集は、たとえば「エドガー・アラン・ポーの手紙」などという表題の下に出版される。手紙は書き手がその所有を放棄して初めて手紙となるのであるが、実際には一対一の書簡などのごくまれな例を除いて、受取人の名の下に集められる書簡集はない。それでは書き手は正当な所有者と言えるのだろうか？　ラカンはこの問題に興味を持ったが、論旨は明確ではないし、結論づけてもいない。しかしそこにあげられた例（たとえば、差出人が現存するのに受取人が軽率に書簡集を出版してしまった）から推測すると、おそらくは差出人（送り手）と考えているようである。重要なことは、権利を持つものが仮に送り手であっても、それは必ずしも書き手ではないということである。手紙の問題は、所有と移動の問題であって、著作権や信憑性、起源等の問題ではない。デュパンの偽手紙は、偽の偽手紙であり、表書きの筆跡をまねているばかりでなく、その中身は引用なのである。それが「デュパンの手紙」であるのは、デュパンが送り手だということである。

もちろん事実上の手紙の送り手とは、たとえば手紙をポストに入れることを頼まれた者ではなく、手紙の書き手と同一であると考えるべきかもしれない。しかし、ここでは起源の問題を避けるために、送り手という記号を用いることにする。この物語では、内容が無関係であると同様に、起源として、主体としての書き手を問題にせず、盗まれた手紙は移動することによってのみ手紙であると考える。手紙は送り手の手を放れたことによって、送り手の手紙となるのである。そこで「盗まれた手紙」に関しての問題は、この手紙の本来の差出人、すなわち「王妃」に「恋文」を書いたと思われる人物（S公爵？）が、物語においても、また批評においてさえも、なぜ無視されているのか、なぜ手紙の移動の円環からはずされているのかという点である。これは「手紙性」についての理論的問題となりうるが、まず物語を検証し、物語内部のパワー・ポリティクスの問題、そして物語の語りもしくは作者の問題という二つのレベルで考えてみたい。

第一に重要なことは、この手紙が権力と、しかも権力のある場所と結びつくことである。警視総監の「その書類は、持ち主に対して、ある権力を、その権力がおおいに価値のある場において与える」ということばが示すように、手紙は権力と結びつくと同時に、ある特定の空間とも結びついている。それは権力そのものが場所と結びついているからであり、手紙は場所を移動することによって、権力の移動を示唆するのである。手紙が盗まれるということは、「その場所にない」ということである。このように権力と場所とが結びつき、かつ手紙とともに権力が移動するということは、権力の不安定さを露呈する。しかし物語では、移動が円環をなすことによって、権力の安定、再確認が試みられているといえる。手紙の盗難は場所——王宮——で起こる。手紙は大臣の屋敷へ移動する。そして警察の手を経て、王宮に戻るのである。

王権安定のために、手紙は発せられねばならない。そもそも王宮とはすべての手紙の発するところであった。私的な配達システムとは異なり、初期の公的郵便制度は「王の道具」、すなわち王の手紙（命令、通達）のみを送るための制度であった（Siegart 7）。のちになっても郵便制度は、見えないがいたるところにいる国家を表すために機能し続ける。手紙が盗まれる宮廷の部屋とは、まさにこのような国家権力の場であり、「王妃」はその代表である。彼女はその権力によって手紙の正当な帰還を要求していることになる。現実には彼女は手紙の受け取り手、盗まれ手であるのに、犯罪を大声で告発できない状況にある。彼女は自分の「罪」を隠すために、大臣の「罪」を隠さねばならないのである。それゆえ権力の場を確保するためにも、彼女は別の形で大臣の罪を立証しなければならない。彼女はそのために、手紙が去って行くままにせざるを得ないことを、いわば手紙を発信することに置き換える。「郵便制度」を支配することによって、彼女は手紙の送り手となり、かつ手紙が彼女のところに戻ってくる（そのための受け取り手である）策を講ずる。かくしてこの手紙の当初の送り手は、円環より排除されるのである。この点に関しては、デュパンが「王制主義者」として宮廷の味方となってこの円環を指示していることには、ヨーロッパ、フランスを描くポー自身の基本的に貴族主義的、保守的な姿勢が、反映していると考えてもよいだろう。

一方、語りのレベルにおいては、送り手の抑圧が意味するのは、むしろ逆説的な送り手の強調、言い換えれば作者の権利の主張と思われる。ポーがいかに書くことにこだわっているかを示す例は数多くあるが、その現れ方は単純ではない。たとえば「瓶の中の手紙」（"MS. Found in a Bottle"）という短編においてMSとは、原稿でも、また「盗まれた手紙」におけるような筆跡でもなく、この短編全体そのもの、すなわち書かれた内容を指していると思われる。そのことをデュパンのMSにあてはめて考えると、それは引用であり、作者を示すのではなく、引用者という意味での書き手もしくは送り手を示すものでしかない。すなわち筆跡、原稿が示すものも、送り手でしかないと考えられる。『アーサー・ゴードン・ピムの物語』（*The Narrative of Arthur Gordon Pym* 1838）における手紙も、差出人をごまかした偽手紙であったり、血で書かれた意味不明の断片であったりする。後者において血で書かれた「血」という文字は、シニフィアン（文字）がシニフィエ（血）を表しているというより、血そのものがシニフィアンとなって、送り手の記号となっていると考えられる。また「盗まれた手紙」はフランス語を語る人々の物語を英語で書いた小説である。そこここにちりばめられたフランス語の単語は、翻訳書のような雰囲気を与えているが、逆に仏訳されたときには「血」の文字のように目を引く送り手の記号となる。そのとき、冒頭のパリの住所の表示は手紙のアドレスのように見えるが、それはフランス発の物語だからではなく、まさにフランス発でないことを示す記号として、宛先ではなく、差出人の住所となっているのである（Gutbrodt 62）。ポーにおいて、そしてこの物語において、送り手はこのように最終的にはポー自身、ヨーロッパに恋文を送るアメリカ人に収斂しているように見える。

しかし、「盗まれた」手紙そのものに話を戻すならば、機能としての送り手、送ること、は、手紙そのものにとってこそ本質的な概念である。手紙が宛先に着くかどうかの議論があるが、手紙を意味する missive という語が、「使い、送ること」という性質を表すように、むしろ手紙とは送り出すことであり、なんであれそもそも宛先がなくてはならないと考えるべきである。いわば宛先は手紙において存在論的な権利を持ち、手紙はその存立に宛先があることを前提とし、それゆえ手紙に「送る」という運動、機能が内包されるのである。手紙が letter であり、文字であり、書きことばであり、書くことのもっとも重要な象徴であるということは、それが、書くこととは送ることである、ことを意味することになる。書くこととは、表現するエネルギーを発することであり、手紙はそのさまざまな生成要素、段階において目に見える形でそれを示していると言えるが、そのなかでも送ることこそが、手紙の（そして書くことの）本質をもっとも直裁に表象しているのである。

最後に、送ることの強調によって、手紙の相互性が忘れてはならない。送ることは、宛先、すなわち受け取ることを前提とする。読むことには書くことが内包される。そしてその逆も言いうるのである。物語の中で論理的思考の例としてあげられた、おはじきの数が偶数か奇数かをあてるゲームにおいて、少年の推理はいわば自らの中に他者を取り込むことによってなされており、それは一種の「通信」、「文書の往復」とも考えられる（Jay 159–60）。もちろんゲームは開始されなければならないが、開始を特権化するべきではない。重要なのは送ることという運動そのものである。それゆえ開始があって送ることが始まると考えるよりは、送ることこそが開始を規定すると考えるべきであろう。

「盗まれた手紙」において手紙は内容を持った通常の手紙のようには機能せず、それこそ単に「重要書類」であってもよかったかもしれない。しかし送られたことによってこの書類は手紙となり、その後の円環的移動を表象するのであり、それこそが「盗まれた」「手紙」の意味するところである。他の場合、皮肉にも手紙は送られるものとしてはめったに現れない。しかしここにおいて円環から排除されたS（sender 送り手）、それが照射する送ることこそ、手紙の本質的運動なのである。

4　手紙は死なない　「バートルビー」

報告によると、バートルビーはワシントンの宛先人不明書簡処理課（The Dead Letter Office）の下級事務官であったが、政権の交代によってそこを突然やめさせられたのであった。そのうわさについて考えたとき私をとらえた感情を、どう説明したらいいかわからない。死んだ手紙！　それは死人のように感じられないだろうか？　生まれつきあるいは運悪く暗い絶望に陥りやすいひとを想像してみれば、たえずこのような死んだ手紙を扱い、よりわけて燃やす仕事ほど、その絶望をつのらせるのにふさわしい職業があるだろうか。彼らは通常荷車いっぱいを燃やすのだという。ときには折りたたまれた便箋の間から、青白い顔をした事務官は指輪を取り出す。それがはめられるはずだった指は墓の中で朽ちている。急いで慈善をほどこそうとして送られた紙幣。それによって救われるはずだったひとは、もはや食べることも飢えることもない。絶望しながら死んだひとのための許し、望みを失って死んだひとのための希望、救いがたい災厄に押しつぶされて死んだひとのためのよい知らせ。生の使いであったはずのものが、これらの手紙は死に向かって急ぐのである。

ああ、バートルビー！　人間よ！

ハーマン・メルヴィル（Herman Melville 1819-91）の「バートルビー」（"Bartleby, the Scrivener" 1853）において、バートルビーという名の、仕事を命じられても「やらないほうがいい」と拒否し続けた不思議な書記がその命を終えたとき、物語をそれで終りにせずに、まるで彼の不可解な人生に説明をつけるかのように、語り手の法律家はある挿話を付け加える。しかし結局それが何の解決にもならず、この物語が謎であり続けているのは、挿話が曖昧だからではなく、反対にあまりに明快すぎるからであり、語り手が納得しすぎているからである。その挿話とは、この書記の法律事務所に来る以前の職業についてである。バートルビーが宛先人不明書簡処理課にいたことを聞いた法律家の反応は、明らかに dead letter という語に喚起されたものである。「死んだ手紙！　それは死人のように感じられないだろうか？」その語こそが、書記の生涯を要約すると彼は考えている。物語の最後の「ああ、バートルビー！　人間よ！」という彼の意見でさえ、書記自身より、この「死んだ手紙」の象徴する力から引き出されたように思われる。現実ばなれした主人公の行状を語り、その語り手も名前のない「法律家」であるようなこの物語は、多かれ少なかれ象徴的に読まざるを得ないが、法律家自身のバートルビーの読みもまた象徴的、寓意的であり、それは、バートルビーの不幸な人生が The Dead Letter Office に結集される、という読みである。しかしここで彼にとって重要なのは、役所でも、あるいは手紙そのものでさえなく、「死んだ手紙」、さらに言えば「死んだ」という概念のみである。

しかしここで、なぜ死んだ「手紙」なのかと問いたい。もちろん手紙は容易に書くことの比喩となりうるし、dead letter が同様に受容されない書き物の比喩となり、作家たちの不安や絶望の象徴となることも、よく知られている。メルヴィルも同じ不安に悩まされた作家のひとりである。しかし立ち止まって考えるならば、われわれの目の前にあるのはひとつの書かれた作品であり、それが作品の死を象徴すると考えるのは、短絡すぎというより、間違っている。手紙はいわば宛先に届いているのである。ここでは、バートルビー自身の生涯もまた違った読み方ができると考え、逆にバートルビーの読み方によって、手紙が死ぬという問題についても、別の見方を提示したい。

まず二つの疑問を投げかけよう。宛先人不明書簡処理課はバートルビーにとってどういう意味があるか。そして、法律家は宛先人不明書簡をどのように理解しているか。最初に、バートルビーと役所の関係において注目すべきは、彼が役所に属していたという関係ではなく、追い出されたという関係として表されていることである。言い換えれば、この役所がそれほど陰々滅々とした所であったなら、彼はなぜもっと早くやめなかったのか、この役所は本当に「死の」役所なのか、ということである。この役所の言及の出典と考えられている文献は、総合郵便局の処理課について述べている。その描写には、死体安置所、墓、地下霊廟、といった死にまつわることばが並び、手紙は明らかに死体と比較されていて（Parker 161）、「墓」と呼ばれたニューヨーク刑務所で死をむかえるバートルビーにまさにふさわしい場といえるかもしれないが、処理課の事務官が現実にどう働いていたかは示されていない。彼らは手紙を「処理」するのであるが、それは実際に焼くことでもなく、焼却場に運ぶことですらない。彼らは死と隣あわせではあるが、死んではいない。バートルビーが惨めに働いていたというのは、法律家の想像に過ぎないのである。実のところここが快適な勤め先であったという見方さえある。歴史的にこの勤めは、給料においても身分においても悪いものではなく、法律事務所の書記よりはるかによかったはずだという(John 633)。バートルビーが経済的成功を重んじていたということは考えにくいが、少なくともそんなに悪くない職場であった可能性は否定できない。

次に、法律家の dead letter 観を考察してみよう。彼の描写において、手紙は本当には死んでいない。彼にとっての手紙の死とは、手紙についてのものではなく、ひとについてのものなのである。「青白い顔をした事務官」が拾い上げる「死んだ」手紙の中身があげられているが、はめるはずの指が墓に埋められた指輪、それが救うはずだったひとがもはや食べもせず飢えもしない紙幣などはすべて、待ち望んだ手紙を受け取ることなく絶望して死んでいった人々の、満たされない希望や欲望を示している。手紙が死んだと宣告されるのは、手紙自体が死んだからではなく、受け取るひとが死んだからである。これは奇妙な転移であって、手紙自体は死者を超えて、少なくとも焼かれるまでは、物質的には生きているのである。さらに差出人についての言及はない。もちろん手紙が死ぬということは、その目的を遂げられなかったということと考えられるが、そうだとしてもその目的とはむしろ差出人に属するものではないか。先の出典と目される文献では、はっきりその旨が書かれていて、無意味な屑と化すのは『通信』をなす無数の多様な感情、共感、表現」であり、それは手紙の書き手の意思を暗示していると考えられる。

法律家がこのように死を手紙から受取人に転移したのは、ひとつには彼は手紙には関心がないからである。彼の例は指輪であったり、紙幣であったり、あるいは希望であったりして、書くことが存在していない。さらに、そこにおいて手紙自体は死んでいないからである。彼の dead letter の描写は、はからずもそれを露呈している。そこには目的の達成が成されなかったというイメージすらない。手紙はメッセージを「ここからあそこへと」運び、「生の使いであったはずのものが……死に向かって急ぐ」のであり、それは奇妙にも、運動中、活動中であるという感覚を喚起している。手紙は生き生きと目的に向かって走り、宛先に到達するのである。そこで受取人が死んでいることを発見するとしても、死は手紙のものではない。手紙が死んだ手紙とされるのは、到達地にいる人間の死が転移されたからに過ぎないのである。

法律家の The Dead Letter Office への思い入れは、多分に彼自身の歪曲された論理によっている。彼は受取人の死を手紙に転移しておきながら、死んだ手紙が死んだ人間を象徴すると論ずるのである。従って役所の実態は違っているかもしれない。それが絶望的な場所に見えたとしても、そう見せているのは手紙の死ではない。なぜなら手紙は死んでいないかもしれないのである。そもそも実際の事務官の仕事とは何だったか。調査によれば、彼らの主要な仕事とは、貴重品を差出人に返却することであり、そのため手紙を開ける法的権威を託されていた (John 636)。それは言い換えれば、彼らが死者に代わって手紙の新たな読み手、受け取り手、宛先となるということである。しかも、貴重品を送り返すとき、彼らは新たな送り手となる。宛先人不明書簡処理課は、新しい宛先への発信所でもある。こうして、バートルビーは、役所を離れて、一通の手紙のように、あらたな手紙の宛先をさがすかのように、新しい勤め先を見つけたのだとも考えられる。

このように、手紙は死なず、またそれゆえに手紙は先へ、先へと行き続けるのだということを、さらに物語を読みながら見ることにしよう。

この物語においてもうひとつ「死」の象徴として現れるのは、壁、行き止まり (dead wall) であるが、これまた法律家の想像の産物である。そしてそれはまた dead letter の象徴作用に組み込まれ、手紙を殺すことに寄与しているのである。法律家が手紙は死ぬと考える場合、実際には受取人の死と同一化しているために、それは旅の最後であるにもかかわらず、一生を終えて死ぬというより、突然死という障害物に出会って停止してしまうようなイメージを持っていることが見て取れる。これには明らかに、物語の主要部分に描写される「壁」のイメージが照射されている。壁は重要なセッティングであり、法律家は壁の持つ「死」の性質とバートルビーとを重ね合わせている。副題で「Wall Street の物語」と題されたこの物語において、壁は主要な象徴であり、障害、幽閉、分離、阻害等、さまざまな意味を包含している。しかし忘れてはならないのは、壁の持つこれらの「さえぎる、隔てる」イメージは、またその壁を隔てて異なる領域があり、それを越えれば異なるものが交じり合うということも示唆している、ということである。

バートルビーにとっての壁は、まず彼に向き合うもの、というより彼が向き合うもの、見るものである。ウォールストリートにある法律家の事務所は、文字どおり壁に囲まれており、窓の外を見ても壁しか見えない。仕事を拒否したバートルビーがこの dead brick wall しか見なくなった、と法律家が言うとき、彼は明らかに書記の人生の展望のなさを暗示し、壁の死のイメージを書記に転移している。しかしこの壁が本当にさえぎるものであるのかは疑問である。壁の眺めには画家が言うところの生気がない、あるいは「高いレンガの壁のさえぎられることのない眺め」と皮肉るとき、壁は見る対象であり、しかも「さえぎられることのない」という語は、逆説的に壁を見通すことさえほのめかしているとも考えられる。壁のため「眺め」がない、といっていたこの view は、やがて減退したと考えられたバートルビーの「視力」、見ること、へと転換する。さらに、「理由が見えないのですか?」というバートルビーの問いや、壁しか見なくなったバートルビーの状態を示す「夢想」という語によって、見ているのに見えない、という概念は、見えないものを見る、という概念へと変換されうるのである。

当然 dead wall で連想されるのは、メルヴィルの『モゥビ・ディック』(*Moby-Dick* 1851) においてマッコウクジラの頭について言われる「めくら壁 (a dead, blind wall)」であり、エイハブの、「壁を壊さないで、囚人が外に出られるものか」ということばである。エイハブの運命は、壁の破壊が囚人をも滅ぼすことを暗示しているが、それしか方法がないわけではないことを、バートルビーが示しているとも考えられる。あらゆることに拒否を重ねてついには刑務所に収監されてからも、バートルビーは壁を見つめている。彼は壁の外に出ようとはしない。出る必要がない。彼は「自分がどこにいるかわかっている」と言い、食事も拒否して「壁」の下に死んで発見されたときには、目を開いていた。壁のかなたを見る目は自由だったのである。同様に、「死の壁」に阻まれるごとき手紙も、その壁をつきぬける力を持っていると言えるだろう。

ついで、バートルビーのあまりにも有名な「やらないほうがいい（I would prefer not to）」を、考察する。ここにも手紙の本質を見ることができるのである。この文の言っていることは、実は「やりたくない」のではなく、「やらないことを好む」のである。この、他の登場人物すら奇妙に感じているほどのもって回った言い回しは、それゆえ明らかに単なる否定、拒否ではない。法律家が、それはどういう意味だとか、なぜ拒否するのか、と問うても、同じ言い回しが返ってくる。それはこの文がイエス・ノーの選択を無効にしてしまう力を持っているからである。しかも形は一貫して肯定文である。用いられる語の意味は「好む」という意味であるが、単なる好みというよりは、決意を表明している。文が発する力は積極的であり、その曖昧さは、ほとんど暴力的に意味を転覆しているように思われる。

意味の主体は prefer にある。not ではない。否定はそれだけで強い印象をわれわれに与えるが、イエス・ノーを問題にしないこの文において、否定を意味として取り出すことはあまり意味がない。実はこの文が力を発揮するのは物語の前半であって、後になるとバートルビーは別の表現で拒否するようにもなるし、Noという明確な否定の答えも多用するようになるのである。そのような変化を無視するわけではないが、それよりむしろ、バートルビーが最後のせりふにおいて、否定語を用いながらもやはり肯定文を使用しているところに注目したい。バートルビーのレトリックが肯定であるとすれば、重要なのは好むことである。法律家がいみじくも看破したように、「彼は想定が通用する人間（a man of assumption）ではなく、好みで動く人間（a man of preference）なのだ。」

この prefer という語についてもさまざまな解釈がなされているが、J・ヒリス・ミラーは脱構築的に、この語の受動的でありかつ能動的である、ニュートラルな性質を強調する（Miller 163）。しかしながら、彼自身がほのめかした differ との類似、また他の-fer のついた語と共通する「運ぶ」という意味のほうが、より重要ではないだろうか。「あるものを他のものより先においてみる」「なにが起こるか見るために仮に出してみる」などの語義から抽出される要素は、先に出す（put forward）という概念である。それゆえこの語が、送ること、すなわち手紙を類推させると考えても、そうはずれてはいないであろう。しかもここに、ミラーの受動かつ能動という概念を加えると、a man of preference というのが、動かないようでいて、自らを送り出す人間というふうに読めてくる。それがバートルビーである。

バートルビーを手紙とみなしたとしても、それで終わりというわけではない。それではバートルビーの死と手紙の死とが一致し、もとの法律家のレトリックに行き着くだけである。そうではなく、バートルビーが手紙であることによって見えてくる手紙の機能、本質とは何であるかを考え、それによって死を乗り越えてみたい。それはひとことでいえば、手紙の物質性、つまり手紙はシニフィアンであるということになる。その点を、(1) 転送可能性、(2) 労働、(3) 転覆、(4) 到着可能性、という四つの側面から考察する。

(1) 転送可能性　持ち運ぶことができる、ということは、書くことの持つ本質であり、それを手紙が具現していると言える。手紙は自らが動力を持つわけではないが、人の手から手へ移動する。しかしバートルビーにおいて、手紙は動く力を本質として内包していることを暗示している。物語の発端は彼が法律家の事務所に自ら現れたことである。すでに見たように、彼は「宛先人不明書簡処理課」を追われたのち、仕事を求めてここに来る。彼は dead letter の受取人かつ発信人でもあった。そして今度は彼自身が、デッドエンドに突き当たった手紙が自ら新たな宛先を見出したかのようにやってきたのである。この後彼は自ら動くことをやめ、動かされるままになるように見えるが、それは彼/手紙の転送可能性が姿を変えただけである。

(2) 労働　バートルビーは書記というその職業、その労働に、書く行為を体現している。彼は dead letter が内包していた書く意思を受け継いで、最初は勤勉に文字を書きまくった。その彼がなぜ突然働くことをやめるのかという疑問がある。彼が仕事を拒否するきっかけは、校正のための書類の読み合わせを要求されたときである。それが退屈な仕事であったからという説もあるが、元来の書記の仕事である書写とどちらが退屈かははかりがたい。おそらく考えられるのは、読み合わせが書く行為を含まないということである。逆に言うと書写の労働は大いに意味のある労働なのである。メルヴィル自身がコピーを創作活動の重要な一部分と位置づけていたという批評もある。それを担ったのは彼の周りの女性たちであった（Renker）。メルヴィルから見れば、その仕事が拒否されるという可能性は、恐怖をもたらすものであっただろうし、バートルビーには女性たちの「恨み」と作家の恐怖が取り込まれているのかもしれない。ペンで字を書くという労働は、もちろん書くことの重要な本質であるシニフィアンの一部を成す。

(3) 転覆　バートルビーが最初は満足して働くように見え、ひそかに事務所をねぐらとし、また仕事を拒否してからも事務所から動こうとしなかったということは、彼がある居場所、スペースを確保したということを意味する。空間性はシニフィアンの特徴のひとつであり、それは他を押しのけることであり、とりわけ権威となる空間との競合となる。バートルビーは事務所を占拠して、「事務所そのものである」と言える法律家を追い出すのである。彼が仕事をやめた理由のひとつは、法律家といっしょに読みあわせをすることを拒否したのだとも考えられる。

バートルビーの拒否を、「受動的抵抗」と考える向きもあるが、むしろ能動的な抵抗である。書くことはその労働において力の行使であり、書くことにおいてこそ彼は権威を覆す力を持つのである。なぜなら法律家は読み合わせこそすれ、少なくとも物語の中では自ら書くことをしないからである。バートルビーは書く労働においてその力を確立すると、今度はそれを拒否することで、権威に打撃を与え、さらには空間的に権威の排除に向かう。それはまさに、文字を書くこと、すなわち力によって痕跡を残すことが、空間の占拠となり、それが書くことの力に収斂することを示している。バートルビーを立ち退かせることができずに、法律家は彼を見捨てて移転する。従って実際に追い出されたのは法律家のほうなのである。「彼が私から離れないから、私が彼から離れる。」この修辞的転換は、そのまま権力の転換を意味する。書記は自らは動かずに、その動かないことによって周囲を破壊し、秩序を転覆する。書くことが力の行使であることによって、そこに法(律家)が成立したならば、逆に書かないことも同様な力の行使となり、法(律家)を覆し得たのである。

(4) 到着可能性　バートルビーが空間を占拠したことは、書くことが起こった(take place 場所を占めた)ことであり、いったん起こると、手紙は新たな宛先を探す。しかし重要なことは、刑務所において彼は自分がだれであるかではなく、「自分がどこにいるかわかっている」のであって、ある意味で彼自身が場所になり、宛先になるのである。すでに何度も述べているように、手紙が宛先に到着するかどうかは、重要な理論的問題である。しかし手紙自らが宛先であるならば、手紙は宛先に着きうると同時に永遠に宛先を探しうるものとなる。今日のサイバースペース、電子メールにおいて、手紙は手紙であると同時にそれ自身揺れ動く宛先である。最後にバートルビーは自らをとぎすまし、最小限にして「死んで」いくが、ここでは死という語は用いられない。胎児のようなポーズと「眠っている」という表現は、それが死でも終わりでもなく、むしろ何かしら死を超えたものを暗示する。それは肉体を超える何か精神的なものかも知れず、個の滅亡を超える人間全体としての生かもしれない。

それが何であるかということより、それが結局、手紙は死なないということを表していることのほうが重要である。手紙の宛先についてはいろいろ議論があるが、届いたところが宛先であるとも言える（Johnson 249）。仮にある受け取り手が受け取れなかったとしても、理論上それは次々と転送されるのである。その性質はいわば手紙（書くこと）の内部に自身の宛先を持つということであり、物質的破壊を超えても生き残りうるということである。dead letter は書くことにたずさわるものにとって恐怖のイメージである。その恐怖は事実上手紙が返送されるシステムができあがってもなお、バートルビーが与える不安とともに力を持つように見えるかもしれない。しかし、それは反面を物語っているのである。dead letter がバートルビーの死を表すのではない。バートルビーが手紙を表し、そして死なないのである。

第三章　引用された手紙

THINKING.

「考えている」

ハックルベリー・フィンの冒険（E. W. ケンブル画）

1 書く行為

手紙のテクストが小説に用いられるのは、もちろん書簡体小説という形においてのみではない。手紙を書き、読むことは、日常的な出来事であり、リアリズムの小説において多くの例を見出すことができるきわめて通常の「アクション」である。また手紙のテクストは、小説の物語にとってもっとも効果的に作用する材料のひとつである。これらの手紙は書簡体の手紙より現実の手紙に近いと言えるかもしれないが、もちろん虚構である。それゆえその虚構の手紙が挿入されている虚構の小説との関係も重要である。テクストが引用される場合には、小説のプロットにおける意味がより重視されるが、その手紙を書き、読む場の、あるいは媒体自体の、時代による変化、文化的意味も考慮すべきである。さらには、小説の言語の性質、そして小説が書く行為（writing）であることを、明らかにする役割もある。

時空を超えて小説の場に突然届くとき、もしくは思いがけなく発見されるとき、手紙は物語の進行に大きな影響を与える言説を提供する。それは新しい、もしくは忘れられていた人物の登場や、外の世界の侵入を示す。そこに述べられている推測され得なかった心中の告白や、隠されていた秘密の暴露は、物語を転換したり、事件を解決したりすることができる。あるいは、主人公が心を決めて書くような場合にも、その手紙は人物表現の深さを増し、読者の理解を助ける。小説がその形式を確立したあとも、初期の書簡体の持っていた特徴——真実らしさ、心理描写、人間関係の成立など——は、小説にとっての重要な要素であり続けており、挿入される手紙も、その要素をさらに際立たせる。

一方形式的にも、手紙は有効である。手紙を冒頭において、物語を効果的に開始する方法がとられることがよくある。突然届く手紙は、突然世界を開くことに適しているのである。また単にコミックレリーフのように、小説の気分を変えるために挿入されることもある。書簡体小説の雰囲気を部分的に利用する場合もある。さらには、手紙が手紙であることを強調するために、手紙の体裁をまね、テクストの引用ではなく文字どおり手紙や葉書そのものが張り付いているかのような効果をねらった作品さえある。それはいわゆる異化作用であるかもしれないが、また別の意味も生み出す。

ここにおいて小説の中の手紙の分類学をするつもりはない。いかに分類したとしても、小説に引用された手紙の意味は、究極的には小説と同じほど多様である。また、書簡体小説の手紙や象徴としての手紙とは異なり、引用される手紙についての理論的論考がこれまでほとんどなされていないのは、形式主義的な議論に陥るか、小説全体の議論に取って代わられてしまうからであろう。ただし手紙のテクストが小説との関係において持ちうる意味を、手紙性として確認することは必要であると思う。手紙のテクストの持つ物語についての重要性とならんで、小説にとっての手紙性の意義を、簡単に具体的に示しておきたい。ヘンリー・ジェイムズの『ある貴婦人の肖像』(*The Portrait of a Lady* 1881)における手紙に、他者性、テクスト性、人間関係や内面の表象、書く行為、などを示す例を見ることにしよう。

小説の第一章、タチェット夫人からのほとんど意味不明の電報は、その謎めいた文面とともに、彼女が旅したアメリカの空気と、漠とした大西洋の空間、正体不明な少女の神秘的存在を、英国のカントリーハウスにもたらす——「ホテルカエタ　トテモヒドイ　ナマイキナジュウギョウイン　ジュウショハココ　アネノムスメヒキトル　キョネンシンダ　ヨーロッパヘイク　アネフタリ　カナリジリツ」。電報という新技術、記号の作用、大陸間が狭まっているという印象なども、もちろんこの小説の解釈にとって注目すべきものであろうが、なかでももっとも重要な要素は、「アネノムスメ」すなわちイザベル・アーチャーの、奇妙な記号としての、異なる世界(他者)としての、導入である。

そのイザベルが、ウォーバートン卿の求婚を断る手紙は、内容や表現も魅力的であるが、形式的に見ても小説の中の手紙のひとつの典型になっている。そしてこのような手紙らしい手紙は、手紙が小説のテクスト性を露呈しうることを示しているのである。

親愛なるウォーバートン卿
時間をかけて念入りに考えましたが、あなたが先日ご親切におっしゃってくださったご提案について、私の心を変えるには至りませんでした。
……
どうかこれでご理解くださいますように。そして私があなたのお申し入れに対して、深く、尊敬をこめてしかるべき考慮をいたしましたことを、信じていただけるものと存じます。心からご尊敬申しあげながら、いつまでも変わらずにあなたの、

イザベル・アーチャー

手紙のテクストは、儀礼にのっとって書かれ、小説のテクストとは違うことを示すために、手紙の様式そのままに宛名や署名がレイアウトされ、版によっては異なる活字で表現されている。いわば本物の手紙が小説の紙面に張り付いているかのような、錯覚を与えようとしている。語り手はこの手紙の導入に、イザベルの手紙が「われわれの歴史に属する」と言っている。しかし、本当のところ、どこに属しているのか？　ウォーバートンの状差しに？　ジェイムズの原稿に？　読者の持つ本に？　しかし、本物であるというしぐさにもかかわらず、このテクストは明白に小説のテクストの一部であり、形式上小説と同じ空間を占めている。小説は、そこに現実が存在するというふりをし、われわれにそれが書かれているのだということ、虚構であることを忘れさせ

ようとするが、手紙のテクストが、小説のテクストと違うのだということを強調すればするほど、それは逆に小説のテクストのテクスト性、小説も手紙という紙の張り付きうる紙面であることをあらわにする。手紙の歴史性は、小説の歴史性と同じように、虚構であり、小説世界は手紙のように紙であり、そしてその紙の上の黒いしみにすぎないのである。

しかしながら、このような形式的側面とは別に、これら引用される手紙はテクストが存在するのであるから、もちろん何が書かれているかということを見逃すわけにはいかない。イザベルが上記の手紙を書く少し前に、アメリカ人のキャスパーがイザベルに送りつけた強引で一方的な求愛の手紙は、イザベルの手紙と皮肉な対になっている。求愛と拒絶という主題の対比や、鈍感で無鉄砲なアメリカ男性と「自立」を誇り気負っているアメリカ女性という書き手の対比だけでなく、彼女の宛先となる英国貴族ウォーバートンが、彼女をはさんでキャスパーと対峙することによって、異なる男性像や異なる文化の対比までも映し出されている。言い換えれば、そこには人物の性格と人間関係が集約されているのである。

すでに述べたように、小説に引用された手紙のなかには、その手紙に物語を左右するような重大な事柄が述べられている場合が少なくない。ときによっては物語にとって神の機械のように作用し、すべての謎を解き、懸案の問題を解決したりもする。小説の長いテクストが、結局短い手紙のテクストにすべてぶらさがっているような印象を与えることさえある。しかし一方で、イザベルにとってこの二人の男性がもっとも重要な男性であるわけではなく、これらの手紙が小説の中心に位置するわけではないように、手紙はしばしば、気分を変えるためであるかのように、何気なく挿入される。しかしそれほどの比重を占めない場合、手紙がわざわざ挿入されるのはなぜだろうか。手紙である必然的な理由もなく、物語の進行にさして影響もなく、といって内容を隠したり省略したりせずに、テクストをわざわざ示すのはどうしてであろうか。その内容には人物や関係を示すほかにどのような意味がありうるのか。

まず重要なことは、手紙は一人称の語りであって、三人称の語りの場合にはとりわけ表に出にくい登場人物の生の声を直接伝える場である、ということである。『肖像』は、ジェイムズの小説としてはまだそれほど視点が明確になっていない時期の作品ではあるが、イザベルはほぼ中心的視点であって、その内面は「語り手」によって詳しく描写されている。しかし彼女の手紙は語り手さえ入りこむことのできない彼女自身の空間を形成する。一方、一人称の語りの場合でさえ、また語り手自身の手紙であっても、その語り手の存在する空間とは異なる空間、異なる声を提供し、自らが他者としての自分に対峙する状況を作り出すことがある。そしてこのような物語における異なる時空とは別の、テクストの内部における異空間は、語りの様式にかかわらず、内省的な「ジェスチャー」を表しうるのである。

さらに手紙の内容には、人物や状況を説明し物語を動かす事項のほかに、一般の手紙と同じように、往々にして興味深いひとつの特徴がある。それは、手紙の書き手の刻印、それも書いているということのしるしである。それはポーのデュパンの手紙におけるような筆跡や、タチェット夫人の場合のような文体的特徴だけでなく、文面そのものにある。手紙の主たる内容が、第二次大戦中にアメリカ兵の存在をアピールした落書き、「キルロイはここにいた（Kilroy was here.）」と同じように、結局「私はここにいる」ということに尽きる手紙がある。キャスパーの手紙がまさにその例で、ひたすら書き手の存在をアピールするための手紙である。さらには、手紙の文面に実際に、「私は手紙を書いている」と書くことがある。これはいわば「キルロイはここで書いている」というような、書く行為の確認であり、認識論的に素朴なトートロジーである。しかし書くということは、思うこと以上に、表現・伝達意欲と決意と行動を示すものである。手紙を書くことは、書く意思と書く行為とを紙に刻み込むことである。そのときに要するエネルギーが、今、ここの行為という自明のことの確認を迫るかのようである。それは他者へと道を開くことを言い訳するような、おずおずとしたひびきを装うことも多いが、実は言い訳ではなく、むしろ誇らしき挑戦とさえ言えるだろう。小説の中の手紙は、この点においても小説の書く行為を露呈する。書くことが自省的に言及されるということが、とりわけて現代の小説において顕著であることは言うまでもないが、小説は多かれ少なかれ常に自意識的であり、手紙はその自省的特質をもって、ここでも小説をいわば予見している。というより、小説は手紙を祖とし、要因とするゆえに、必然的にそのような性質を顕さざるを得ないのである。

この章では、多くの小説の中の手紙のなかでも、とりわけその内容において、単にその内容が物語に意味を持つだけでなく、書くことと関係を持つような、すなわち、書くことに言及するばかりでなく、書く場（the scene of writing）をも舞台化、もしくは内包するような手紙を取り上げる。それは書く行為というものが体現されているような手紙と言っていいだろう。最初にマーク・トウェインの『ハックルベリー・フィンの冒険』、ついでフォークナーの小説のいくつかについて、そこに出現する手紙をみていくことにする。最後に、挿入された手紙の「書く場」ではなく、その手紙の回答者の「書けない場」に関して、ナサニエル・ウェストの「ミス　ロンリーハーツ」を検討する。

2 そして手紙を破いた 『ハックルベリー・フィンの冒険』

ハックルベリー・フィンが手紙を書くというのは、一瞬奇妙なことに思える。物語は彼が「語る」ことによって成立しており、「書く」ことは、彼の生き方に反する価値、すなわち文明とか教養とかに属すものと考えられるからである。それゆえ、彼は手紙を書くがそれを破り捨てるということで、われわれは初めて納得させられるのかもしれない。しかし実は、手紙はこの物語の中でもう少し複雑な位置を占めているし、破ることも皮肉に有意味な行為なのである。彼が手紙を否定する有名な場面はマーク・トウェイン（Mark Twain 1835–1910）の『ハックルベリー・フィンの冒険』（*Adventures of Huckleberry Finn* 1884）の中のクライマックスであり、小説の精神がもっとも高揚した形で表現されていると考えられている。そこで到達された精神は、社会の慣習や教えにはそむいても、人間の基本的な感情に基づく正義や真理を目指すというものであり、手紙を破る行為は、読者（特にアメリカ人の読者）をもっとも感動させる英雄的行為と考えられている。しかしながら、ここでの手紙の役割自体はそれほど意味のあるものとは見えないかもしれない。破る行為が英雄的だというのであれば、手紙は、否定されるべきものの象徴であるか、ハックの英雄的行為を逆の形で支える小道具に終わるからである。しかしすでに見てきたように、象徴としての手紙もさまざまな側面を持ち、特にこのような語りによる物語の場合、手紙というもの、手紙を書くこと自体が、小説の存在にとって重要な意味を持っている。さらに忘れてはならないことは、この手紙にはテクストがあり、内容があるということである。そしてそこに書かれていることは、否定されるべきハックの「みせかけの」良心だけではないし、ハックの決心にとってのみ重要な役割を果たすわけでもない。

書いてあることは、ご他聞にもれず書くことについてである。それでは実際には何が書かれているのか。いや、ここでの問題は、むしろそこに書かれていないものなのである。書かれていないものとは、〝I〟「ぼく」という一人称の代名詞である。それは手紙にとっても、この物語自体にとっても、もっとも重要であるべき語である。一人称の主人公がまるでいま、ここで話しているかのような言語と、それが生み出す親近感と臨場感こそが、この物語の主眼だからである。しかしそのように話しことばをスタイルとするこの物語は、実は小説であり、また書かれたものとして設定されていることがわかってくる。そしてさらに、それは最後には一通の長い手紙であったという形に収斂する。そのとき、手紙における一人称のかかえる問題が、物語にとっても大きな問題であることが浮かび上がる。

手紙は〝I〟を劇化する場である。相手や第三者に焦点をあてるために表記が二人称、三人称になることはあっても、手紙は基本的に一人称の書き物である。一人称の視点は、固定した視点の特徴的な視野を示すことができるという利点を持つが、一転してその目が内に、書き手自身に向けられたとき、主体と客体のあいだの葛藤が起こり、矛盾やずれが生じる。それは、一人称そのものの記号としての不安定さと、自らを認識しようとする人間の確実さの探求との乖離によるものである。それゆえ手紙は、しばしばいわば自己が自己を他者化する道具として機能し、書く自己と手紙の自己とが葛藤する場となる。言い換えればそれは、書く一人称と手紙の一人称、場合によっては、その中に劇化された自己の一人称とが、複雑にせめぎあう場でもある。それはそのまま、物語の中でハックが直面する問題である。

ハックの手紙の「一人称」の検討のためには、まず物語の道筋をたどりなおさなければならない。「君はぼくのこと知らないだろう。『トム・ソーヤーの冒険』という本を読んだんなら別だけど。でもそんなことどうでもいいんだ」という有名な冒頭から、物語は少年の語り口を借りて、一人称のアイデンティティの不安と、書かれているという現実を暗示する。この文の表記は二人称で始まり、本について語っているからである。そしてまもなく、この『ハックルベリー・フィンの冒険』という小説が、言及された先行の『トム・ソーヤーの冒険』のような単純な冒険物語ではなく、逃走と死に満ちた不安な作品であることが明らかになってくる。それは何よりも、主人公自身のアイデンティティのゆれに現れている。この主人公はほとんど自分自身であったことがなく、他者の名前で呼ばれ続け、何度も死んだとされるような人物なのである。そして、それはさらに、語りの「ぼく」の不安定さにも反映される。

物語の十七章は、「三十秒ぐらい経つとだれかが窓から声をかけた」という文章で始まる。この三十秒は実は三年であった。ハックが奴隷のジムの逃亡を助けてミシシッピ川を下り始めたのはよいが、このまま下っていけばかえって奴隷州へ入り込んでしまう、という筋の矛盾に悩んで筆を折った作者は、原稿をしばらく放置していたとされている。したがってこの章は、事実上あらたな物語の始まりであり、またあらたな問題の始まりでもあった。この後物語は、ハックとジムの逃走の物語から、川岸の南北戦争以前の社会の風刺的な描写へと転換する。その転換に伴って、「ぼく」の問題は深くなり、ますます迷走を続けることになる。

声をかけた「だれか」は、けしかけた犬を止めて、こう言う。「そこにいるのはだれだ?」ここでは、一人称の語りの物語でありながら、章の始まりから三人称の文であり、語り手の機能も曖昧になり、「ぼく」も明示されていない。明示されないどころか、最初から安定したアイデンティティを持たない主人公はここで、いわば言語的アイデンティティすら失って、「だれ?」になってしまっている。この「そこにいるのはだれだ?」というハムレット的問いに続く「ぼくだ。」「ぼくとはだれだ?」というやりとりは、一人称の持つ言語学的および語りにおける困難を露呈する。ハックが偽名を名乗り続け、またその名前をすぐ忘れてしまうのは、自分を語る言説において、語る「ぼく」と語られる「ぼく」とが一致しないことを示している。「(それは)ぼくだ」というトートロジーの答えは、いわばそれに対抗して、「ぼく」を認識し、認識させようとする苦肉の試みである。それゆえそれに対して「ぼくとはだれだ?」と問われることは、一人称の語りの物語において、そしてこの小説において、もっとも恐ろしい質問を投げかけられることなのである。実はこの物語において問題は当初から見えていたのであって、一人称ならぬ二人称の呼びかけとアイデンティティの否定から始まった冒頭から、われわれはすでに、そこにいるのは「だれ？」と問うことが決められていたのであり、それに答える義務こそがハックの物語を構成していくのである。

十七章以降、ハックは外部を描写する語り手に徹するようになり、それにつれて「ぼく」としてのハックは消えていく。グレンジャーフォード家とシェパードソン家の争いに巻き込まれた語り手は、「次の日のことはあまり話したくない。うんと短くしようと思う」と、語ることを拒否し、木に身を隠してしまう。これは悲惨な戦闘をまのあたりにした少年のショックを表すと同時に、語り手としての（否定的な形での）強力なコントロールの発動、そしてその一方での「ぼく」の消滅を暗示している。語りは三人称の語りのような客観的な描写ばかりになり、描写の文体によってわずかに語り手の心情がうかがわれることはあっても、語り手の人格としての存在は希薄になる。それとともに、文字どおり一人称代名詞の「ぼく」が姿を消すのである。ひいては、判断するハックのみならず、木に身を隠すように、行動するハックまで見えにくくなっていく。このあともハックは語り続けているのであるが、彼は語り手としても登場人物としても、ある意味でことばを失っていく。一人称代名詞がないということは、「ぼく」が考える語りも、「ぼく」で始まる彼自身のことばもなくなるからである。さらに公爵と王様が登場すると、登場人物としてのハックまで受身になり、精彩を欠いていく。描写そのものの皮肉で批判的な調子は高まっているが、それはハック、あるいは「ぼく」の声には聞こえず、別の語り手がいて、そこに語りが集中しているかのようである。

批判を表す言語的操作のひとつがパラフレイズ（言い換え）であるが、それは主体の消滅でもある。パラフレイズは、会話の枠をはずして語り手のことばに包含することによってもとの言語を無力にし、あざける機能を持つ。このことはハックが王様の説教をパラフレイズして引用するときによく現れているが、少し遠くから眺めるならば、物語の中間部においては、いわばハックの語り全体がパラフレイズされているかのようだとも言える。会話のパラフレイズは、言語的には一人称代名詞の消滅であり、より大きな枠組みの語りや「書くこと」に、そしてその主語（主体）に併合されることである。パラフレイズされるのが他人の言語であれば、その問題は少ないかもしれない。しかし自分の言語の場合、消滅は重大である。

一人称代名詞は本質的不安定さをかかえているが、その困難がとりわけ増大するのは、自らについて語るとき、自らの言語、語る行為の責任という点においてである。すなわち問題はハックの道徳的ジレンマの場面でもっとも顕著になる。物語の周辺をさんざんうろついたあとに、ハックはようやく自己と向き合うことを迫られる。しかし向き合うためには、語る「ぼく」も語られる「ぼく」もいなければならず、またそれがまずは別のものでなければならず、そしてなお一致しなければならない。王様たちの姦計によってジムが捕らえられ、ハックは助けたいとは思いながら、一方で自分が奴隷を逃がしたことの罪を意識させられる。どう対処すべきか悩む彼は、自らの心を語りのことばにする。このハック自身の内的な対話の記述にパラフレイズの手法が用いられている。いわば葛藤を避けるがごとく「ぼく」から逃げてきたハックは、ここで自らの心の中を整理し、認識するために、語る「ぼく」の統治のもとに把握しようとするのである。しかし内的な主体も「ぼく」であるから、パラフレイズは言語的に意味を成さない。結果として、ここは、これまでのテクストとは正反対の「ぼく」の氾濫であり、そして混乱のきわみとなる。

ぼくはほとんど途中でおちこみそうになった。ぼくはとても怖かった。それで、ぼくはぼくのできる限りのことはして、ぼく自身のためになんとかものごとをおさめようとした、ぼくの育ちが悪かった、とか、だからぼくのせいじゃないんだ、とか。でもぼくの中の何かがこう言い続けていた。「日曜学校というものがあり、お前はそこに行っていたはずだ。行っていたとしたらこう教わっただろう。ぼくがニガーにやったようなことをしたものは、永遠の炎に焼かれるのだ。」

ここでは、語る「ぼく」と、対象としての「ぼく」と、その対象が語る「ぼく」と、そしてさらに「ぼく（どの？）」の心の中の何か（そのなかの「ぼく」）とが交錯する。この最後の「何か」によって初めて、しかも直接話法の語りによって初めて、「ぼく」が一瞬「お前」に対象化されるが、それは「ぼく」と混在している。この混乱した心の葛藤のあと、ハックはお祈りをしようとするが、ことばが出てこない。さらに「ぼく」のあふれる文が続くが、「ぼく」のなかで整理はつかず、問題も解決されない。

そこで手紙が登場する。語りと行動の物語であるにもかかわらず、実はとりわけ中間部以降「書くこと」への関心が強まっており、お膳立てはととのっていた。ここでもハックは、すでに一度手紙で事情を知らせることを思いついたが、その影響を恐れて断念し、それではどうすべきかと悩んでいたのである。ふたたび取り上げた手紙の表面上の役割は、口にできないことを書きものにするという、ごく基本的なものである。ハックはすでにこの手を一度用いている。しかし一方でそれは、この内的闘争の場において、語る主体の「ぼく」が責任をとるための行為でもある。声にすることのできないものがあるということは、語ることも不可能ということだからである。語りそのものをも救済するためにも「ぼく」を外在化する必要があり、ハックは手紙を書くのである。それはひいては、書くことを顕在化することによって、この小説全体の枠組みと書くことの論理的かつ倫理的主体を明らかにするという機能にもつながっている。

しかしこの「英語で書かれたもっとも要領のよい手紙のひとつ」(Holland 79) に、表記のうえでも、内容においても、「ぼく」はいない。

ワトソンさん。あなたから逃げたニガーのジムは、パイクスヴィルの二マイル下流にいて、フェルプスさんが捕まえており、あなたが賞金を送れば渡してくれるでしょう。

この文は、ひとつには「お祈りすることができる」状況を作るための「正しいこと」を表す内容である。しかし、他の面では、「ぼく」という主体を欠いた密告の手紙であり、責任と関与を、従って自らとの対峙をも回避する言語行為を表している。その意味でこの手紙に書かれていることは、ハック自身の責任を表さないばかりでなく、書くことに託された語り手としての「ぼく」の責任を表す行為をも形成していない。そのうえ、この手紙は破棄される。

もちろん、ハックがもしこの手紙を出したのであれば、彼の責任においてある行為（どんな行為であれ）が成就されたことになったであろう。しかし彼は、手紙を破棄する。それも別の行為であり、それは友人を裏切らないことを決心する崇高な行為であるかもしれない。しかし一人称間の葛藤においてそれは、書くことによる自己の外在化が否定され、語る「ぼく」の「語る・書く」行為が無効にされたことを意味する。破棄する行為は、書くことでも話すことでもない行為である。かわりに決定的な句が発言される。「ぼくは地獄へ行く。」こちらは典型的な遂行文として、ある行為をなしたとも言える。しかし、この「ぼく」とはだれなのか？　それは象徴的に、語る「ぼく」の言語とは別個の、かっこにくくられた引用文として表されている。ここにおいて決定的に、道徳的闘争における二つの「ぼく」は分離し、書く行為によって、書く・語る行為を確認しようとする企ては失敗し、語る「ぼく」が永遠に身を引いてしまうことで終わるのである。

このあと物語は収拾のつかない混乱へと突入し、曖昧に終結する。

語っていると思われたことが実は書くことだったのだということは、この手紙の場においても推測されるが、それは小説の最後になって、奇妙な形で提示される。最後のパラグラフには、「もう書くことがなくなって、ぼくは大喜びだ、というのも、もし本を作ることがどんなに面倒なことかがわかっていれば、ぼくはやってみたりしなかったし、これからもやらないだろう」とあり、われわれは、冒頭の『トム・ソーヤーの冒険』の本への言及の意味を再確認させられる。おまけに、それは本というより手紙だった、という身振りが付加される。本文の末尾、有名なインディアンの土地へ行くというくだりに、本文とは区別されるべく大文字で「終わり。敬具、ハック・フィン」という句が、付け加えられている。これは、ときにはE・W・ケンブルの挿絵のキャプションのように扱われることもあるほどに控えめではあるが、はっきりと手紙の様式を示している。もちろんこれによってこの小説が書簡体小説であると受け取られることはない。しかし、手紙が内包する主体と一人称の問題と、これほど格闘している物語は少ないのである。

一人称の問題は、手紙が、自己との対決を試みる場でありながら、重大なアリバイとなりうる危険性を持つことを示している。一人称の文は自己の劇化、他者化として機能し、自己と向き合い、自己を確認する手段となる。しかしそこで書く自己が手紙の中の「私」を正当に批判しうるとは限らない。その「私」の虚構性に目をつぶり、そこに逃げ込むことも可能だからである。それゆえ書かれた「私」が責任を持って行動するのは、それが本当の他者と向き合うときである。

ハックが手紙を破ったことは、アリバイを放棄した意味において英雄的行為である一方、自己を確認することに失敗した瞬間を表している。それは小説全体のある意味での失敗を象徴する。

手紙は出すこと、送られることによって、手紙である。すなわち単なる一人称の書き物ではなく、手紙は書くことそのものに意味があり、それも広義の書くことである出すことに、むしろ主体の意味をゆだねるという傾向を持つ。「私」について言えば、書かれていることは、一人称を含めて、虚構である。「私」は書く主体として意味を持つためには、書いた場にとどまることは許されず、送り出されなければならないのである。

3　日付も挨拶も署名もなく　『響きと怒り』、『アブサロム、アブサロム！』

(1) キャディの手紙

ウィリアム・フォークナー（William Faulkner 1897–1962）は、本人も手紙をよく書いている。批評家マルカム・カウリー（Malcolm Cowley）との往復書簡はよく知られている。また両親宛の手紙も編纂されている。手紙と作品との関係を論じた論文としては、後者の編者ジェイムズ・ワトソン（James G. Watson）による『ウィリアム・フォークナー、手紙と虚構』がある。かくしてフォークナーが手紙をよく書き、巧みに手紙を小説に用いたことはもちろん重要であるが、彼が一時期ミシシッピ大学郵便局の「局長」を勤め、またその類推からか自らの描いた土地のことを「切手」にたとえたことも、見逃すわけにはいかない。フォークナーの手紙に対する関心は、そこに何が書かれるかという側面だけではなく、手紙自体の、書かれ、送られ、読まれる、という側面にも現れているからである。

したがって、フォークナーの作品における手紙は、ほとんどは文面の示された典型的な小説の中の手紙であるが、同時にその手紙自体のものとしての運命、もしくは小説の構造における役割に注目する必要がある。フォークナーの小説の中の手紙が、「盗まれた手紙」のような純粋のシニファンとして機能することは少ない。一方で、文面が引用されている手紙が、イザベルの手紙のように単に「われわれの歴史」に残るべく収まっていることもまれである。それゆえフォークナーの手紙の特徴は、ハックの手紙のように必ずしも破り捨てられるわけではないが、テクストとして意味を持つと同時に、手紙自体がものとしても意味を持ち、書かれた字、紙、フェティッシュなどのシニファンの機能を強く表していることである。さらに、それは書簡体小説とは違った意味で、小説の構造の一部を担うのである。

たとえば処女小説作品である『兵士の報酬』(*Soldiers' Pay* 1926)において、負傷した兵士ドナルド・メーアンに付き添うマーガレット・パワーズに恋をした士官候補生ジュリアン・ロウが書き送る一方的な恋文は、本文のところどころにはさまれて、コミック・レリーフの役割を果たす。見当違いの思い込みと、その恋がしだいに冷めていく過程のおかしさ、やるせなさ、そしてまったく別の帰還兵士の人生が、生ける屍となった帰還兵を迎えた家族の煩悶と、その屍との結婚を決意するマーガレットの思いをめぐる陰鬱な物語と対比されている。ジュリアンからの手紙は小説の筋とはほとんど無関係に存在するのであるが、物語の最後近くで、それはマーガレットが彼に出したものが宛先人不明で送り返されるという逆転した形をとって、ドナルドの父、メーアン牧師の机の上に置かれている。マーガレットのドナルドとの結婚、およびドナルドの死を知らせるその手紙にテクストはない。それはメッセージを伝える役目を果たさなかったばかりでなく、差出人のマーガレット自身もすでに去っているという状態で、いわば二重に皮肉な dead letter としてそこにあり、その空虚さ、不条理さ、無意味さで、小説の主題と交わっているのである。

ジュリアンの一連の手紙は、時空の隔たり、不在、時間の流れといった手紙の特徴を否定的に強調している。それはテクストの直接の内容というよりは、手紙の様式という別の次元のメッセージによるものである。恋文の文面は無内容であるが、恋文であるゆえに自己言及が目立ち、「書く場」、もしくは「書けない場」を強調する。「これはぼくを待つことを忘れないでいてもらうためのメモに過ぎません。汽車が揺れるのでどうせ書けないんです。」「母から逃げ出すや否や、すわってあなたに書いています。」「お手紙を受け取り、すぐお返事するつもりでしたが、忙しく走り回っていました。」そして最後の葉書は自己撞着で終わる。「後で書きます。」これらの手紙は、未熟な恋を描き出すと同時に、手紙が思いを伝える道具でありながら思いを伝えることの難しさを背負っていることを写し出す。それはつまるところことばの運命の一部である。そして、ことばが伝えていることと違う次元で機能しうることも、手紙は象徴的に示していると言える。このとき手紙は、シニフィエとならんで、シニファン・もの、としても意味している。

一方『塵にまみれた旗』(*Flags in the Dust* 1973/*Sartoris* 1929)において、ナーシサ・ベンボウが受け取る匿名の卑猥な手紙は、その無意味な恋文の内容によって意味を持つが、それもメッセージが必ずしも正当に伝わったというわけではない。つまり彼女がストーカーの思いを受け入れたということはもちろんない。しかし彼女はまさにその手紙の卑猥さによって自身の抑圧された性を喚起させられ、手紙がフェティッシュと化したのである。ナーシサはその手紙を破り捨てずに保存し、持ち歩き、それを手紙の主に知られる。「きょう私の手紙があなたの手さげに入っているのを見ました。」このストーカー、バイロン・スノープスは、ナーシサの婚礼の夜忍び込んで、自分が出した手紙の束を彼女の下着とともに盗み出す。しかしナーシサの側では、「盗まれた手紙」によってスノープスにとってのフェティッシュである。手紙はナーシサが保持したことにの「王妃」にとってのように、盗まれた事実が彼女にとっての手紙のフェティッシュ性を暴露してしまう。手紙は手紙をとっておいた事実の証拠であり、隠された性的欲望の象徴になった。

短編「女王ありき」("There Was a Queen" 1933) は、この手紙盗難事件の後日談である。「女王」とは、ナーシサの義理の大叔母ミス・ジェニーを指すと思われるが、手紙の類推では、前述したようにナーシサとも言える。ただし彼女は、スノープスからＦＢＩエージェントの手にわたり脅迫の材料となったその手紙を、自ら取り戻しに行く。「私はだれかが、それも男性がそれを読んで、そこに私の名前だけでなく、私が何度も何度も読んだところに私の目の跡を見ていると考えました。」「目の跡 (mark)」は、まさに読むことによって手紙が彼女の欲望をはらんだ新たな writing となったことを暗示する。さらにそれは、なぜか何年も保持していた男の目の跡も刻まれ、彼女のエロティシズムは「大量消費品となる」(Lahey 170) 恐れさえあった。それゆえ彼女はそれを「買い戻」さざるを得なくなったのであり、そのとき、手紙はまさにフェティッシュにふさわしく、彼女の身体と等価となる。

『響きと怒り』（*The Sound and the Fury* 1929）の第三章、ジェイソン・コンプソンの語りにおいて、姉キャディの手紙も、ジェイソンにとってある種の性的なものを意味していたかもしれない。彼はキャディが娘のクウェンティンに送る小切手を横領し、手紙を検閲し、それらが彼女の手にわたるのを阻止する。それは、姉への「愛」を他の兄弟とは異なるゆがんだ形で表し続けた彼の、ひとつの典型的ジェスチャーとも言える。しかし、不審に思ったキャディがジェイソン自身に送ったと思われる（差出人の署名はない）手紙は、おそらくは破り捨てられず、それゆえテクスト上に現れる。そのことによって、それはキャディ自身に関して重要な意味を持つ手紙となる。なぜならこれはつねに兄弟たちによって語られる対象でありつづけたキャディの、唯一の主体的表明だからである。

内容は物語にとって特に意味のあるものではない。ジェイソンが娘への仕送りをくすねているという彼女の疑い——それはあたっている、つまり事実は他の箇所で示されている——を示し、それについての強い怒りをぶつけているだけの短い文面である。しかしその言語は、手紙の言語一般の特徴を顕著に示すと同時に、キャディの主体の、それも明確な意思的主体の表明となっている。

クウェンティンの復活祭のドレスのことで私が出した手紙の返事をもらっていません。ちゃんと届いたのですか？　あの子に書いたその前の二通の手紙にも返事がありませんでしたが、二つ目に入れた小切手は、他の小切手といっしょに現金化されていました。あの子は病気なのですか？　すぐに知らせてください。さもないとそちらへ行って自分で確かめます。あなたはあの子に必要なものがあったら知らせると約束したでしょう。十日以前に返事をしてください。いいえ、すぐに電報を打ってください。あなたは今私の手紙をあの子に開けて見せているんでしょう。あなたが目の前に見えるようだわ。あの子のことについて、この住所にすぐ電報を打ちなさい。

すぐにわかることは、この手紙が「私」と「あなた」の関係だけでできていること、そして、命令文に満ちていることである。三人称の主語が出てくるのは Did it（my letter）arrive all right? と Is she sick? のみである。もちろんこの特徴は、この手紙を書かずにいられなかった特殊な状況によるものである。しかしそれは、手紙のテクストの文法の問題とも深い関係がある。

　手紙は「私」が「あなた」に書くものである。「私」だけを主語とする自伝的テクストや、「あなた」だけを主語とするような、小説にはまれにしかあらわれないテクストも、可能である。しかし基本的には、「あなた」は「私」の主体のパースペクティブに内蔵されているのであって、テクストの主体は「私」にあり、また「あなた」は「私」が作り出した他者であるとも言える。仮に「現実」の他者に向けられた、事務的な手紙であったとしても、手紙によって伝達する枠組みを考えたとたんに、その原理は働いているのである。用件を伝える文のなかでも命令文は、文法的に「あなた」を主語とするものであるが、もっとも明確にテクストの主体の意を表すものである。手紙を書くということは、相互の関係を創造、確認することであり、「私が書いている」というその原理的メッセージは、その裏に「あなたも私に書きなさい」というメッセージを秘めていることになる。テクスト上の命令文はそれが明示的な形で現れたものに他ならない。

キャディの手紙はそのような文法を典型的に示す手紙となっているが、それとは別に、キャディ自身を表す重要なテクストである。なぜならこれは、小説の中心人物でありながら常に他人によって表現されるのみであった女性の、唯一「直接」の声であり、またたえず「非在」である女性の「存在」を示すからである。『響きと怒り』は没落したコンプソン家の三人の兄弟による語りからなり、最後に三人称の客観的な説明が加わるが、それ以外は彼ら一人ひとりのキャディに寄せるさまざまな思いが物語を編み、彼女の像を作り上げている。すなわちキャディは、語られるだけで、間接的に引用されることはあっても直接自らのことばを発することのできない主人公である。しかもその引用は、語り手の言語に支配されているのである。しかし手紙は、小説のテクストにあって別の次元のテクストを構成する。ジェイソンの章にあってもこの手紙は、ジェイソンに支配されない言語であり、小説でただ一箇所、純粋にキャディの言語と考えられるのである。

しかもキャディは、単に「語られる」対象であるばかりでなく、物語を通じて「非在」であり、語り手にとって今ここにいないことが重要なのである。彼女についての記憶こそが語り手の現在を成している仕組みになっており、言い換えれば彼女は、つねに過去から呼びおこされる形でしか存在できないのである。手紙は典型的に非在——書き手から見れば読み手の、読み手から見れば書き手の——を条件とし、その時空を越えた現前化を可能にする装置である。それゆえキャディにもっともふさわしい。しかしここではその現前化は、呼びおこされるというより、彼女が自らのり出してきたという形をとり、「あなたが目の前に見えるようだわ」という、ある意味では皮肉な言語で強調されていて、まさにジェイソンを見る彼女が見えるかのようである。

命令文もキャディにふさわしい。「モーリー叔父さんが、誰にも見られちゃいけないって言ってたから、かがんだほうがいいわ、とキャディが言った。かがみなさい、ベンジー」という、一章においてベンジーの伝える彼女の最初のことばから始まって、物語の中の彼女の言語の多くは命令文であり、一貫して勝気な、意志の強い少女・女性を描き出しているからである。しかもこの手紙の命令する強い主体は、書く主体が潜在的に権力を持つことをも暗示している。文面はこの書く主体が、経済的主体でもあることを示す。彼女は手紙を書くのみならず、小切手も書くのである。娘については無力である彼女が強い言語を発するのは、金を送っているからである。ジェイソンは小切手をくすねて、優位に立っているつもりであるが、それは裏返せば彼がキャディの経済力に依存していることを意味しており、この関係はそのまま書く主体との権力関係の表象になっている。書くことにおける権力とは、書く能力、書き物による規定や支配、知的財産などの形をとりうるが、手紙における「私」と「あなた」の関係のように、テクスト内部での書く主体の設定による伝達のシステム支配も考えられる。キャディの手紙の書く場は、まさにそのような権力の場を構成している。

ジェイソンが、キャディを出し抜いてはらいせをしていると信ずる一方で、無意識的にこのような権力に支配されることを望み、マゾヒズム的なエロティズムを求めていることは十分考えられる。彼がキャディの手紙をフェティッシュとみなしているかもしれないと推定されるのは、なじみの娼婦からの手紙は証拠が残らないようにと焼き捨てるのに対して、この手紙はひとの声がしたので「片付けた」(おそらくは小切手とともに)とだけあって、破棄した形跡がないからでもある。テクストの形で彼の語りの表面に現れること自体が、記憶による言語ではなく、ものとしての手紙の存在をうかがわせている。

もちろんこの手紙は、娘と無理やり引き離された女性の悲痛な叫びととることができる。しかし、言語と文法、小説の中のテクストとしての位置、そして手紙それ自体の性質を考えたとき、それはこのテクストを書いている女性の強い主体、南部の伝統や家や家父長制に抗い続けた女性の主体を映し出す。このときこの手紙は、テクストに張り付いた一枚の紙として、物語において一貫して匂いや影としてしか形容されることのなかった、非在であるばかりか物質感もない女性の、抑えられた肉体をあらわにする。

(2) ジュディスの手紙

『アブサロム、アブサロム!』(*Absalom, Absalom!* 1936) は、クウェンティン・コンプソンが友人のシュリーヴとともに再構築するトマス・サトペン一家の悲劇の物語である。黒人の血が混じっているゆえにサトペンに見捨てられた息子チャールズ・ボンが、現在の息子ヘンリーの友人、娘ジュディスの婚約者として現れ、父に認知を迫ってくる。その結果、真実を知ったヘンリーがボンを撃ち殺すという事態が起こるのである。物語は多くの登場人物によってこの中心的事件の外へと広がり、壮大な南部の歴史を映し出すが、その枠組みとなっているのは、ハーヴァード大学の寮の一室でクウェンティンが受け取った、父コンプソン氏からの一通の手紙である。それゆえこの手紙は、小説の中の手紙であると同時に、そこに小説全体がぶらさがっているような重要な手紙だと言える。しかしここでとりあげるのは、ジュディスの手紙、すなわち物語の中でジュディスがボンから受け取った手紙である。それには『アブサロム』の物語が凝縮するというより、文学の概念そのものが収斂している。

これをジュディスの手紙と呼ぶことは、手紙はだれのものか、という問題を思い起こさせ、書き手であるボンの手紙と呼ぶべきだという議論になるかもしれない。しかしこの手紙はその微妙な特徴により、受け取り手のジュディスの手紙となるのにふさわしい。それは単に手紙に署名がないからではない。より重要なことに、ジュディスがこの手紙を手放す、送る、ことが大きな意味を持つからである。しかしだれの手紙と称するかにかかわらず、その意味、その状況、そしてもちろんその文面において、この手紙はフォークナーの小説の手紙のうちもっとも重要なものであり、フォークナーに限らず小説の中の手紙一般の本質と、深く関わる手紙であると言える。

四章の終わり近く、この章の語り手であるコンプソン氏は、ジュディス・サトペンが婚約者チャールズ・ボンから受け取った「直接のことば」である手紙を、ボンの死後、ほとんど見ず知らずのコンプソン氏の母、クウェンティンの祖母に手渡した話を語る。祖母が当惑して、「私に？私に持っていてほしいというの？」と聞くと、ジュディスはこう答える。「ええ…さもなければ破り捨ててください。お好きなように。読みたければ読めばいいし、読みたくなければ読まなければいいのです。ほとんど影響はない（you make so little impression）のですから。」この原文の主語「あなた」は文脈上祖母を指していると思われるが、一方で、この後ジュディスが、なぜ手紙を他人にわたすのかという議論をきわめて入り組んだ奇妙なイメージを駆使して展開するときの、その文の一般的な主語へと移行しているようでもあり、人間は跡を残せないと言っているとも受け取れる。いずれにしろ impression という語は、押してできる形を意味し、しるし、跡（imprint, trace）とも関係があって、ジュディスの議論や、手紙の本質を示唆している。すなわち書かれてはいても、手紙の本当の「痕跡」は読むべき内容というより、手紙を作っているすべての「書くこと」である。

ジュディスの議論はこうである。人間の人生とは、みな操り人形のように操られながら、集まって機を織り、敷物を作るようなものである。しかしそれは突然終わってしまい、残るのは墓石のみ。しかし年月が経てばだれもその名を覚えていない。ここでの文脈で重要なのは、敷物を織るイメージである。人の生は織物すなわちテクストにたとえられていると言える。それは社会組織というより、個人の生としてのテクストであるが、それがそれ自体で意味を持つことができないというところが問題なのである。意味を持つために、それは移動しなければならず、またそれ自体は滅びうるものでなければならない。それゆえ、

ひょっとしてあなたがだれか——知らないひとの方がいいのですが——そのひとたちの所に行って何かをあげることができれば、何でもいい、紙切れでもいい、それ自体では何も意味しないもので、そのひとたちが読んだり取っておいたりしなくてもいい、わざわざ捨てたり破いたりさえしなくてもいいのですが、それはただ単にそれが起こったというだけで少なくとも何かであって、そして記憶に残ることでしょう。たとえそれがひとの手から手へ、心から心へ移っていったというだけであっても。そしてそれは少なくともひっかいた跡であって、いつかはなくなるという理由で、かつてあった（was）ものにしるしをつけることができる何かなのです。一方で石の塊はそれがあった（was）に決してなれないという理由で、ある（is）にもなれないのです。それはなくなったり滅びたりすることができないからです…

ここでは生きること、書くこと、手紙、が、みごとに重ねあわされている。生きた証としての、起こったこととしての、引っかき傷、もしくは痕跡は、それ自体そこにエネルギーが注ぎ込まれた、つまりエネルギーの運動のしるしである。そしてその類推で、痕跡は移動することで、起こったことを増幅し、確かなものとすることができる。しかもひとの命が限りあるという運命を逆手に取り、紙の上の痕跡は永続しえないものであるからこそ、起こったこと、あったことの、証明となると主張するのである。

もちろんわれわれはここにフォークナーの人間観を読むことができる。ひとの生はある組織の内部で個人の織物を織っていては限界がある。その生が意味を持つためには、それは痕跡という形で、運動、移動し、外へ開かれねばならない。すなわちそれこそが、書くことの本質であり、また創造するものの活動の意味である。滅びゆく媒体にしか生きた証は見出されない。歴史は戦争の記念碑ではない。書くことこそ、滅びたものの意味を今に生かすことであり、歴史なのである。

さらに重要なことは、ジュディスの議論が、書くことの本質、手紙の本質を物語っていることである。「書くこと」writingとは、書きことばでもあり、思想を移動しうるものに、「こと」を「もの」にする装置である。それは英語のwritingという単語にその性質がもっともよく表されるのであるが、まさに書いているという動作をひとつの形、文法的には名詞の形にとどめることである。それは動名詞であり、動詞であると同時に名詞であり、動きであると同時にものなのである。それは読む側から見るならば、行為を文字というものに化す、過去wasという時間や存在を現在isに転ずる、すなわち、起こったことが今起こっているように表すことである。書くこと・書きことばwritingは、それ自体にこの仕組みを内包するが、それをさらに人間の行為の中に見出すならば、それは文学となり、そしてその象徴となるのは、書きことばである文字を連ねたletterであり、手から手へと紙をわたす手紙なのである。

ここにおいて手紙の内容が全然意味を持たないわけではない。ボンの手紙はこのあと引用されるからである。しかし、手紙はまず滅びうるものとして規定されている。そして内容は引っかき傷に矮小化され、読むことさえ無視され、引っかき傷の集成、手渡される紙切れとしての、「もの」としてのletterに意味があると論じられている。ただし手紙のフェティッシュ性は、本質としては認めてもその意味ははっきりと否定されていると考えられる。すべてがものと化すこと、生がエネルギーの授受である性に還元されること、ひいては欲望がものに収斂することがよしとされているわけではない。それゆえに滅びる可能性に意味があるのである。記念碑や墓石は抽象化された人形(ひとがた)であり、フェティッシュとして機能しうる。手紙もまたフェティッシュとして機能しうる。おそらくは理由もわからず兄に婚約者を殺されたジュディスが、この手紙を形見として保持する可能性も十分考えられた。しかし彼女はそれとは別の形で、すなわち移動しうる、そして滅びうる「もの」としての手紙に、ボンの生を意味づけようとするのである。

滅びうることは、もちろん過去と現在という時間、歴史の問題と関連する。ジュディスが語る

was が is であるという議論は、すでに述べたようにそのまま writing の本質、手紙の本質を示しているのであるが、そのとき、was という単語が最初は動詞として用いられていた（that was once）のが、次には is と並んで名詞化している（become was）ことに注目すべきである。これはそのまま動名詞 writing の機能を代行していることになるからである。このような品詞転移の操作はフォークナーの好みの言語用法であり、似たものを含めて随所に見出されるが、was と is は少し形を変えてボンの手紙に引き継がれていて（物語内部の論理では、ジュディスがボンの影響を受けたと言えるのかもしれない）、南北戦争を狭んでの時代と人間の変化を表すのである。

それゆえわれわれはボンが書いたことを読まねばならない。その内容を吟味しなければならない。しかしこの手紙は、最初はやはり「もの」として、クウェンティンの前にある。つまり、祖母から父を経て、手わたされうるものとして存在するのである。目につくのはまずは文字である。「かすかな、蜘蛛のような字体、かつて生きていたひとの手によって紙の上に押し付けられたもののようではなく、紙にかかった影のようであり、それは読む前から紙の上ですでに溶けてしまい、読んでいるそばから、いまにもかすれ、消えてしまうかもしれない。」文字（letter）とは手紙を構成する基本的な構成要素であるが、ジュディスのことばにあったように、それは消えうるものの性質を呈している。そして仮に文字が消え、判読不能になるとすれば、手紙に残るものは純粋に「もの」だけになる。それはことばの意味を伝える文字のレベルから、伝達行為の意味のレベルへと転換しうることを暗示する。しかもその手紙には、日付も、挨拶も、署名もなく、まさに起源より断ち切られた書きことばの本質を具現している。そのような手紙はいかなるメッセージを伝えるのであろうか。

恋文であるべきその手紙は、そしてそのとおり恋文と読むべきかもしれないが、それが最初に長々と語るのは、奇妙なことに、手紙の紙と「インク」のことである。

一枚の便箋は、見てのとおり七十年前の日付の入った最良のフランスの透かし入りで、滅びた貴族の略奪された邸宅から救出した（盗んだといってもいい）ものです。そしてそこに、ニューイングランドの工場で製造されて十二ヶ月もたっていない最良のストーブ磨きで書いているのです。

いかに手紙が自己言及的であるとはいえ、また「書く場」への言及は珍しくないといえ、このように手紙の物質的側面について詳しく語るのは極端である。インクをどのように手に入れることになったかという話が、このあと延々と続くのである。飢えて疲れきった敗軍の南軍兵士が、食料と思ってUSと書かれた箱を開けると、それは大量のストーブ磨きだったのである。もちろんこのエピソードは、南北戦争の南部の敗北によって、ひとつの時代、体制が終わることを象徴的に表している。しかし重要なことは、紙とインクが示唆しているのが、その歴史観が書くこと（writing）、そして手紙と深く関わっているということである。

この書くことについての長い挿話のあとボンは、こう結論したと言う。

ぼくたちは十分待ちました。ぼくが十分待ったと言ってあなたを侮辱するようなことをしていないことにお気づきでしょう。ですから、ぼくだけが待ったと言ってあなたを侮辱していないのだから、ぼくはそれに加えて、待っていてください、とも言いません。なぜなら、いつまで待てばいいか言えないからです。なぜなら、かつては WAS であったものがありましたが、いまや別のものです、というのもそれは一八六一年に死んでしまったからであり、だから IS であるもの——

そして、ここでこの文は中断し、かっこにくくられた、手紙を書いている現在北軍が発砲し、戦闘は続いており、書き続けられない、と書かれた挿入部分が入る。そのあとでやっと、それはこう引き継がれる。「いつまで待てとは言えません。なぜなら、IS であるものはこれまた別もので、というのもそれはかつては生きてさえいなかったものだからです。」文章が戦闘によって中断されたため、文法的に曖昧ではあるが、どうやら IS において WAS は IS でなく、WAS において IS は WAS でない、すなわち WAS と IS とは違うのだと言っているようである。注目すべきは、原文ではこれらは what WAS, what IS と表されており、動詞ととるべきであるが、大文字で強調され、what と結びつくことによって、なかば名詞化されていると考えられる。それゆえこれらはジュディスの名詞的な was, is と呼応するのである。

フォークナーの時間についての考え方は、これまで多く議論されている。サルトルの「フォークナーの世界観はオープンカーに乗って後を見ているひとの見方と似ている」(Sartre 89) という有名なたとえ、過去が時間がたってから形をとり始めるという現象、を始めとして、それらはいずれも、過去が現在に生きる可能性の探求という点で一致する。しかし過去への執着ではあっても、それは決してノスタルジックなものではない。それゆえ『アブサロム』にしても、たとえ南部の歴史が語られていても、それは「過去に光をあてるというより、個々の解釈者の内面の洞察にとって重要である」(Millgate 27) ということになる。すなわち、過去のあり方とは、現在において見えている見え方にある、ということである。過去の再現、固定ということはありえず、過去への働きかけは常に現在を志向する。

手紙の中の WAS と IS は、文字どおり受け取るならば、過去と現在は違うことを示しているのかもしれない。そこにはさらに強い、はっきりした過去と現在の断絶の含みがあり、「待たないでくれ」という願いには、挿入部分に繰り返される stop, finish ということばが暗示するように、時間(記憶、歴史)の終結が意味されている。しかし同時に、考えることや思い出すことを stop しても、「希望するのをやめるとは言っていない」と、手紙は言う。断絶はまた、手紙の最後で、「一枚の紙にあなたは今死んでしまった古き南部の最良のものを手にしており、そしてあなたが読むことばはその上に征服者北部の最良のもの(どの箱にも最良と書いてありました)で書かれている」と、敗戦、過去の時代の終焉を皮肉ることで強調される。しかしそれにもかかわらず、結びのことばは、まさに奇妙なことに、「奇妙なことにぼくもあなたも、生きるべく運命付けられているもののひとりなのです」である。それゆえここでは、断絶によって、過去を過去として、死滅したものとして認識することで、現在に生きることが模索されていると考えられる。それは、同じように was, is という表現を用いながら、ジュディスが明らかに継続と記憶を主張しているのとは異なっている。ただし WAS であったもの、IS であるもの、という動詞的なものの名詞化という操作は、共通している。それは過去の過去としての認識に重要な役割を果たすからである。

ジュディスのこの手紙の取り扱い、彼女が、「待たないでくれ」という頼みに反して待っただけでなく、その行為を継続すべく記憶し、またその記憶をとどめるために、他人に手わたすという行為に出たことは、明らか彼女が手紙を批判的に読んだことを表している。その読みとは、この手紙をいわば文字どおりに「文字どおり」受け取ることである。言い換えれば、それを紙とインク、そして was と is、すなわち手紙として「読む」ことである。古き南部である紙に、新しい北部のインクが痕跡を残すということ、それは古いものへの新しいエネルギーの侵略であると同時に、逆説的には、紙の裏側が突起するように、現在によって過去を浮き出させる作用でもある。書くこと・文字、である writing は、書くという現在の行為によって、過去を記録する装置であり、それは was, is, とりわけて過去である was という単語に象徴される。文字の集成としての手紙とは、writingに含まれたこのような時空と歴史の仕組みの、もっとも明確な具現である。そして現在に生きるべく過去となるためには、この手紙の機能は強調されねばならない。それは読まれなくとも、滅びゆくとも、さらに転移することによって、意味を生成していかねばならない。

4　手紙を書けば、助けてもらえます　「ミス　ロンリーハーツ」

ナサニエル・ウェスト（Nathanael West 1903-40）の「ミス　ロンリーハーツ」（"Miss Lonely-hearts" 1933）は、大不況時代に出版された中編小説であり、題名は新聞の身の上相談コラムの回答者の名――「あなたは困っていますか？――アドバイスを求めていますか？――ミス　ロンリーハーツに手紙を書けば、彼女に助けてもらえます」――を示す。ここには、実際のコラムニストは男性であり、相談の手紙を書く側が「さびしい心」をかかえた女性がほとんどである、という逆説が存在する。しかし、コラムニストの青年自身も悩んでいるのである。物語が始まったときには、彼は身の上相談にむなしさを感じ、毎朝届く相談の手紙の悲惨な内容に答えるすべを失っている。彼はキリストこそが救いであると信じたいと思っているが、上司にはからかわれ、自らもその救済可能性に疑問を持つ。彼には恋人もいるが、結婚に踏み切ることができず、一方で上司の妻や、投書者の女性と関係を持つ。最後は、その関係がもとで投書者の夫に殺される。

物語は、彼が仕事をしないで、悩んだり、飲み歩いたり、勤めを休んだり、あるいは直接投書者に会いに行ったりする話である。すなわち、彼は手紙を読んでコラムに返事を書くべき立場にあるのに、書くことができないという状況にある。本文に挿入された何通かの相談の手紙は、悩みに回答してもらえずに、手紙としては宙に浮く。本文に引用もされず、したがって日の目を見ない手紙のいくつかは、ゴミ箱に捨てられ文字どおりdead letterとなるか、パーティでからかいの道具にされる。そして手紙を書くことのできない回答者の行きつくところも、死である。
相談の手紙はほとんどがグロテスクなほど悲惨なものである。

ミス　ロンリーハーツ様
私は痛くてどうしていいかわからなくてときどき自殺したくなります腎臓がすごく痛いのです。夫は女は痛みを伴わずにはよいカトリック教徒になれないし子供も産めないと思っています。

……

私は十二年で七人の子供を産み最後のふたりを産んでからは体の具合がよくないのです。私は二回手術し夫はお医者さんが死ぬかもしれないと忠告したからもう子供はほしがらないと約束したのに病院から戻るとすぐに約束を破ってまたおなかに赤ん坊がいて私には腎臓がとても痛くて耐えられそうにありません。体の調子がとても悪くとてもこわいですカトリックだから堕ろすこともできないし夫はとても信心深いのです。私はいつも泣いていますとても痛くてどうしていいかわかりません。

かしこ　病気がち

このように子供をはらまされ続けて生命の危険を感じる女性をはじめとして、鼻がないことに苦しむ少女、身体的にも知的にも障害を持った妹が乱暴されて妊娠するのではないかと恐れる少年、働かない夫に悩まされ脅かされる妻など、まさに救いがたい苦境である。彼らは、「わたしはいつも泣いていますとても痛くてどうしていいかわかりません」と苦しみを訴え、「わたしは自殺すべきでしょうか」と悲痛なアドバイスを求める。「病気がち」、「絶望者」、「失恋者」、「肺病の夫に幻滅した妻」などの署名だけでも、陰鬱なイメージを展開する。そこには、この小説の書かれた不況時代、多くの人が貧困に苦しみ、希望を失った時代が反映されている。また、とりわけ女性が歴史上負ってきた抑圧と苦難が、描き出されている。しかしながら、貧困、病気、暴力といった社会的苦悩にくわえて、手紙はさらに薄暗い性の臭いを感じさせ、人間の根源的欲望をあぶりだしている。あまり教育があるとは思われない相談者たちは、ほとんど同じような稚拙で間違いだらけの文体で冗長に書きつづるが、一方で扇情的な細部を過剰に描写する。それは相談者の無意識的な内部を示すだけでなく、意識的に効果を狙ったものではないかとさえ思えてくる。さらに、手紙に表されたこのような極端な惨めさ、鬱屈した欲望は、小説のレベルにおいて、主人公の内面世界の暗さ、そして物語全体のやりきれなさを、象徴的に示しているとも言える。

しかし同時に、これらの手紙はとりわけ身の上相談というシステムそのものの残酷さを暴きだす。手紙と結びついて太古からあったかもしれないこのシステムは、とりわけ一般の女性が書く機会を得た十八世紀以降、個人的、家庭的な状況について訴える彼女たちの感情の発露という形で、まさに小説というジャンルのひとつの源泉となった。『パメラ』や『クラリッサ』といった書簡体小説は、いわば身の上相談の書簡集にほかならない。しかもそれがとりわけ『パメラ』のように、悩みに対する回答が得られること以上に、降りかかる事件や災難の記述そのものに重点がおかれるとき、身の上相談それ自体の本質も、回答が与えられることではなく悩みそのものへの興味であることが明らかになる。現代の新聞やテレビも、まさにそれを売り物にする。ロンリーハーツのコラムを連載するポスト・ディスパッチ紙も、このコラムを、「発行部数をあげるわざ」としてしか考えておらず、彼の上司のシュライクは、繰り返し「冗談」であることを強調する。システムが女性同士の打ち明け話の想定であるのに、男性を女性の仮名でコラムニストにしたのも冗談であり、さらに悩めるロンリーハーツ自身をも冗談の的にする。ひとの悩みは見世物であり、その解決を目的としていないどころか、笑いものにすることが必要なのであって、そのシステム全体が残酷な冗談なのである。仕事に嫌気の差したロンリーハーツが、自殺をすすめる回答をして首になろうとしたとき、シュライクは「おまえの仕事は新聞の発行部数をあげることだということを忘れるな。自殺は、考えられる解決ではあっても、この目的に反する」と言う。自殺をすすめるのはいいが、購読者がひとり減るというわけである。これ自体が不気味なブラック・ジョークであり、システムの残酷さを物語っているが、それは、手紙の内容をうわまわる残酷さであるともいえる。

しかし、いわばコケにされている相談者が、ほんとうにむなしいかといえば、そうとは限らない。本来は、身の上相談の手紙を書くということは、苦しみの救いを求めて訴えることであるが、「書く」ということは、本質的に自らを他者に対して表現することであり、それ自体に力や意味を持ちうる行為である。「どうしたらいいかわからない」というきまり文句は、書かれていることで、逆説的にすでにある行為を選択していることを示す発語行為となっているのである。もちろん書くからには相手に読んでもらいたいという気持ちがないわけではない。「コラムに書くとき、この手紙に数行触れてください。そうすれば私を助けてくださっていることがわかります。」しかしながら、書くこと自体がすでにカタルシス、言い換えればある種の解決を内包しているのである。そこに感情や欲望をこめれば、それが書く側の感情にも影響する。システムが爛熟すれば、その感情を公表する可能性に、さらなる快感を求めるものも出てくるであろう。あるいはより個人的な関係や実際的な効果を狙う場合もあるかもしれない。コラムニストの正体を知って、ロンリーハーツを直接誘惑するドイル夫人の手紙のようなものも、当然この延長線に考えられる。

反対に、むなしいのは回答者のほうである。相談者は、たとえ手紙がデッド・レターになっても、発信されただけで目的の大半は果たされているのであれば、重要なことは相談の手紙の宛先があるということである。言い換えれば「ミス　ロンリーハーツ」はそのような宛先の象徴に過ぎず、それ以上のものではない。したがってそれに対する回答がなされたとして、それはたとえどんなに実用的であり、気の利いたものであっても、シュライクが言うように本質的に「冗談」でしかなく、ロンリーハーツの仕事は彼が本気であればあるほど、ますます惨めなものになるのである。

物語をとおして、ロンリーハーツは手紙を受け取り、いくつか読むが、彼自身は回答をほとんど書くことがない。冒頭で、彼は締め切りの十五分前だというのに、まだ最初の部分と格闘している。「人生は生きる価値があります。なぜなら、人生には夢や平和、やさしさや歓喜、陰気で暗い祭壇のくっきりと白く燃える炎のような信仰に満ちています。」しかし彼はそれ以上続けられない。その後シュライクにせかされてタイプに向かうが、「十数語書いたところで」シュライクは、いつも同じことしか書かないと責め、もっと希望のある回答をと、「芸術こそが解決法です」と、口述しはじめる。別の日、彼が仕事をさぼると、同僚が代わって書く。やがて仕事場に復帰したとき、彼は忙しいふりをするために、「人生は多くの人にとって、希望や喜びのない苦痛と悲嘆に満ちた恐ろしい闘いに思えるかもしれません。ああ、読者のみなさん、それはそう見えるだけです…」と数行タイプするが、しかしここでも「彼は書き続けることができない。」「崇拝者」と称して手紙を書いてきたドイル夫人に電話して会う約束をとりつけたあと、やっと「コラムを書き終えた」が、その内容は示されていない。恋人のベティと田舎で過ごして戻ったときは、「キリストはあなたのために死んだのです」などと書いてみるが、これも破棄してしまう。そしてその後の彼は、それ以上仕事をすることはなく、物語は終わってしまうのである。

苦悩と欲望を傾けてめんめんと手紙を書いてよこす相談者に対して、ロンリーハーツは、返事をすることのできない、回答できない、すなわち「書けないひと」と規定できるだろう。そもそも彼は仕事に絶望して、身を引きたいと願っており、それは手紙からの疎外、回答と相談の転換という形をとるようになる。ドイル夫人の手紙に、彼は手紙でなく電話で応対し、「相談者」に直接会ってその人間関係にまきこまれていくというシステム違反を犯す。そして彼自身が相談者へと変貌する。彼が病気で休んでいるときにシュライクが酔って闖入し、演説をぶったのちに、「彼に代わって」『キリストへの手紙』を口述し始める。その宛名は「ミス　ロンリーハーツのミス　ロンリーハーツ」であり、形式はあくまで身の上相談コラムに従いながら、その内容はロンリーハーツ自身の相談になっている。「ぼくは二十六歳で、新聞商売の只中にいます。ぼくにとって人生は慰めのない空虚な砂漠です…。」最後にシュライクは、「かつてあなたはこう書いていました。『塩が味をなくしたとき、味を与えてくれるのはだれでしょう?』その答えは『救い主のほかにはいない』でしょうか?」と、味(savour)と救い主(saviour)の地口によって、キリストを信じようとするロンリーハーツを笑い飛ばして終わることを忘れない。そこには相談と回答のサイクルが反転して内包されているが、それはもちろん身の上相談のシステムそのものを解体するものであり、ロンリーハーツの回答者としての役割を二重に転覆している。

それだけではない。ロンリーハーツは最終的には読むことさえしなくなって、身の上相談、あるいはまた手紙というシステムから身を引き、その意味でも書くことが不能になる。それはそのまま彼の死と重なるのである。シュライクは彼をパーティに招くが、そこで仕事場から持ち出した相談の手紙の束を取り出し、参加者がひとりずつ相談に回答し、それに対してロンリーハーツが回答者の「道徳的な病を診断する」、というゲームを提案する。ロンリーハーツにも一通手渡されるが、「彼はそれを受けとり、しばらく持っていたが、読みもせず床に落とした。」やがて彼はベティが出て行くのに気づいて、そのあとを追って退出する。シュライクが、「師は消えてしまったが、絶望してはいけない。ぼくがいる」と言いながら、彼の落とした手を読み始めるが、それは実は誤解したドイル夫人の夫からの復讐を誓う手紙であった。こうしてロンリーハーツはそのことを知らないまま、ドイルに命を奪われることになる。

ロンリーハーツはなぜ書くことができないのか。書くことができないということは、何を意味するのか。ひとつには、彼における書くことの不可能性は、宗教に救いを求めることへの疑問と結びついている。ニューイングランドの牧師の息子である主人公は、悲惨な手紙に対し、おざなりなぐさめの回答が意味をなさず、「キリストが答えだ」と思っている。しかし彼の信仰、および物語の宗教観は単純ではない。彼自身がキリストとして救う立場を要求されていると感じているからである。彼は家の壁にキリスト像をかけているが、わざわざ十字架よりはずして、太い釘で壁にうちつけている。「しかし、期待した効果は得られなかった。身もだえするかわりに、キリストは落ち着いた飾りのようであった。」自らに残酷さをあえて求めるのはむしろマゾヒズムであって、彼は救い得ないほどの悲惨さにおいてこそ救いの意味があるというジレンマに自分を追い込んでいる。しかしそれは宗教自体が内包するジレンマでもある。

ロンリーハーツのキリスト救済論を一貫して槍玉にあげるのはシュライクであるが、その皮肉が何か別の宗教的救済を示し得ているとも考えにくい。彼のロンリーハーツに対するあるいはキリスト教に対するメフィストフェレス的攻撃を逆手にとって、狂信的なロンリーハーツこそが悪魔的であり、それを暴きだし新しい秩序を示すシュライクこそがキリスト、少なくともモダニスト・アンチ・ヒーローである、という考え方もある。すなわち、現代の救世主が「『ミス ロンリーハーツ』に生まれ、シュライクと名づけられた」(Jones 223)。しかし対象がシュライクであるゆえに、その批評的まなざし自体が、皮肉に見えるといわざるを得ない。

むしろより問題であるのは、身の上相談と宗教の等価性である。苦しむものが救いを求めて訴える。そこにはきまりきった答えしか返ってこない。しかし訴えるものは、求めること自体、あるいは求めることのできるシステムにいること、すなわち宛先のある手紙を書けること自体に喜びを見出す。宛先は宛先であることのみにしか意味を持たない。これは宗教と同じである。自らを真に宛先となり返信をするべきキリストとみなす主人公は、それゆえ信仰に疑問を持つ。身の上相談を、冗談とも、救いを待つ悲惨さとも考えることができず、システム自体のもつグロテスクな一面を感じてしまったからである。身の上相談の投書も、彼は最初個々の人間の手紙として読んでいたかもしれない。しかし、それらが「すべて似たり寄ったりで、苦しみの生地からハートの形をしたクッキー・ナイフで打ち抜いたものだ」と言うとき、彼はもはや個人とのつながりが存在するとは考えていない。彼には書くべき宛先がないのである。それは宗教についてもいえることかもしれない。

最終的には、ロンリーハーツは再びキリストを見出したと信じるが、それは幻想であり、宗教的救いそのものが幻想だということが暗示されている。悩みぬいたあとに、熱にうなされる彼の前で、壁のキリスト像は「輝く蠅」になって回転し、彼は世界が魚となり、壁の餌に食いつくところを夢想する。幸福感に満ちた彼は、神はミス　ロンリーハーツが神に向かって原稿を書くことを認めた、と信じる。しかしその直後、たずねてきたドイルを奇跡のしるしと信じて彼が抱きつき、もみあったとき、復讐のため新聞に包んでいたドイルの銃が暴発する。ロンリーハーツ自身は幸福の絶頂で死んだのかもしれないが、奇妙に矮小化されたイメージや馬鹿馬鹿しいまでに皮肉な結末を見ると、物語の上で宗教が最終的にシニカルに描かれなかったとは考えにくい。神に向かって「書ける」ことになったはずの彼は、人間に向かって記事を「書く」新聞の姿をとったものによって、命を落とすのである。

こうしてロンリーハーツにおいては、結局書くことそのものの価値、書くことの生に関しての意味が貶められている。たとえ彼が回答することができなくても、相談者になること、せめて彼自身がキリストになるのではなく真に求める側になることは、できたかもしれない。しかし、彼は投書者にもなれない。彼の投書はシュライクの作り上げたものでしかないし、そもそも彼は書くことを信じられないのである。書くことが人間関係への積極的な意思であり、努力をともなう行為であるとするならば、彼は人間関係に対して臆病であり、無力である。求めてくるベティのような他者も、彼の混乱に「秩序」を与える手段としてしかとらえられず、彼自身の心や肉体の欲求、表現の意思というものを認めない。彼自身を表す要求が強くなると、心を「岩」にすることで身を守ろうとする。

彼はまた、媒介としての手紙の機能に不信感を持つ。あたかも神のことばより奇跡のような直接の啓示を欲するかのように、彼は手紙を捨て、直接的、受動的「肉体的」関係へと走り、ドイル夫人の誘惑に応じ、ドイル氏と手を握り合うのである。ドイルが手紙を書き、ロンリーハーツがそれを読むとき、ロンリーハーツは一見「回答者」、すなわち「書く」側へ戻ったかのように思わせるが、実はそこでは手紙は正常に機能していない。それは書き手自身が手わたしする手紙であり、媒介というよりは直接的な啓示に近いものとして機能する。ドイルはしゃべりながら手を動かし、その手が「突然コートのポケットから現れ、何枚かの便箋を引き出した。」ここにおける「もの」としての手紙は、それ自体は象徴ではなく、書き手のドイルの肉体の一部と一体化し、肉体としてドイル自身の身体的障害の象徴になる。そもそも物語において投書そのものが、署名が「絶望する女」から「肩幅の広い（重荷に耐える）女」へと変わってくるように、「心」の問題より「肉体」の問題であることをより匂わせてくる。それにつれて、ロンリーハーツは最初ドイル夫人のような性的な肉体へ、さらには性的でない肉体、心の悲しみの象徴である肉体、すなわちドイルの夫の障害へと逃げてきた。それに呼応するかのように、手紙そのものが持つ肉体にとっての代替性、象徴性は粉砕される。

ロンリーハーツの自滅と手紙の失敗は、書くことを自虐的に告発しているようにさえ思える。しかし重要なことは、主人公が人間を信じず、人間に向かって「書くこと」を信じることができないということが、「書くこと」そのものが最終的に否定されることを意味するのではない、ということである。この小説自体がひとつの「身の上相談」の投書のように見えてくる危険を冒しているにもかかわらず、自滅する青年を包含する、「書くことについて書く」枠組みは、最終的には書くことが信じられねばならないことを主張している。この救いのない小説を救うために、批評は往々にしてそのようなメタの視線、外側の枠組みを必要とする――「われわれの小説との関係は、ミス　ロンリーハーツの手紙との関係と正確には類似していない」（Duncan 154）――が、小説を眺める枠組みがあらわにするものは、「犠牲者としての読者」（Richter）、モダニズム美学の意味、などという高尚な概念というよりはむしろ、書くことの失敗の痛ましさをそれでも書いている小説のふてぶてしさ、もしくは、それでも書かなければならない人間のさがと、それを可能にする書くことの力である。身の上相談の回答があろうとなかろうと、ひとは手紙を書き続ける。

それゆえこの小説にも、手紙が書くことの象徴である、言い換えれば手紙と書くこととの本質的同一性を、見ることができる。書くことができるとはどういうことかを、小説について考えると、小説は宛先を持つ、と言えるかもしれない。

第四章——書簡体ふたたび

ポニー・エクスプレスとトゥールン・タクシスのラッパ

1 「ポスト」モダニズム

二十世紀後半の小説において、手紙はまた脚光を浴びる。現実には手紙そのものが取り交わされることは急速に減ってきているにもかかわらず、手紙性は文学にとって、あるいは社会全体にとってその意味をむしろ増したのである。手紙への注目はまず、ポストモダニズムの文学と呼ばれた戦後の小説における、書簡体小説の復活という形をとった。

ポストモダニズム文学論は、もちろん文学を取り巻くポストモダン世界、あるいはポストモダニズム批評の一部としてとらえなければならず、その矛盾性、歴史性、政治性（Hutcheon, *A Poetics of Modernism* 4）を抜きにしては考えられないだろう。現在と過去の矛盾的内包をリンダ・ハッチオンはパロディ（parody）の概念で理論化した。一方フレドリック・ジェイムソン（Fredric Jameson）のように、パロディはモダニズムのものであり、パスティーシュ〔寄せ集め〕（pastiche）こそポストモダンであると論ずるものもある（17）。いずれにしろ文学に焦点をあてたとき、それはとりわけ影響力の強かったモダニズムを超えて革新性を打ち立てるための、あらたな模索を意味する。その結果、特徴としてさまざまな奇抜な技法の取り組みや反抗的、転覆的姿勢とともに、内省的側面が目立つことになる。「パロディは現代の自己言及性の主要な形式のひとつである」(Hutcheon, *A Theory of Parody* 2)。それは、歴史を批判的に振り返る意識、そしてモダニズム文学に対する意識的対抗を示している。その基本的な枠組みとなるのは、やはり歴史、メタの視点、矛盾、批判などの要素を持つパロディの概念であると言えるだろう。そこにはパスティーシュも、さらにこれら「反復」的行為の持つ偏執性から生じるパラノイア〔偏執病〕(paranoia)も、内包されていると考えられる。ポストモダンの小説についても、バース、ピンチョン、デ・リーロ、オースターといった代表的な作家たちに、この三つのPの特徴を見ることができる。

久しく姿を消していた書簡体の小説も、パロディの一環として再登場する。しかし過去を再評価、もしくは破壊するという歴史的理由だけで、復活したわけではない。そこには手紙に対する現代的な欲求が見られる。それゆえ現代の書簡体パロディ作品は、とりわけてパラノイアの症状を顕示する。これら書簡体小説の手紙は、異常に長く書き綴られるか、あるいはひとりの書き手が手あたりしだい出しまくるという特徴を持つからである。そもそも現代において書簡体小説を作り上げるほどの量の手紙が存在するという事態は、そこに一種異常な精神的抑圧が存在することを感じさせる。コミュニケーションや移動の手段が発達し、ひとはもはやそんなにむきになってメディアを介してコミュニケートする必要がなくなったはずである。しかし逆に現代において人々の孤独はつのり、関係を求めており、かつ直接的対決を避けて間接的交流を好むとも考えられる。しかし、それにしても手紙より他の方法があり、もっとスマートにおこなえるようになっているはずである。それにもかかわらず手紙に訴えるということは、手紙はいつもそうであったように、ここでも自己発現であると同時に、内面の追求でもあるということを示している。すなわち手紙は状況の必然性によって登場し、状況の救済手段として機能する。

たとえばソール・ベロー（Saul Bellow 1915–2005）の『ハーツォグ』（*Herzog* 1962）は、厳密に書簡体小説とは言えないが、主人公が幻覚に惑わされたように、知人、他人を問わず、空想の手紙を大量に「書き」まくる。実際には書かれず発送もされない手紙は、厳密には手紙ではない。しかし、手紙の形式が熱望されている危機的精神状況が表されていると考えることもできるし、社会的にはもはや現実に手紙を作り上げることができない状況が示されているとも言える。ここではその手紙を書く自己を対象化することによって、危機よりの脱出が図られている。

一方、ジョン・アップダイク（John Updike 1932–）の『S.』（*S.* 1988）は、家と夫を捨てて飛び出した女性がさまざまな宛先に手紙（テープを含む）を書き送る書簡体小説である。女性の手紙、家からの解放、ということであれば、当然女性の「声」の発露、女性の自己実現としての手紙と考えられ、フェミニズム的主題もしくは読みが期待されるかもしれない。しかし全体としては、書きまくることによってパラノイアックあるいは「ヒステリック」なトーンが目立ち、むしろ「ウーマンリブ」に対する風刺、皮肉になっているという見方があたっているだろう。「女性のペルソナを作り上げ、自分がフェミニズムのカルチュルラル・スタディーズを意識していることを証明し、さらに女主人公と彼女の運命を過去の偉大なテクストであるホーソンの『緋文字』の枠組みに入れようとした」(Bower 84) にもかかわらず、アップダイクは「女性」を肯定的に描けていないということである。

ひとつだけ注目したいのは、署名の問題である。これはアップダイクが主人公セーラの書いたとする手紙が、女性のテクストであるか、男性のテクストであるか、という「書くことのジェンダー化」(Bower 78) の問題というより、署名と主体の関係として興味深い。すでに見たように書簡体小説の手紙は形式において宛先優先であり、言い換えれば書き手を同定することが簡単ではないことがある。『S.』においても、最初の長い手紙において書き手が夫と子供を置いて家を出た妻であることが察せられ、夫と子供の名前は明らかにされているが、書き手の署名が「S.」でしかないので、その名を知ることはすぐにはできない。彼女の名が示されるのは三通目からである。そしてこの物語では、名前そのものが、彼女の「自己発現」と結びついている。それは、一通目で語られる夫の書名の偽造による夫の名の転覆から、あるいはまた頭文字のみ、母、夫人、といった署名が、やがて彼女自身の名、そして彼女が自らに与えた名と、自身のアイデンティティを示すように変化していくことからも明らかである。ただし読者のほうは、この書簡体小説では書き手がひとりしかいないことにすぐに気づき、末尾の署名にはそれほど関心を払わなくなるかもしれないが。

複数の宛先に飛び散ったはずの手紙の集成という虚構が、現代において「本当らしさ」を獲得しうるだけの力を持つのは難しい。にもかかわらずこの同一の書き手による一連の書簡が意味を持つとすれば、それは、それが示そうとする虚構的に構成されたこの「大きな」書き手の主体性の主張である。しかし実際にそこに見出されるのは、名が実体を現すという約束と、その名が手紙の最後になって初めて出てくることとの距離である。そこには書き手が宛先との関係をはかりながら自分を形成する過程が表されていると言えるのかもしれない。しかし結局この過程が暗示するのは、主体が主体にあわせて宛先を作るのではなく、主体が宛先によって作られるということである。すなわちこの主体「S.」は「従うもの」としての言語上の subject でしかなく、真に自己実現する主体として表されていない。もちろんSは subject とは限らず、Aにならって何にでも読みうるが。 Self, Sender, Sex, Second Sex, Sign, Sin, Singular, Social, Superior…

資本主義が成熟し、ある意味で「歴史の終焉」的意識さえ生まれてくる、破壊と衰退の恐怖に満ちた二十世紀後半の世界において、その空気を代表するのは実は蔓延する「ポスト」の感覚である。いかにポストモダニズムを肯定的に評価しようとも、ポスト・モダニズムをはじめとして、ポスト・ストラクチュラリズム、ポスト・コロニアリズム、と、ポストのつく概念には、まったく新たな表現や用語を持つことができない、すでにあったものを前提にせざるを得ないという、焼き直しのいじましさがついてまわっている。モダンが終わった後何があるというのか。もはや新しいものはない。「終わった後」としか形容できない世界とは何なのか。モダニズム、とくに文学のモダニズムのなした目覚しい仕事の後、構築すべきものが構築され、また破壊すべきものが破壊された後、いったい何ができるのか。モダニズム以後から今日まで、文学を書くことはこれまでになく困難な事業となる。それゆえ形式的には、すでにあるものをもじるか、並べ替えるぐらいしかできないし、主題的には袋小路に入った感覚、神経症の傾向が強くなったのである。

ポストモダニズムをこのように考えると、ポストモダンの小説が書簡体をとりあげた理由を、単にパロディとみなすのではなく、別の観点から確認することができる。一方では、混乱において小説の起源に回帰したいという面もあったかもしれないし、手紙自体が内省的なものであり、自己参照的であることが大きいだろう。他方、たとえ自己参照性を持つとしても、モダニズム的な、視点の主体への過度の集中から逃れるには、全知のリアリズムの平凡さに戻るのでなくメタ的に身を離す必要があったが、書簡体小説はそのような転移にもすぐれた形式なのである。それが基本的に、編集というレベルを異にする作業を内包しているからである。そして手紙の束の持つ、ばらばらでかつ統一性のある自伝的言説の「編集」された集成、という性質は、材料の単純さと、関係の複雑さのゆえに、そのいずれかの面を極端に強調することで皮肉で不気味な効果をあげさえする。

しかし書簡体のみならず、ポストモダンと手紙そのものとの関係も考慮しなければならない。とりわけ重要なことは、現代においてさえ、あるいは現代においてなおいっそう、手紙的なもののはその意味を増大させているという認識である。そのためには手紙にとってポストモダンとは何かというより、ポストモダンにとって手紙とは何かを問わなければならない。すなわち、手紙の理論的概念の現代的重要性という問題である。たとえば手紙の他者性は、人間にとって一貫して重要な哲学的概念であるが、「他者」との関係に満ちた現代において、この問題はいっそうその意味を増していると言えるであろう。

しかしながら、手紙の持つ多くの面のなかでポストモダンにおいてとりわけ大きく機能しているのは、書くことのテクノロジカルな側面、すなわち物質性（可視性）、メディア、ディセミネーション（散種）、等である。現代社会においては高度に科学技術が発達し、巨大な権力による支配が存在するのにその正体が不明で、豊かな生活があっても不安であり、穏やかな表面の裏に数々の問題、忘れられた存在、隠された矛盾がある。そこにおいて個人はたがいに切り離され、自らを位置づけることが難しい。そのような状況において手紙は、あらためて書くことの意味に焦点をあてる。手紙こそは自らがテクノロジーの象徴であり、かつテクノロジーを批判しうる。個人的なシステムであると同時に、権力にも関わっている。また手紙は、自己の外界への投影のしるしであると同時に、それを遊離させ、可視させる。さらにはそのような可視性こそが、手紙が内包する「他者性」を浮かび上がらせるのである。「ポスト」と郵便の「ポスト」との関係には、偶然以上のものがある。

実は手紙とポストモダンとの関係は、とりわけデリダの手紙論を抜きにしては考えられないかもしれない。すでに言及した「真実の配達人」と、まるで書簡体小説であるかのような「発送」を含む、『葉書』という文字どおり手紙的哲学論考がある。東浩紀によれば、デリダにおいて郵便は情報伝達の重要な比喩であり、その哲学は「郵便空間」だということになる。郵便は手紙が宛先に届かない可能性を含んだ「あてにならない郵便制度」(84)として、散種と同様、透明で完全な郵便制度である真理や(血縁の)家族と対立する。ここではその難解な議論の全体を説明することができないが、「発送」が示唆する郵便制度やネットワークの問題は、哲学的概念の比喩というより、現代社会の比喩として、現代の手紙を論ずるうえできわめて興味深い。この問題はここではデリダ以前の、しかしきわめて今日的なトマス・ピンチョンの小説のなかで触れることにする。しかし順番としてはその前に、まずポストモダニズムの書簡体パロディの二作品、J・D・サリンジャーの特異な短編と、文字通り手紙を前面に出した作品であるジョン・バースの小説、そしてパロディを超えて現代的諸問題と関わるアリス・ウォーカーの書簡体作品を読むことにする。

2　手紙パラノイア　「ハップワース　16　1924年」、『レターズ』

(1) 遺書

ぼくはふたりを代表して書いています、と思うのは、バディはいつ終わるともなくどこかよそで飛び回っているからです。確かに、六〇から八〇パーセントの時間、このうえなく愉快でかつ悲しいことに、あの堂々として、捕らえがたく、おどけた若者は、どこかよそで飛び回っているのです！　十分よくおわかりのように、ぼくたちはあなたがたをひどくなつかしがっています。残念なことに、その逆も真であると望まずにいられることからは、ほど遠い状況にあります。これはぼくにとっては、ちょっとした滑稽な絶望の問題ですが、実はそう滑稽ではないのです。いつもちょっと心や体を動かしては、その反応を期待するというのは、実に不愉快なものなのです。

「ハップワース　16　1924年」("Hapworth 16, 1924" 1965) が『ライ麦畑で捕まえて』の

J・D・サリンジャー(J. D. Salinger 1919–)による、いちばん知られていない部類の作品であるのは、ニューヨーカーに掲載されただけで、なかなか単行本にならなかった短編だからであり、いちばん議論されない部類であるのは、その内容が奇異だからであろう。サリンジャーの他の小説や短編を彩るグラス家の兄弟たちのうち、自殺した長男シーモアを書き手とする書簡体小説であるが、書簡体小説としては異例のたった一通の長い手紙からなる作品であり、しかも書き手が七歳の子どもであるにもかかわらず、大人の文体、内容を持っているのである。もちろんグラス家の子供たちはみな天才ということになっているし、やがて自殺をとげるシーモアのすることであるから、それ自体をまともに問題にするのはほとんど無駄なことである。と言ってまじめに内容をとりあげて、早熟な少年の人間観や書物の批評を分析する、あるいはそれらを作者の思想の現れとして検討することの意義を否定するものではない。しかしここでは、書簡体の形式とそのパラノイア的饒舌との組み合わせを確認するにとどめておく。それよりさらに興味深いのは、なぜ手紙なのか、ということである。

この手紙はむき出しではなく、一通であっても確固たる編集の枠の中に入っている。枠の語り手は、手紙にも言及されている弟のバディ・グラスであり、シーモアの死後、シーモアが子供のころ家族に宛てた手紙が母から送られてきたので、それをこれから一字一句変えることなくタイプするのだと言って、手紙の本文を導入する。このようなもったいぶったしぐさを冒頭に掲げたのは、物語を提示するためにグラス家の枠組を説明することが必須だったのかもしれない。しかしそれよりは、本当らしい手紙であるならば書き手がだれであるのか示しにくいという手紙の性質に逆らって、書き手を（そしてその書き手はすでに亡き人であることを）最初から示したい、長い手紙の最後まで宙吊りにしたくない、という実際的な要求のためと思われる。同時に、発送され、受け取られ、しまわれた手紙が、ふたたび、別のテクストとして、その存在を浮上させるための理由付けもおこなわれている。そのような複雑なプロセスも、この手紙、そして物語の一部として重要であったと思われる。

しかしこの手紙の転送、移動は、宛先の問題を喚起するというよりは不思議な虚構の場を作りあげ、それはジェイムズの「ねじの回転」の導入にいくらか似ている。ただし「ねじの回転」では、死者の「手紙」はここよりもはるかに念入りな移動の儀式を伴って表に出てくるため、書き手、受け手、手紙の中に言及される人物間の関係がぼやけ、溶け込み、現実と虚構の区別がつかなくなっている。「ハップワース」では、「ねじの回転」のように内容の信憑性を曖昧にすることが求められているわけではないが、死者を神秘的によみがえらせる効果はあげている。そして手紙が死者（幽霊）となることにより、その一字一句をタイプする「作家」のバディの行為が、小説の生成のアレゴリーとなっている。しかも、書き手がすでに死者であることにより、この手紙は前もって送られていた「遺書」となる。

手紙の内容には、もちろん「遺書」を示す要素はない。そこに書かれていることは、本気になって読むのでなければ他愛ないということに尽きるような、ささいなことばかりである。弟のバディとともに夏のキャンプに送られたシーモアが、怪我をして病院のベッドにつくことになり、退屈して母親をはじめとする留守家族に手紙を書く、という設定で、キャンプ場の生活や周りの人との乖離を感じながら、皮肉にそれらを描写し、最後に退屈しのぎに送ってほしい書物のリストを、その内容の批評をまじえて挙げる、というものである。その観察は、経験に裏打ちされないが知性にすぐれた子供が頭で作り上げたという設定のもので、その虚構を受け入れようと入れまいと、たいしておもしろいものではなく、書物のリストも風変わりではあってもとりわけ興味深いものではない。

しかしながら、手紙を書かせた、状況ではなくて心の動機は、注目に値する。シーモア自身が述べている動機は二つある。ひとつは家族がなつかしいからであり、もうひとつは、文章の練習だというのである。後者はともかくとして、前者についての彼のことばは、手紙の本質に触れている。彼は一方でなつかしいと言い、相手からもなつかしがってほしいと望まずにいられないことを恥じつつ、他方では相手の反応を考えて行動することをいやがって、相手からの感情の期待を拒否し、「お返しに自分をなつかしがってもらいたいなどと願わないで家族をなつかしいと思えるようにしてほしい」、と神に祈るのである。これは自己の発露の一方性を示し、はからずも手紙そのもののナルシズムを暴露している。すなわちこれは、一見自己をさらすことをためらいつつ書かねばならない、あるいは書かずにはいられないが、それでいて他者への依存を恥じるという、いわば手紙を書くことにたいする言い訳である。このような相手の気持ちについての倒錯した思慮は、他者を自己のために「利用」している状況の裏返しの露呈であり、実は反応も返事も要求していないことにより、通信を試みながら同時に回路を断っている。

相手に対するこのようにねじれた、裏返しの「なつかしさ」(missing)とは何であろうか。手紙は、書くことを可能にするために書かれる。不在の宛先とはそのような機能的意味を持つ。手紙の中では、シーモアは不在の相手をなつかしみ、在るようにするための手紙を書いていると言う。しかしいったん発送され、受け取られると、それは読み手にとっては逆に書き手の不在のしるしとなる。そしてこの手紙は小説の枠組みによって、明らかにシーモア自身の不在(死)と同価であると設定されており、読み手はまさにこの手紙によって彼をなつかしむのである。そもそもその死を発端として、時間をさかのぼって語られるシーモアについてのいくつかの物語は、つねにこの手紙におけるような枠組みに支配されており、彼の喪失は大前提となっている。それゆえ彼の予言的願望が、彼の死後の彼に対する人々の反応の形で成就していることになる。死者を思う気持ちは一方的だからである。

シーモアの手紙に一貫して存在する自己中心性は、死者のものである。彼はなにも失っておらず、相手に自分の喪失を押しつけている。こじつけるならば、手紙が miss することは、相手の喪失を嘆くことではなく、よく似た missive(手紙)という語の語源が示すように自らの不在を「送る」ことであるとも考えられる。この物語は、手紙が不在のしるしになることを「予見」して書かれていることを示すべく作られている。シーモアは「不在の相手」を利用して書いているが、それがすなわち彼自身の不在を表すことになることが、そしてそうなることを彼が知っているということを示すことが、この物語／手紙なのだと言える。その意味でもこれは遺書である。

遺書として手紙が書かれることはありうることであるし、小説においても、このように早すぎた遺書は別にしても、珍しいことではない。しかしいわば手紙は遺書である、すなわち、手紙はメモでもなく、贈与でもなく、回路の確認でもなく、その本質として不在に向かうのでなく、不在より送られる遺書である、と言い切ることができるかどうかは問題である。それは手紙を出すものとして考えるか、受け取るものとして考えるかにもよる。この作品のように、書き手を直接設定できないことが、手紙を遺書にする、と考えることもできる。いずれにせよ、遺書が手紙でありうること、手紙が遺書になりうることは、書くことと人間の死すべき運命との関係を思い知らされる。『アブサロム、アブサロム！』のボンの手紙、あるいは逆の形としての「バートルビー」の dead letter におけるように、手紙は死者の遺骨や遺品の比喩となり、死そのものと同時に残るものを象徴する。現代になってあらためて、書くことが遺すことであることを喚起させるのは、ポストモダンの不安だろうか、それとも書くことについての現代的関心だろうか。

(2) 文字

ポストモダン小説家を代表するひとりであるジョン・バース（John Barth 1930– ）が、その実験的な作品の頂点に『レターズ』(*LETTERS* 1979)という文字どおりの書簡体小説を書いたのは、当然の成行きかもしれない。虚構の概念の追及において、また極端な形式主義において、バースは後期のモダニズムという傾向の強い作家である。豊かな物語を次々に紡ぎだしながら、一方でそれが虚構であり、文字であるということを強く意識させることを忘れない。虚の世界は積み重ねれば真実に近くなるのではなく、積み重ねても積み重ねても真実には届かない。積み重ねていることのみが唯一の感触であるような彼の世界は、しょせんは手紙の束なのであろう。しかし、この小説において、手紙は自らが手紙であることを真に理解しているとは思われない。

この膨大な小説は、古典的書簡体小説のパロディであり、自分の作品へ自己言及、その徹底した、パラノイア的ことば(文字)遊び、という点でポストモダン小説の特徴をはっきりと示している。のみならずこの小説は、文字どおり「手紙」であり「文字」であり、そしてなによりも、きわめて示唆的に「文字どおり」であることによって、「手紙」の概念がポストモダンと重なる可能性を暗示する。言い換えれば「手紙」は、文字がシニフィアンとしての意味を誇示する、言語のシニフィエとしての意味が不確定になる、シニフィアンの「伝達」という側面が発達するとともに重要な意味を持つようになる、といったポストモダンの世界をも象徴しうるのである。

この小説は書簡体小説ではあるが、『レターズ』とは手紙というよりまず文字であり、その文字への執着はほとんどパラノイア的である。つまりこのポストモダンの小説は、内容ではなく「作者」自身(その「作者」ももちろん虚構であるが)がパラノイアックなのである。まず表紙にある作品のタイトルから、それは意味ではなく文字である。つまり、「手紙」という概念、あるいは「文字」という概念さえ指すのではなく、それは単に文字そのものなのである。日本語でいうならば、「文字」と書かれた書道の字のようなものであると言っていい。

表紙には **JOHN BARTH** と **LETTERS** という一字ずつ枡に入った文字列が二行に並び、さらに **JOHN** の N と **LETTERS** の E を使って、縦に **ANOVEL**（A Novel）という文字列が作られている。まるでクロスワードパズルやスクランブル（文字のピースを並べて単語を作るゲーム）のように、文字のひとつひとつが機能的な役割を果たしている。背景の図柄はギュイアールという画家の絵の細部で、便箋に手紙を書く女性のペンを持つ手が大写しされているが、このペンを中心にした図柄が示す、手紙が「書かれる」状況とは、文学的、心理的場としての手紙というよりは、書くことのきわめて物理的現象、すなわちペンという道具が紙に触れて「文字」を作り出す作用を表していると考えられる。しかしその作用は、実は書くことの運動を示しているのではなく、あたかもタイトルの文字が実際にはぼやけている便箋上の文字にとってかわっているかのように、結果として生じた文字へと収斂していると思われる。それは、この作品が書簡集というより「文字」（letter）が配置されて手紙（letters）となる仕組みを描いていることを暗示している。

「文字が文を作る」という仕組みは中扉にも受け継がれる。**LETTERS** の文字があるが、よく見ればそれはいくつかの文字を組み合わせて作った文字なのである。つまり L の文字は **ABC-DEFG** が縦にならんだ垂直の線と、G から I N E と横に並んで作った水平の線とでできている。

そして最初のLの縦線がアルファベットの最初の七文字である以外、各文字を作る線を成す文字列に一見意味はないように見えるが、LETTERSを形成するそれらすべての文字列を水平に読んでいくと、AN OLD TIME EPISTRARY NOVEL BY SEVEN FICTITIOUS DROLLS & DREAMERS EACH OF WHICH IMAGINES HIMSELF ACTUAL（各自を現実の人間であると想像している七人の虚構のおどけ者にして夢想家による、古色蒼然とした書簡体小説）という文が現れるのである。

そのような文字遊びはタイトルに終わらない。目次を見ると、小説はLETTERSの文字のひとつひとつを題とする、すなわちLの章やEの章などの全部で七つの章に分かれている。そしてその一章ごとが、中扉でLETTERSのおのおのの文字を作っていた文字列（たとえばLの場合は、ABCDEFGINE）のひとつひとつの文字を題とする書簡（Lの場合は七書簡）に分かれるのである。さらに、それぞれの手紙の本文は、題となる文字で始まっている。たとえば、Lの章の最初の手紙、Aを題とするレディ・アマーストの手紙の本文は、「今学期の最後に（At the end of the current semester)」という書き出しで始まるのである。また一章ごとの扉には小説の現在である一九六九年のカレンダーがあり、そのカレンダーにも文字が書き入れられ、その章の手紙の日付と呼応するように複雑に仕組まれている。

このめくるめく文字遊びの名人芸、もしくはパラノイアは、図がなくてはとてもことばでは説明しきれない。本文にはさらに日本語の葦手のように文字で「文字どおり」絵を描いたものも出てくるが、それが象徴するように、ここでの文字の扱い方は、むしろ目で絵のように見られることを目的としているからである。その効果をことばで、しかも日本語で説明するのは、それ自体がほとんど馬鹿馬鹿しいほどのパラノイア的作業であり、説明するだけ無駄なことかもしれない。しかしその作業は、文字を意味としてではなく文字そのものとしてとらえる、それも言語によってそうすることの困難さと、その作業を意味を伴ったことばでおこなうことの皮肉さ、すなわちバース自身の試練を繰り返していることになる。この作品を非アルファベット語で翻訳することも至難の業であろう。しかし、まさにこの論におけるように、非アルファベットの文字に囲まれたときには、逆にアルファベットの文字がよりそれ自身の形、「文字」性、を引き立たせることが可能かもしれない。バースはアルファベットの文字において同じアルファベットの文字性を引き立たせることの困難さを、このように複雑なシステムによってしか克服し得なかったとも考えられる。結果としての文字の乱舞は、まるで作品全体が、文字によって文字を語るという皮肉な作業を生み出すことのみを目的に作られているかのようにさえ見せている。

このような言語パズルは、文字を強調し、文字を強調していることを強調する以外には、まったくと言っていいほど意味を持たないので、そこに象徴を見ようとするのは無駄である。たとえば書き手の数である七という数は、カレンダーの一週間の日数であり、LETTERSの文字数でもあり、重要な象徴であるように見える。しかし、数字といい文字といい、その象徴の意味がそれらを重要なものにしているかというと、そうではない。七は一般的に重要な数であるかもしれないが、この小説にとって何か特別な意味があるわけではなく、手紙にカレンダーの日付をあてはめるだけに役立っているように見える。意味があるのは、数を象徴として扱うという概念、七への執着だけである。それは文字の象徴についても言えることであり、最後の書簡はLの縦をなすAからGまでのアルファベットの文字ひとつひとつの象徴について論じる内容であるが、それぞれの文字が多彩な象徴となりうることの驚きはあっても、表していることそのものは重要ではなく、象徴的であるゆえに文字が価値を持つ、ということを意味していない。AからGまでは、単にアルファベットの最初の七字であるという理由で、Lの縦列に選ばれたとしか考えられない。もし唯一価値があり、それが持つ意味が重要であるかもしれない文字があるとするならば、それはLであろう。これはLETTERSの最初の文字であり、すなわち最初の（そしてこの小説にはじめて登場する）人物の最初の文字（Lady Amherst）であり、また下位文字列の最後の文字（actual）、すなわち最後の書簡を導く記号である。ラテン語系の言語においてLが文字、本、読むことに関する単語を導く文字であることは言うまでもない。

文字のことのみに関心を奪われているが、本文の厖大な量の手紙が、「意味」を持たないわけではない。それどころかそれらは非常に饒舌で、手紙の書き手はひとりを除いてバースの過去の小説の登場人物、もしくは彼らと関係する人物であり、すでに語るべき多量の過去をかかえている。彼らを通じて、「作家」の人生、およびアメリカの歴史を考えるというテーマのもとに、それぞれの手紙が壮大なドラマを作り、またたがいにからみあって大長編をなしている。しかしそのような大絵巻も、徹底的な文字への偏執もしくは遊びとの関係は、必ずしも明らかではない。問題はこの小説にとって手紙が本当に意味を持っているかどうかである。少なくとも、物語の手紙としての意味は、文字としての letter に抑圧されているように思われる。書簡そのものは、その時空を超えるという本質によって、アメリカ独立二〇〇年にあたってアメリカ史を描くという壮大なテーマにとって、利用するにふさわしい形式かもしれない。しかし、この小説はそのような手紙の本質に基づいて作られているだろうか。そもそもこの書は、書簡体小説として読むべきなのだろうか。書簡体小説であることを基盤として内容を論じる、たとえば唯一の女性で唯一の新登場人物であるアマースト夫人に注目して、彼女の手紙のみ抽出し、古典的書簡体小説の女性と手紙という観点でフェミニズムの議論をおこなう (Bower 42–58) ことが、必ずしも適切な批評方法とは思われないのである。

なぜなら、ここにあるのは「書簡体」小説ではなく、書簡体「小説」、書簡体小説の形式と伝統を借りただけの小説、だからである。ひとつには、ここでは手紙が文字に還元されうるということが、文字の形、配列の力の強調のみを意味し、手紙そのもの、文字をも含めた書くことの物質性あるいはダイナミクスの追求に向かっていない。実は表紙の絵とは異なり、手によって書かれた手紙の記憶は完全に消え、活字や印刷にとってかわられている。『お化け屋敷で迷って』のメビウスの輪の物語のように、ここでフェティッシュとなるのは、筆跡や便箋やインクではなく、印刷された書物の上の文字である。枡目やカレンダーといった、すでに印刷された図形の上の文字も、このことを物語っている。書簡体小説自体が、手書きの手紙を印刷することで、いわば手紙のパロディであると言えるが、このポストモダンの小説は、テクノロジーによるパロディ化を強調することで、パロディのパロディとなり、結果として手紙とは似て非なるものを提供している。ただし手紙の本質的テクノロジー性に関心を持っているわけではない。

さらに、ここで手紙は編集の魔術で操作されている。しかしそれを可能にしているのが手紙自体であること、すなわちその分裂可能性、再配置の可能性、ひいては物質性、などはあまり意識されていない。あるいはこの小説において、手紙はその本質によって時空を超えるものとなるようには、機能していない。文字ひとつひとつは、物質的、量的、位置的存在であることを強調するように用いられているにもかかわらず、そのような存在の延長として手紙そのものも物質的、量的、位置的存在であり、そのことを基盤に異なる時点、異なる場所を結ぶ、という認識は見られないのである。物語のなかで「作者」は、「どの手紙にも書いた時点と読む時点という二つの時間がある」と述べているが、さらに彼は、書簡体小説の場合として「第三の時点」、すなわち作者が書く時点を付け加える。ここでの手紙は、「作者」の意識的な介入によって、小説の枠組みの中ではじめて存在し得ているという事実を顕示する。書簡体小説のさまざまな手紙が同一の空間を占める大きなひとつのLetter (s) となるのは、あくまで書物と編集によってである。書簡そのものが持つ時空を超える本質によって並列が可能になるのではなく、強い編集方針もしくは全体の構想が先にあって、それによって、別々の書き手に属する（とされる）短い、完結した文書としての書簡が集められ、並べられているだけである。

それゆえ、異なる場所、異なる時点の共存は、まさに虚構として提示される。『レターズ』の手紙は一五〇年前の手紙を含み、異なる時間あるいは歴史上の異なる時代がつながれているとみなせるかもしれない。しかし、一八一二年のA・B・クックの手紙は、「歴史」を記述することによってアーカイブとして機能するとしても、それ自身が手紙として時空を超えているわけではない。彼の言説はバースの虚構人物データベースの項目として、他の項目、他のバースの虚構的人物の言説と並んでいるに過ぎない。それは強い編集の構想のもとに位置を決められることによってのみ、現在に在る。「作者」が建国二〇〇年を前にしてアメリカの歴史と現在の世界に思いをはせながらこの小説を書いたことを述べているのは、読者への「手紙」においてであるが、そこでは読者もまた虚構の作者の虚構の枠組みの内部に取り込まれる。それゆえ、手紙そのものが、ある宛先へ、そしてさらに時間を超えて別の宛先へと移動することによって「アーカイブ」であり、歴史でありうる、という性質は無効にされている。

そしてきわめて特徴的に、あれほど執着する文字自体についても、それと書くことの時間性との関係を示していない。たとえば文字の「シンボル辞典」をなす書簡のBの項には「あざ(Birthmark)は、昔の蜂の刺し傷のようにかゆい。家族の天罰と対決する私の番がきたのか?」とある。家族の因果としての歴史意識はあるかもしれないが、「マーク、しるし、跡」そのものに対する関心、あるいはホーソンへの言及さえない。Letterは書くことの持つ時間性、手紙の歴史性の象徴となっていないのである。

ポストモダン的小説におけるポストモダン的手紙とは、パロディやパスティーシュであればよいというものではなく、「手紙性」がいかに現代的に作用しうるかということに気づいている必要がある。しかしこの小説は、書簡体形式のパロディをおこなうことで手紙の性質や機能を誇張し、「手紙性」をパロディ化しているように見えるが、実は手紙そのものの本質を見失っている。ここにおける手紙は、パロディ化されることにおいてのみポストモダン的もしくは現代的である、とみなされているのであって、手紙が真に現代にとって意味を持ちうるという認識はないのである。

しかし一九九四年版の序文では、バースは、手紙についてこう述べている。

とりわけイギリス文学は、当初よりほとんど原ポストモダン的ともいえるほど、自らが紙の上のことばであり、他の文献、とくに書簡を、まねた文献であることを意識してきた。その形式が書簡体ではない場合も、プロットはしばしば、間違って置かれた、誤配された、誤読され、または誤って書かれた、横取りされ、盗まれた、手紙に依存していた。

この認識は、いわば総括的な、はっきりした理論的認識であり、手紙の諸相への示唆はそのすぐ後の電子メールへの言及とともに、作者が手紙のポストモダン的状況に「気づいた」ことをうかがわせる。実はすでに小説の最後の書簡の題には"Envoi"(発送)という語が添えられていた。これがデリダの『葉書』第一章の題にあたるのは偶然だろうか? 作者はこの部分を一九七八年七月四日に書いたと称し、二年前の独立二〇〇年祭以来起こったことが列挙されているが、そのなかには郵便局が郵便代金を値上げしたことが取り上げられている。『葉書』自体の出版は一九八〇年(英訳は一九八七年)であるが、その一部をなす「盗まれた手紙」についての論文「真実の配達人」の原文は、一九七五年に発表されている。あくまで想像にすぎないが、手紙にまつわる理論的な論点について、バースも少しは関心を持つようになってきたのではないだろうか。いわば小説としての『レターズ』は、みかけの本体よりも、その小説を提示(発送)するそれをとりまく枠組みとして、ポストモダン的手紙の状況にあることを、はからずも露呈していると言える。

3　ディアスポラは手紙を書けないか　『カラー・パープル』

アリス・ウォーカー（Alice Walker 1944–）の『カラー・パープル』（*The Color Purple* 1982）は、現代の書簡体小説である。虐待された黒人女性セリーが自尊心を取り戻し自立していく物語は、アイデンティティ、「人種」、セクシュアリティなどの観点から読むこともできるが、もっとも重要な主題はやはりジェンダーと考えられ、その形式も、フェミニズムの読みによって女性の声の表現として評価された十八世紀書簡体小説の、ポストモダニズム的パロディとみなされてきた。しかし今日では、国家やコロニアリズムを問題にする見方も出てきた。主人公セリーはアフリカン・ディアスポラの象徴であり、妹のネティのアフリカ行きはコロニアルな背景を示す。しかし、このような政治的読みと書簡体形式との関係は必ずしも明らかにされているとはいえない。

セリーの物語を故国（ホーム）を求めるディアスポラの物語と考え、ネティの手紙を宣教師の手紙とみなしたとき、手紙の性質と物語の重要な関係が見えてくる。宣教師は彼ら自身が手紙のように遠隔地に送られ、キリスト教と西洋文明をそれを知らない人々に伝える役目を負っているが、彼らの重要な仕事のひとつは、その記録を故国（ホーム）に書き送ることである。彼らを派遣したのは神というよりは、故国の宣教師派遣団体であり、彼らの手紙の宛先は、家族や団体であっても、故国や西洋といった地政的中心を意味している。そのようにホームと結びついていることにより、どのように流浪したとしても宣教師はディアスポラではない。宣教師の手紙には常に宛先があり、その宛先はホームである。

逆に言えば、ディアスポラとは、ホームに手紙を宛てることのできない人々と定義することができる。もともと国を追われたユダヤ人を指したディアスポラという語は、今日ではさまざまな理由で故国を去らなければならなかった世界中の難民、流民を表し、アフリカ人奴隷およびその子孫も歴史的にディアスポラの一形態と考えられている。ディアスポラの移動は一般の移民とは異なり、「強制的な移動、国外追放であり、その結果帰還できないことによる喪失感」(Karlra, et al. 10)と関連する完全な故国の喪失であり、そして不能や無力の感覚を伴う。故国の喪失は、手紙を宛てるべき宛先、受取人の喪失であり、手紙を書くことができない状態であるとも言える。ディアスポラの物語とは、新たなホームの追求であり、手紙を書くことの追及であり、ディアスポラが定住する土地を求めるのは、自らが手紙の宛先になることを求めることでもある。

(1) セリー

『カラー・パープル』におけるセリーの物語は、彼女の自立の過程の物語としてだけでなく、ディアスポラの状況の解消とホームの確立の物語としても読むことができる。彼女が手紙を書くことは単なる語りの形式ではなく、物語の成立のきっかけであり、そして主体の形成、すなわち、彼女がいかに書くことができない状況から、書くことができるようになるかを示している。

親愛なる神様

わたしは十四歳です。わたしはいつもよい子~~です~~でした。たぶん神様なら、わたしに何が起こっているのかわかるようにしるしを見せてくださると思います。

神への最初の手紙に現れる~~I am~~という句は、現実には小説の本当の冒頭ではないのだが、その取り消し線の視覚的効果によって、まず読者に驚きを与える。この記号はセリーの肉体、自己、あるいは存在そのものの否定と解釈されているが、また本当の冒頭をなす、彼女を虐待した義父のものと思われる命令文、「神様以外のだれにも言ってはならない」に示された発言の禁止を体現しているとも考えられる。しかしここで注目すべきは、線によって消された句が見えることであり、それは発言（書くこと）の禁止に、書くことによって抵抗するという構図、すなわち神様以外に言ってはならないから神様に手紙を書く、という、物語の動機と結果を説明している。

技術的には、この取り消し線はそれ自体がしるしであり記号であり跡であり、そのしるしがつけられた手紙の物質性を示している。すなわちそれはセリーの手紙の本当らしさのデモンストレーションでもある。書簡体の小説にありがちな手紙としてのリアルな実態の喪失に対抗して、この手紙は本当に書かれたのだということを、その物質性を強調することによって示そうとしている。しかし、本当らしさの強調は、セリーの手紙が本当に存在したのかという疑問と裏腹でもある。字を書く能力や書くための時間の不足、神様という存在しない宛先を考えると、そして何よりも、後に出てくるネティの手紙が手紙としてのきわだった物質性によって特徴づけられることと比べると、セリーは本当に書いたのであろうか、仮に書いたとして、それはどこへ行ったのか、という疑問が残るのである。セリーが綴りを練習する場面はある。また、布にメモを書いてシュグにわたすという実際に書く場面も終わり近くには出てくるが、それはもちろん彼女の状況が変化した後のことである。

むしろセリーの少なくとも当初の状況は、発言の禁止に基づき、手紙を書くことができない状況と考えるべきである。（神以外に）書くべき宛先を持たない。書くことができないといっても、セリーが書く試みをしなかったわけではないし、書くことの機能を信じなかったわけでもない。しかしそれは不毛に終わる。ネティを逃がすとき、セリーは妹に手紙を書くようにと請う。

わたしは言う。書いて。

彼女は言う。何ですって？

わたしは言う。書いて。

彼女は言う。生きてさえいれば必ず。
彼女は書いてこない。

セリーの「書く」という語の繰り返し、それに対してネティが皮肉にもその語を使用しないこと、が印象的である。ネティは「書いた」が、その手紙はセリーの夫のミスター＊＊によって阻まれてしまい、セリーは受け取ることができず、したがってネティに書くこともできなかった。書くことに執着しているにもかかわらず、送ること、受け取ること、読むことの不能も含めて、セリーは「書くことができない」状況にあると言えるのである。

セリーの自己開発の過程は、家（ホーム）と宛先を求める過程でもある。彼女の当初の手紙の宛先のない状況は、彼女がディアスポラであることを示し、またアフリカ系アメリカ人のアフリカン・ディアスポラ性を象徴している。物語の最初から、彼女は事実上孤児であり、自分の家で他の人々から孤立している。その状況は強制的結婚によって家を追われても続き、婚家でも疎外され、ただひとりの理解者ネティとも別れさせられ、その手紙の宛先にもなれない。

しかしセリーのこのような状況は変化していく。その後彼女は、友を得、夫の家を出ていき、最終的には生まれた家を取り戻すことによってホームを獲得する。そのきっかけになるのは、彼女が夫が隠していた妹からの手紙を発見し、一挙に手に入れたことである。そこにおいてはネティの手紙の物質性が、その手紙が「実際に」存在すること、そしてセリーが確かに「受け取り手」になったことを強調する。セリーは「これが私が手に持っていた手紙です」と書き始める。まずシュグが、ミスターが「奇妙な絵の切手のいっぱいついた手紙」を「ポケットに入れる」のを目撃し、不審に思う。シュグとセリーは隠し場所をさがしあて「封筒から手紙を取り出し」封筒のみトランクに戻す。切手や封筒とともにあって、手紙は触れることのできる実体を示すだけでなく、宛先、配達といった郵便システムに含まれていることを暗示する。しかし取り戻した手紙の宛先はもはやミスターではない。トランクには「太った小さな白人の女性」の切手のついた封筒のみが残り、いまやセリーが手紙の「宛先」となるのである。

セリーが手紙を取り戻し、宛先として確立することが、彼女のディアスポラ性の解消を意味する。セリーが手紙の宛先であることは、その後彼女が、ネティに宛てた自分の手紙が送り返されてきて、皮肉にもそれもまた一挙に手にすることによって、さらに強調される。ここにおいて彼女は書き送り、それを自ら受け取って、コミュニケーションのサイクルを自らのうちに内包する。往復書簡を目指して交わされた書簡であるにもかかわらず、奇妙なことに、姉妹の手紙はすれ違い、本当の意味でのコミュニケーションは成立していない。しかし最後において、書簡体小説として理想的なことに、すべての手紙は究極の宛先であるセリーの手に集められたことになる。さらにセリーは、取り戻した家にネティ自身をも迎え入れる。「宛先の人間より手紙が先に『ホーム』に帰るというプロットの策略によって、セリーは家族とならんで言葉を確実に集積した」(Bower 72)。

セリーの家（ホーム）と家族の確立が、力の集積という形で表されていることに注目しなければならない。力の場としてのホームは、当然政治的意味を持つ。手紙とネティを取り戻すことは、電報によって彼女の死を報じた国家の権威に対抗しているように見える。先に、郵便システムと帝国主義や植民地主義の歴史をも暗示させる切手や封筒から、ネティの手紙を取り出し、切り離したことは、セリーをそのような権力から遠ざけているようにも思われる。しかし彼女の状況をもっとも政治的なものにしているのは、制度に対抗するホームではなく、制度としてのホームなのである。

セリーのホームの追求は、国、あるいはアフリカ系アメリカ人の国民意識と直接結びついた形で成就する。年代記的、時間的特定が避けられているこの物語において、彼女がネティを迎え入れる日は特徴的に規定されている。それはアメリカ合衆国独立記念日なのである。問題はこの「国」が地理的文化的に規定された国家、アメリカという覇権的な国であるということである。言い換えれば、アフリカ系アメリカ人の国民意識が故国としてのアメリカと結びつき、アメリカが国家権力というもののすべての意味を伴ったまま突然特定のホームの位置として出現することが、問題なのである。もちろんアフリカ系アメリカ人はこの記念日に独自の祝い方をするのだということが強調されている。しかしセリーは文字どおりホストとなることで国家と、しかもアメリカという国家と同一化する。ホストの意味するものは、「財産権、所有権、故国、権利、権威」(Kalra, et al. 88) である。セリーがその所有権を確立した家自体が、彼女の権力を裏書する。すなわちセリーの家は、ディアスポラの力の内包による達成というよりは、ディアスポラとは反対の、国家という枠組みにおけるホームの発見である。次に、このようなセリーのホームのイデオロギーが、ネティの宣教師の手紙の論理によって用意され支持されたものに他ならないことを、見ることにしよう。

(2) ネティ

ネティの手紙は、セリーの手紙の口語的、土俗語的な力を評価し、作品の統一を重んじる人々を悩ませてきた。ネティの手紙の価値は、セリーの手紙をひきたてることにしかないとさえ考えるものもいた (Abbandonato 1108)。セリーの描くいきいきとした人々や会話に比べて、ネティの手紙が教科書的、教訓的で退屈なことは否定できない。しかし一方でこの手紙は、セリーの描く狭い世界に、より広いコンテクスト――アフリカ系アメリカ人の歴史、ジェンダー、宗教などの問題の背景――を与えている。アフリカ系アメリカ人にとってアフリカは重要な存在であり、小説の中でのタブマン (William V. S. Tubman リベリアの大統領) やデュボイス (W. E. B. DuBois 公民権運動活動家、汎アフリカ主義者) といった歴史上の人物への言及は偶然ではない。ネティのアフリカでの宣教活動は、セリーの個人的喪失感をアフリカン・ディアスポラへと転化させた。そして同時に、彼女のアフリカからの手紙は、セリーのホームをアメリカ国家として形成させる役割を担うのである。

ネティがアフリカへのキリスト教宣教師として位置づけられていることは、とりわけ重要である。これはアフリカ系アメリカ人がアフリカに赴くいちばんまっとうな方法であったが、植民地であった地域への宣教は多くの政治的道義的問題をはらむことになる。アフリカ経験を経て、結局ネティはアフリカでの宣教師の役割について幻滅するのであるが、アフリカ人を啓蒙するという職務自体に疑問を持つことはなかった。西洋と非西洋に橋をかけるためにアメリカからアフリカに赴く宣教師という存在は、アフリカ系アメリカ人とイギリス系アメリカ人というアメリカ国内の「人種」的関係、アフリカとヨーロッパという古典的植民地的関係とは別に、もうひとつアフリカ系アメリカ人にとってのアメリカとアフリカの関係があるという事実を指し示す。この最後の関係こそが、ディアスポラとしてのアフリカ人にとってのホームという問題に関して、もっとも重要なのである。

小説の半ばで突然セリーの手に握られて登場するネティからの第一の手紙は、年代的には後に属する、おそらくは最後の手紙であるが、ネティの手紙全体の書き方を要約するものになっている。姉が義父による書くことの禁止に対抗しようとしたのと同様、ネティもミスターの禁止にあらがって書いている。しかしセリーが事実上書くことのできない状況にあったのに対して、ネティは届くことを信じて書き送り続けてきた。それは彼女にはセリーという確かな宛先があったからである。もちろんその住所が不確かであるという可能性はあったが、ネティはそれをホーム

（故郷）に昇華する。この手紙の最後を、彼女はホームに帰るという幸せな予測で結んでいる。「来年の終わりまでには、私たちはみんな故郷に帰ります」。

ネティにとってこのホームが故郷と同時にセリーであることは明らかである。セリーは、ネティが世話すべき宣教師サミュエルの子供のアダムとオリヴィアが、実はセリーの実子であるという形で、ネティの仕事、アフリカに行く理由に、組み込まれている。一方自身事実上宣教師としてアフリカに渡るネティにとって、ホームとは宣教師の手紙の宛先である。彼女を伴ったサミュエルは、英国の本部に報告しているようであるが、ネティは彼女のホームへの手紙をアメリカにいるセリーに向かって書くのである。

歴史上かなりの数のアフリカ系アメリカ人宣教師派遣団体が存在したが、アフリカ系アメリカ人宣教師のアフリカでの活動は、「アメリカ植民協会」の活動を抜きにして語ることはできない。国内でのアフリカ系アメリカ人の解放のかわりに彼らをアフリカに送るという目的で一八一七年に設立されたこの団体は、その移民たちにまじってもっとも初期の宣教師を送り出している。一八六七年までに一三、〇〇〇人を移民させてのちこの運動は頓挫したが、その「植民地」はアフリカ最初の共和国リベリアのもととなった。サミュエルは赴任の途中この国に立ち寄っている。この運動には、エリートであるアフリカ系アメリカ人が「野蛮な」アフリカ人にキリスト教と西洋文明を教示するという精神があった。ネティもまたこの精神を受け継いでおり、アフリカについて学び、アフリカを知ることが勤めであると考えるが、それは彼女が自らをエリート、知識、アメリカと位置づけていることを示している。

アメリカ植民協会は、アフリカ系アメリカ人宣教師のアフリカでの活動に複雑な影をあたえ、その結果サミュエルたちの活動は、一種の二重拘束状態に陥っている。非西洋地域へのキリスト教布教は、事実上強大国の植民地主義に加担していた。サミュエルの活動の本部は帝国主義大国であった英国にある。アフリカ系アメリカ人のアフリカでの布教は、このような世界的システムに深く組み込まれているのである。

一方アメリカ植民協会は、アメリカ国内の「人種」差別解消を動機とし、また後期の宣教師の活動には、サミュエルのように汎アフリカ主義的な理想、「われわれとアフリカ人は共通の目標、あらゆる地域にいる黒人の向上、に向かって活動する」をかかげるものもいた。反植民地主義としての汎アフリカ主義は、植民地主義によって生じたアフリカン・ディアスポラの状況と闘うものだと言える。アフリカ系アメリカ人宣教師が、アフリカを母国のように感じ、そこに道徳的、文化的根拠を求め、黒人問題の解決を見出そうとするのは当然のことであり、またその一方で、彼らがアメリカとの絆を断ち切れないことも理解できる。問題は彼らが宣教そのものの持つ逆説に気づいていないことである。すなわち、宣教活動が権力の支配下にあるとき、つまり覇権的アメリカを宣教師にとってのホームとみなすとき、アフリカは他者であり続けるのである。

アフリカに対するネティの感情や立場も、アフリカ系アメリカ人の宣教活動と同様に混乱している。活動地オリンカの人々との生活を通じて、ヨーロッパの大国の植民地主義の抑圧を感じながら、彼女はほとんど最後まで宣教師の意味、そして彼女自身が、それに深く関わっていることを理解しない。ホームに向けて「宣教師の手紙」を書くという行為を通じて、彼女は故国に制度的に結びついていることを露呈するが、興味深いことに、アフリカ大陸がオリンカという特定のコミュニティを通じてぼんやりとした他者として形成されているのに対し、彼女の生まれ故郷は最初からアメリカと考えられていたわけではない。それは単にホームとして表されるものであり、彼女の手紙の中では宛名のセリーである。ネティの手紙は、このようにホームの個人化を特徴とする。しかしネティの個人化されたホームは、皮肉にも宣教師の手紙の論理を浮き彫りにし、宣教活動がいかにホームによって支えられているかを明らかにする。最初から最後まで、彼女の手紙は故郷に帰る見込みをいくたび繰り返すことか。手紙は彼女が、どんなに献身的に活動したとしても最後にはホームに戻っていく宣教師である、ということを証明している。「オリンカの人たちは、私たちが去っていくことができると知っている。彼らは残らなければならないのに。」ホームは宣教師たちが派遣地を離れる根拠を与える。ホームは宣教師と土地の人を区別する。ホームはその家庭的な雰囲気によって、国家権力を偽装する。

サミュエルのアフリカでの活動が、強大国の政治的経済的な抑圧に取り巻かれていることは暗示されているが、アフリカをめぐるコロニアル・ポストコロニアル的問題は、より国内的な「人種」や「ジェンダー」の問題の影に隠れているようにみえる。そしてネティが、オリンカの人が女性に教育はいらないというのは「黒人に学ばせたがらない故国の白人と同じだ」、というオリヴィアの洞察を賞賛するとき、それはジェンダーの問題の普遍性を照射する一方で、「人種」問題の本当の性質がジェンダーの問題に隠されてしまうとも考えられる。

つまり「人種」問題は植民地主義に原因する地政的かつ世界的な問題であり、そしてまたアメリカに問題があるということである。しかもそれはアメリカだけの問題でもなく、アメリカが世界に責任を負う形で問題を抱えているということである。サミュエルやネティが理解していないのはまさにこの点である。彼らは汎アフリカ主義的理想を持ちながら、宣教活動の逆説、啓蒙活動自体が西洋の覇権を背負っているという事実に、気づくことができない。さらに、アメリカ人であることでヨーロッパの植民地主義と距離を置くことができるかのような幻想を持っていて、アメリカそのものが同程度、あるいはそれ以上の帝国主義的な国であることを認識していない。アフリカを去ってアメリカに戻るサミュエルの計画は、単に「偶像崇拝」のない新しい教会をおこすこと、にとどまっている。それがアメリカを含むあらゆる地域のアフリカ系の人々の苦境を救うことができる計画とは信じがたい。

ネティはまた、彼女がオリンカの子供や大人に「英語」を教えるとき、自分が何をしているかを理解していない。サミュエルは、オリンカの人々が「どうしてわれわれのことばを話さないのか」という「馬鹿な」質問をすると嘆く。オリンカの人々の教育する彼らの活動はある程度成功したかもしれないが、「英語」をアフリカ人に教えることの意味、あるいは「英語」がアフリカ系アメリカ人にとってどのような意味を持っていたか、についての疑問はうかがわれない。

それに関連して重要になるのが、ドリス・ベインズという英国人女性宣教師である。彼女は敬虔で献身的な宣教師という考え方をコロニアルの視点から見るとどうなるかを、皮肉な形で示しているとも言える。サミュエルとネティは結婚するため英国へ行く船上でドリスに会うが、彼女は、自分は布教活動もせず、アフリカについての小説を書き、それで稼いだ金でアフリカ人のために病院やほかの施設を建てたのだと語る。彼女は二重に皮肉な宣教師像を示している。彼女のしたことはすべて、敬虔な宣教師に反する行為である。それにもかかわらず、白人でありながらアフリカ系であるサミュエルたちの及ばない成果をあげている。ドリスの行動の中でも論争の的になっているのは、彼女が「孫」と呼ぶアフリカ人の少年を英国に連れて行こうとしていたことである。これを彼女が当初の、アフリカを他者とみなすコロニアル的な見方を変えたしるしと見るものもいるが（Allan 135）、二人の間に本当の親密感は感じられず、「宣教師的な人種融合の型」に過ぎないとみなす考えもある（Seltzer 147）。しかしもっとも注目すべき点は、ドリスの行為は「ホーム」を志向していない、ということである。彼女は少年の母となる女性を、英国で教育した後はアフリカへ返していた。すなわちアフリカがホームだった。また、ドリスは、イギリスに帰る理由は戦争を見たいからだと言うが、それでは郷愁によるものかどうかは疑わしい。そして何よりも、彼女は英語を教えるのではなく、土地のことばを習い、「詮索したがる本部の宣教師を出し抜くために」「すべての報告をそのことばで」書いたのである。すなわち彼女は宣教師の手紙を書かなかった。彼女は「ホーム」に宛てて書かなかったのである。

ドリスとアフリカ少年のエピソードの真の問題点は、彼女が帝国主義的であったかどうかというよりは、彼女の行為がサミュエルの一家がオリンカの少女タシを連れて故国に帰るという行為の予兆となっていたことである。アフリカ的他者をホームによって、国家によって吸収するというこの企てに疑問が生じるのは、ひとつにはそれが半ば強制的であり、さらにはその段取りが操作されているからである。「ホームとしてのアメリカ」という概念は、サミュエルが息子のアダムに向かって「われわれはまもなくアメリカに帰る」と言う、という形で初めて導入される。これによってネティのホームが、彼女のテクスト上で国家として強固に規定されたことになる。この公式にしたがって、アダムは結婚していっしょに連れ帰ろうとするタシに向かって、「アメリカにおいては、彼女は国、人々、両親、姉、夫、兄、恋人を持つだろう」と語る。身近な要素が、覇権的な国、あるいはその構成要素が曖昧にされた国民と、なにげなく並置されている。実際この曖昧さの中へ、親しげであると同時に制度化されたホームへと、サミュエル一家は収束していくのである。

サミュエルはヨーロッパと距離をおき、アフリカの抱える問題、宣教師の不毛な仕事の責任をヨーロッパに負わせようとする。そのときアメリカは理想的な帰るべきホームとして浮かび上がる。しかしサミュエルたちは、「だれもが車を運転しているのに、どうしてアメリカでは幸せでないのか」というオリンカの人々のもうひとつの「馬鹿な」質問に答えることができない。彼らは幸せではないからアフリカに来て、それでいてアフリカの少女をだれもが車を運転するわけではない国へと連れて行く。彼らは自らがディアスポラであることに気づかずに、あらたなディアスポラを作りだそうとしているのである。

ここに欠けているのは、アメリカが強化された帝国主義の一形態であり、アフリカ人を苦しめる政治原則がアメリカにおいてアフリカ系アメリカ人の苦境を生んでいる、という認識である。最後の家族の再結合の場面は、きわめて都合よくアメリカ合衆国の独立記念日に置かれているが、植民地が英国から独立した日は、まず英国とアメリカの対立によって特徴づけられ、アフリカ系アメリカ人が安全にアメリカに抱かれることを可能にする。彼らのディアスポラの記憶は、他者の併合を容易にする国家的な転地、移民計画に組み込まれるのである。

ホームを取り戻すというディアスポラ物語の目標を完全に否定することはできない。しかし限定的な地理的、地政的空間としてのホームという考え方は、簡単に受け入れることはできない。『カラー・パープル』において、ホームはいつも、すでに、宛先である。そしてその宛先が私的かつ制度的であり、ホームとは家であると同時に国家であると規定するのは、宣教師の手紙の論理である。宣教師が送る最後の手紙は彼ら自身である。いったい正確にどこに帰るべきかは明らかでなくても、しかしある意味では明らかなホームなのである。手紙のすれちがいによってネティにはセリーの現在の居場所がわかるはずもないにもかかわらず、奇跡的にサミュエルの一家はセリーの家の前に立つのである。まるでネティが、彼女の手紙の宛先はここであると最初から知っていたかのように。

(3) ホームのイデオロギー

セリーの自立への旅は、ネティのアフリカからの手紙によってアフリカン・ディアスポラの表象となるが、また同じネティの手紙の、宣教師の手紙の論理によって、セリーはホームそのものとなり、またセリー/ホームはアメリカ国家となるのである。この矛盾はディアスポラの概念とホームの概念との相克を表す。もしディアスポラの状況に積極的な意味――流動性、そのどこにも所属しない自由、ハイブリディティ――を見出すならば、ホームはそれに対抗するイデオロギーとして浮かび上がる。

セリーの世界はきわめて個人的なものであり、彼女のホームも個人的な領域であった。後半彼女がビジネスをおこし、企業家として成功し、家を相続し、財産を確立したとき、そこに資本主義的なかげりはあっても、彼女の達成したことは本質的に個人的であり続けた。彼女のホームを地政的なものとし、彼女の住所を潜在的に国家と等しくしたのは、ひとつにはネティの手紙の、ホームを権威の居所とする宣教師の手紙の論理であり、いまひとつは、ネティの手紙の物語るアフリカをめぐる世界情勢のなかでの、アメリカ国家の位置である。ネティや、ネティが表すサミュエルの、アメリカを区別しようとする思惑とは別に、彼らがアメリカの独立記念日の当日にセリーの「家に戻った」ことは、セリーのホームをアメリカ国家の覇権の枠組みの中に取り込むのである。そのとき彼らのアフリカン・ディアスポラの状況は忘れ去られる。
セリーのユートピア的家族——必ずしも血のつながらない、異なるジェンダーやセクシュアリティの結びつきを含み、そして外国人も受け入れる——が、真に雑居の、ハイブリッド的家族と言い得ないのは、そこに実はセリーが自らの血を分けた実子を手元に取り戻したという事実がひそんでいるからである。反対にアフリカ女性をアメリカが無理やり組み込んだことにも注目しなければならない。彼女は当然ディアスポラとなり、ホームからはじき出されていくのである。このことは皮肉にも、家族やホームの持つ逆説的な性質を浮かび上がらせる。ホームの快適さ、安楽は、ディアスポラの混乱、動揺を生み出すエネルギーと対峙する。言い換えれば、ホームのイデオロギーとはそれに対抗してディアスポラの状況の意味が問われるべきものとして現れるのである。手紙のことばでいうならば、手紙にとっては、動かない宛先より、移動する宛先のほうが意味がある。

4　ゴミ箱ポスト　『ロット49の叫び』

手紙は発送されることばであると考えたとき、書くことのテクノロジー性にまつわる物理学と政治学が問題になる。書かれたことばはどのように運ばれるのか。その運動はだれが支配するのか。このシステムには、哲学的に、また社会的にどのような意味があるのか。手紙自体は個人的であっても、それは発送において個人を超えたシステム、権力、往々にして国家権力に取り込まれている。システムの中において、書くことの比喩である手紙が、書くことの持つ権威（起源）からの自由を守れるのであろうか、それはどのように権力に立ち向かうのであろうか。結論から言えば、おそらく書くことには書くことでしか対抗できない。

どこかの国で郵便局が波瀾のうちに民営化されたが、多くの国において、郵便は依然として国家が運営する事業である。歴史的に、郵便物の発送・配達を管理することが国家支配と結びつき、近代化においても大きな役割を果たしたケースが多い。アメリカ合衆国の郵便網の発達、配達範囲、速度の進歩は、そのまま国家、国土の発展を示した。「アメリカの郵便システムはアメリカ文明の組織にしっかりと織り込まれている。」（Fuller　1-2）合衆国郵政省長官（Postmaster General）は一九七一年まで国務長官であった。合衆国郵便局（United States Postal Service）は現在は政府の独立行政部門となったが、依然として私企業ではない。「郵便が国を結ぶ」という概念、「国民と家族のコンセンサスを確立する手段としてのアメリカの手紙というレトリック」（Hewitt 7）が生きているのだ。「郵便制度は中央政府であった」（John 4）。卑近な例では、映画『34丁目の奇跡』において、郵便局が手紙を届けたことが、国家がその受取人をサンタクロースとして承認したことを示す証拠とされる。これが真に法的に正しいかは別として、郵便と国家との結びつきが端的に示されていると言えるだろう。しかし郵便がいかに国家的、アメリカ的であったとしても、それが究極の答えではない。

ポストモダンの文化において、書簡体小説だけでなく、郵便制度を含めた文学の可能性としての手紙が、問題になってきた。トマス・ピンチョン（Thomas Pynchon 1937–）の『ロット49の叫び』（*The Crying of Lot 49* 1966）も、その一環として描かれたと考えられている（Harris 165）。この小説についての多くの批評は、真実への到達不能、曖昧や不確実性、コミュニケーションへの絶望、などに関心が集中し、とりわけ大きな権力の陰謀についてのパラノイアとして読まれることが多い。しかし、その陰謀の真実性も曖昧であり、その構造も曖昧である。その大きな権力が仮にアメリカ＝大企業家インヴェラリティであるとしても、そこに生じる対立は国家的複合企業と個人の対立であり、必ずしも単純に国家と個人、公的郵便制度と私的郵便制度との対立とは読めない。さらには郵便制度そのものが敵になるわけではなく、ひいては本当にコミュニケーションに絶望しているかどうかも疑問となる。一方で、混乱し、意味不明な世界においてひとつの明確なイメージ、明確な行為がある。それは手紙を配達するということであり、伝達機能の否定ではなく、むしろ伝達する意思の肯定であると思われる。

主人公エディパに、彼女が死亡した前夫インヴェラリティの遺言執行人になったことを知らせる手紙が届くところから、物語は始まる。そこから彼女は不思議な郵便システムの迷宮に迷いこむ。しかし一九六〇年代はすでに電話の時代である。彼女自身はほとんど手紙を出すことはなく、コミュニケーションはほとんど電話でおこなわれている。ただし興味深いことは、最初に回想されるインヴェラリティの声色電話といい、精神分析医のヒラリアスの薬を強要する電話といい、電話は暴力的に進入し、意味不明なメディアになっている。そして物語が進むにつれて、彼女が人々との連絡を求めてかける数々の電話も、相手がいなかったり、死んでいたり、コインが足りなくなったり、たいていうまくつながらないのである。コミュニケーション機能という点では、電話は手紙と本質的に異なるメディアというわけではない。しかしここでは電話は現代的であると同時に不毛な声を象徴する。結局彼女の手紙の秘密を探る旅は、直接ひとに会って話したり、書物を読んで調べたり、シンボルを求めて街をさまよう、というきわめて伝統的で「ローテク」な行為になり、手紙につながっていく。

一方手紙は、たしかにまず制度としての郵便、国家権力、法の言語といった形で登場する。冒頭の手紙は法律事務所からの手紙であった。また、ヒラリアスの電話で「あんたが必要だ」と言われると、エディパには「どこの郵便局の正面にも現れる」よく知られたアンクル、すなわちアメリカ合衆国を象徴するアンクル・サムの肖像の入った徴兵ポスターを思い起こす。しかし一方で彼女が現在の夫ムーチョから受け取った手紙が、別の種類の手紙の前兆となる。問題となるのは封筒の上の「政府」の通告の文字である。Postmaster（郵政長官）が Potsmaster（鍋奉行またはマリファナの師匠）と「誤植」されている。ここで注目すべきは、アンクル・サムと同様、郵政長官が象徴する政府や国家が、パロディによって笑い飛ばされていることである。master の持つ権力的意味が、post のもじりによって、post 自体の意味（柱、部署、駅、そして「後」）をあらためて想起させながら、皮肉に照射されている。

パロディはこの小説の主要な概念である。エディパという名、その探求というプロットは、物語がオイディプスの物語のパロディであるという設定を誇示している。主要なテーマとなる反郵便制度の秘密結社と思われるトライステロの戦略も、パロディである。彼らは神聖ローマ帝国の郵便を支配したトゥールン・タクシスのマークをもじったシンボルを用い、図柄をもじった切手を発行したということになっている。物語の内容もパロディだらけである。物語において語られる、トゥールン・タクシスの歴史を初めとする歴史的事項は本物に似せたフィクションであり、いかにも本物らしく展開されるジェイムズ朝の復讐劇『急使の悲劇』ももちろん偽物である。冒頭のインヴェラリティの声色、ムーチョがディスクジョッキーをしている放送局の名、ビートルズをもじったロック・グループ、人々が歌う替え歌と、パロディは細部にもあふれている。

パロディ自体は古典的な手法であるが、ポストモダニズムの小説においては主要素のひとつであり、その風刺、ずれ、からかいの精神は、体制批判にも遊びの気分にもふさわしい。しかしさらにパロディの本質を見るならば、それはひとつにはメタの構造であり、いまひとつには複製であると考えられる。そもそも近代の主体を形成したのはメタの視点、「内省」や「自意識」の構造化であり、パロディはむしろモダニズムの要素であったとも言われる。したがってこの小説のオイディプス神話は、神話そのものの意味と言うより、そのような構造化の表象として用いられているとも言える。ただしポストモダンにおいては、パロディはより混乱し、強烈なパスティーシュ（寄せ集め）と化し、故意に無意味にばらまかれる。それを超えて何か全体を見渡すことができるメタレベルが存在し、自らの位置や意味が明らかになるかのような幻想は、夾雑さのなかに消失する。それはこの小説においても同様である。

このようにパロディはこの小説の重要な要素であるが、それは本来のものとは少し異なる方向を指していると思われる。物語が単に神話を下敷きにしたパロディであるという意味ではなく、またパスティーシュ的ごたまぜ、混乱が、主題であるわけでもなく、ここにおけるパロディはむしろ複製行為なのである。ベニヤミンが語る複製の時代である現代において、ちょうど『急使の悲劇』の異本のように、複製とは互いがまったく同じではなく必然的に「ずれ」を内包し、複製の重なりの無限の可能性は起源の権威を転覆させうる。この小説においては、パロディについてのこうした複製もしくは「ずれ」の概念のほうが重要である。この混乱し解釈しがたい物語、真実か、幻想か、陰謀か、はたまた悪ふざけであるかまったく不明なまま終わる物語において、それを総括するようなメタのヴィジョンは、作品内はもちろん、読者にも与えられているとは言えないからである。一方でその混乱や無意味をそのまま放置するには、貫通するイメージはあまりに強烈である。それは「ずれ」を持ったコピーの構造であり、そしてその構造はひたすらひとつのイメージ、消音器のついたラッパ、すなわちトゥールン・タクシスのラッパのシンボルのもじり、に収斂している。

このラッパの意味するところは、なによりもまず手紙を送ること、すなわちトゥールン・タクシスに象徴される郵便システムに照準が合わされていることである。それはこのシンボルが、重要な小道具である切手の図柄として現れることによっても強調されている。もちろんこのイメージは、パロディによって権威的な郵便システムへの反抗を意味していると考えられる。消音器ということは、音を消す、力を弱めることを示している。しかしもう一方で、書き加えられた部分が直接示すように、消音器は余剰、もしくは差異、つまりずれそのものでもありうる。このラッパをマークとするシステムの名は**W.A.S.T.E.**（ごみ）であるが、今日ごみは無ではなく、巨大な余剰である。そこにデリダの代補の概念を想起してもいいが、それは「書くこと」を暗示する。書くことは本質的に複製の要素を内包しているからである。ヨーヨーダイン工場の近くのスコープというバーのトイレの壁にこのシンボルと**W.A.S.T.E.**のメッセージを発見したエディパは「バッグからペンを探し出し、メモ帳にアドレスとシンボルをコピー」するのである。

このシンボルが表象するパロディは、W.A.S.T.E.がこの物語においておこなっていると思われることが、書くことの複製要素を内包した郵便システムそのもののパロディであるという点において、頂点に達する。エディパの調査によれば、W.A.S.T.E.は自殺に失敗した人々の連絡のための秘密組織であるかもしれないし、「歴史的」反郵便組織である秘密結社トライステロかもしれない。このトライステロはトゥールン・タクシスの時代から、公的な郵便制度の権威に反抗し続け、十九世紀にアメリカに渡ってきたのちも、郵便制度を妨害したらしい。しかし重要なことは、ひとつはウェルズファーゴの郵便配達にしろ、ポニー・エクスプレス（早馬速達便）にしろ、トライステロが攻撃したとされるのは、ある意味でアメリカ郵便制度の象徴ではあっても、厳密には公的な郵便制度ではなかったもの、なりそこねたものだということである。バーで出会ったファロピアンの調査にあるように、北部連邦政府の確立はそれら私的な郵便制度の抑圧と符合していたのであり、トライステロこそ政府の手先であると考えることさえできる。さらに重要なことは、歴史上配達のサボタージュを主たる行動としてきたトライステロが、この物語の現在においては、妨害をおこなうのではなく、もっぱら公的な制度とは別の私的な配達組織として機能しているらしいことである。つまり、妨害の過程においてももじりのシンボルを用い、図柄を一部分改変した偽の切手を撒き散らしながら、ここにおいてトライステロは、国家と対決するというよりは、エディパの言うように「競争相手の配達人」であり、郵便制度そのもののパロディを展開しつつ、むしろ制度の上塗りをしているとも言える。したがってこのパロディ行為は、あざけり、批判というより、余剰を持った複製に近い。

言い換えれば、トライステロは手紙を送ることを止めてはいない。ジェイムズ朝復讐劇のパロディ劇中劇、奇妙で残酷な『急使の悲劇』は、トライステロという語を初めて登場させる重要な役割を果たしているが、手紙、配達、書くことが直接現れるという意味でも、パロディ的入れ子の構造を示している。筋の上ではトライステロの妨害はもちろん、インヴェラリティがおこなった人骨の利用が、衛兵の殺害とその骨の利用という形で繰り返されているが、ここで興味深いものは、劇の展開を決定する手紙である。そもそも悪人アンジェロは、トゥールン・タクシスを信用していないという設定である。しかし彼は、骨で作ったインクの念入りな説明によって書く行為を劇化して作成した手紙を、トゥールン・タクシスの配達人、復讐者ニコロに届けさせる。ニコロはその手紙を途中で開いて読み上げる。読み上げ行為も手紙の特化であり、ドラマツルギー上メッセージの開示のために必要とされるものであるが、ここではメッセージ自体は重要ではない。なぜなら、アンジェロが配達人で善人のニコロをトライステロに殺害させたにもかかわらず、結局宛先に届いたその手紙を受取人ジェナロが読み上げるとき、それは「もはやニコロが抜粋して読んだ、嘘をつらねた文書ではなく、いまや奇跡的にもアンジェロがすべての罪を長々と告白したもの」に変わっているからである。別にニコロ、あるいは他のだれかがすりかえわけではないが、なぜ「奇跡」が起きたのかは問題ではない。言わずもがなのメッセージも必要ではない。問題は、一連の書く行為と手紙の強調の後、配達人の盗み読みや死にもかかわらず、すべての障害をものともせずその手紙が宛先に届いたこと、それは結局トゥールン・タクシスとトライステロとただの兵士というすべての配達人の手をわたって、届けられたということである。

そしてトライステロは、いまや公的な組織に対抗するもうひとつの配達組織として現代に登場する。公的な組織への反抗はパロディによる「書く行為」の強調である。エディパは、ラッパのてがかりを求めてインヴェラリティに関連した場所をめぐり、サンフランシスコを彷徨するうち、いままで気づかなかった陰の人々の間にシンボルを見出し、こう考える。

ここにはアメリカ合衆国郵便によって通信しないことを故意に選ぶ数知れぬ人々がいる。それは反逆でもなく、おそらくは挑戦でさえない。しかしそれは、計算された脱退なのである。共和国から、そして機械的な組織からの。……彼らは虚空へ脱退できるはずはないのだから（できるだろうか?）、別の、沈黙の、思いもよらない世界が存在しなければならない。

権力と対抗するといっても、国家の事業と同等の力をもって自由競争するのではなく、権力の及ばない私的な空間、それも大きな制度からはみ出し忘れ去られたような人々が織り成す空間、が想像されている。彼らは「アメリカ合衆国郵便によって通信しない」ことを選んだのであり、通信しないことを選んだのではない。彼らの消音器は、権力の「声」を消すかもしれないが、彼ら自身が声を消したわけではない。W.A.S.T.E.はごみである。しかし同時にごみは余剰であり、またエントロピーのように増大しつづける。また情報エントロピーであれば、情報の不確かさを示す。「沈黙の」世界とは意味のあるメッセージの欠如を表すかもしれない。しかしその世界を作っているのは、メッセージそのものではなく、送ること、通信する行為なのであり、それこそが意味を持つのだと言えよう。

物語の始めでエディパが書いたとされる短信も、ムーチョの返事も、その内容は触れられていない。遺言執行を知らせる最初の手紙も、最後近くで共同の遺言執行人メツェガーが駆け落ちするときに残したメモも、その内容は要約されてしまっている。物語において詩（歌詞）や劇のせりふの引用は多いが、手紙の文面の引用はない。劇のなかでさえ、よくある手紙の引用のせりふはなく、手紙を「読む」とだけ述べている。ただひとつ、ファロピアンが見せたヨーヨーダイン会社の私的郵便の例だけが引用されているが、それは週一度書かなくてはいけないから書いた手紙、書くことのみにしか意味がない、無内容な手紙の例となっている。手紙の内容のないことは、伝わらない電話と同様コミュニケーションの不可能性を表しているかもしれない。しかし一方で手紙は多数存在し、その郵便的、すなわち送られる様相が強調されているのである。

重要なことは通信、郵便という概念が、制度としてのそれを含めて、手紙とその配達というきわめて具体的な事物や行動によって表されているということである。「ひとつの型が姿を現し始めた。手紙とその配達方法に関する型が。」バーでシンボルを発見する直前、若者が皮の「郵便袋」をかついで現れ、人々に向かって「封筒を投げる」。ファロピアンは、「アメリカ合衆国の私的な郵便配達」の歴史について本を書いている。『急使の悲劇』を経て、ヨーヨーダインの株主総会で出合ったコーテックスという男からマックスウェルの悪魔という熱力学理論を教えられたエディパは、分類が仕事でないと聞かされ、「郵便局でそんなこと言ったら、郵便袋に詰められてフェアバンクスに送られるわ。『われもの注意』のステッカーさえつけてもらえない」と言い返す。インヴェラリティ湖の碑は、ウェルズファーゴの「ポスト・ライダー」が盗賊におそわれた史実を記す。湖の近くの老人施設をたずねて、エディパは偶然トト氏に会う。彼は「ポニー・エクスプレス」の騎手であった祖父の夢を見たという。そして彼女の探索は、W.A.S.T.E.の実際の集配現場へと導く。

サンフランシスコ一帯をさまようなかで、エディパはひとりの船員から妻への手紙の投函を託される。それは切手——国会議事堂の上に通常の飛行機ではなく黒い服を着た小さな人物が描いてある——が貼られた封書であって、もちろん内容は明らかにされない。そしてそれは「彼が何年も持ち歩いていたように見える」し、彼が何年も前に捨てたという妻が宛先にいるかどうかも怪しく、読まれる可能性も疑わしい。つまりその手紙は、出す、すなわち送る、ことにのみ意味があるような手紙なのである。指示されたとおり、エディパは高速道路の下のゴミ箱のようなW.A.S.T.E.と書かれたポストに手紙を入れ、身を隠して待つ。やがて袋を持った若者が現れ、箱からすべての手紙を取り出して袋に入れ、歩き出し、彼女は跡をつける。若者は他の集配者と袋を交換した後、バスで他の地域に移動し、手紙を配って歩く。彼女が街で見かけた、W.A.S.T.E.

を利用していると思われる人々同様、受け取るひとも貧しいひとのようである。システムはひそやかで、私的で、ローテクである。集配の方法もきわめて原始的である。しかし手紙は確かに送られ、届けられている。

物語の最後の場面は、インヴェラリティの切手コレクションのオークションであり、トライステロの切手と思われるパロディ切手のロットについて、競売人がせりの叫び声をあげるcryingをエディパが待つところで終わる。偽造切手はこの悪夢の迷宮の物的証拠であり、コレクションの整理を手伝う専門家コーエンは、エディパのそばから消えてしまわない数少ない男のひとりである。偽造切手に関心を持つ謎の収集家については最後まで何もわからず、結局謎は解けないままであるが、そこに叫び声が響くことは約束されている。叫び声とは、サンフランシスコをさまようエディパが、自分が集める手がかりが自分の喪失を補うものに過ぎない、と感じるとき、失ったものとは、「直接的で、癲癇的なことば、夜を破壊するかもしれない叫び声」であると言っているそのcryと思われる。彼女はそれを覚えているからこそ、オークション用語としてこの語をもちいたコーエンに向かって「なんですって?」と聞きなおすのである。

この手がかりと叫びの関係は、それ以前に説明された、手がかりと「真実」の関係に似ている。手がかりにまぎらわされて決して到達できない「中心の真実」、それは記憶できないほど輝いて、「自らのメッセージを取り返しのつかないほどに破壊する」のである。叫ぶことが中心の真実となるはずのメッセージを破壊するのであれば、叫び自体が真実、「ことば」を成すと考えられる。

それは発語の力、コミュニケーションの意思であるが、重要なことは、その力が形になっていることである。物語においてエディパはその叫び声を待つのであるが、小説は書かれた本の形で読者に叫びを示している。そして、小説の中の、筆、便箋、文字、封筒、切手、郵便ラッパ、ポスト、郵便袋、配達人、制度のすべてが、ほんものであれ、パロディであれ、この叫びを維持しているのである。

終章——手紙とメール

極論かもしれないが、手紙は出すことに意味がある。いわば童謡の「やぎさんゆうびん」のように、究極的には中身は読まれなくても、書き合うことで心が通じ、通信の役割を果たしている。それは、言い換えれば、手紙の中身とは結局「今書いています」ということに過ぎない、ということかもしれない。内容に意味がないとは言わないが、内容以上に意味があるのは送ること、宛先に向けて書くことである。送ることのみが重要と言うと、単にファティック（交感的）・コミュニケーションを評価するだけの、コミュニケーション理論に陥っていると考えられるかもしれない。しかも、電話や、さらには電子メールといった別のメディアとの差異が、明らかになっていないかもしれない。しかし手紙がそれらと決定的に異なるのは、手紙においてはこの送るということが決して単純ではない、もしくは手紙こそが送ることの多様な側面を体現しているからである。手紙の本質とは書くことであり、逆にいえば手紙は書くことの象徴である。書くこととは、単に文字を書くことではなく、力をこめて刻み、その運動の跡をつけ、その跡を移動させること、すなわち送ることである。このような運動、移動を可能にするのは、たとえば「食べる」ことさえできる「もの」でなくてはならない。そしてものを送るためには、熱意と労力と時間、あるいは文字や「ゆうびん」制度といった文化（あるいは人間）を必要とする。

書くこととは、文学を超えて、生きることとつながっている。書くことの特権化と非難されるかもしれないが、文字を書くことに限らず、伝えるために肉体を使って跡をしるすすべての営みにおいて、広義の書くことが人間の生、人間の歴史の多くの部分を作りあげてきたことは疑いようがない。手紙にはこのような意味においての「書くこと」の意味が、凝縮されているのである。文字や紙という実体を持った「もの」である手紙が移動するとき、その表すところは、文字や紙の意味から、伝達や移動の概念、流通システムからネットワーク全体、そして生の運動の意味にまで及ぶ。

アメリカ小説における手紙を概観してきたが、それらが主として送られるもの、移動するもの、としての手紙の側面についてであるのは、このような考え方に基づいている。送ることは書くことであり、文学そのものの本質を表象する。手紙の小さな紙とテクストには、書くことにまつわるさまざまな問題――だれが書くか、だれが受け取るのか、どのように読まれるのか、書く力、あるいは読み、知識を得ることによる力、送るための制度とテクノロジー、時間と場所のトポロジー――などが、凝縮した形で展開されている。また文字、筆記、紙などの「もの」としての側面は、書くことの存在論につながるとともに、手紙をフェティッシュとして機能させる。しかしそれだけではない。送るシステムとしての手紙の歴史的、社会的位置や役割こそが、小説を発生させたのであり、移動することがアメリカという国と重なったのである。

世界でもっともすぐれた書簡体小説はアメリカ小説ではないだろうし、ほかの国の文学にも、多くの書簡体小説、あるいは手紙を扱った小説が数多く存在する。しかし、とりわけアメリカ小説に注目することに意味があるとすれば、それは、さらには、移動すること、そして手紙をやりとりすることが、アメリカという国の成り立ちと結びつき、送るというシステムとしての手紙が、テクノロジーや制度という点で、アメリカの技術、文化、社会と深い関係を持ってきたのである。アメリカの歴史は、手紙の歴史の重要な部分、郵便制度や小説との関係と重なってきた。そしてさらに重要なことには、アメリカこそが、手紙の性質を左右し、ひいては手紙の存在や意味を危うくする、電子的テクノロジーの発達を担ってきたのである。

『国民の手紙』(Carroll, Andrew, ed. *Letters of a Nation: A Collection of Extraordinary American Letters*) という本がある。有名、無名のアメリカ人が書いた手紙を、カテゴリー別に年代に沿ってほとんど恣意的に集めたに過ぎないもので、似たような書も多いなかでの最近出版された一冊である。歴史的文書もあれば、事務的な書簡から、もちろん恋文まで、内容はさまざまである。総じて「本当に」書かれた手紙は、「本もの」としての力があるのかもしれないが、他人の手紙を盗み読むという行為を可能にするという点で、読むものの興味をそそる。言うまでもなく、このような手紙による物語の形成、そして他人の書いた手紙の「盗み見」という構造こそが、小説の発生のひとつの契機であった。「本当らしい」書簡に表現される物語、人間関係、人物の性格、感情、背景描写、表現の方法としてのリアリズム、心理描写、そして手紙がひきおこす人生や歴史の転換は、現在でも小説の重要な要素である。さらに、恣意的にであれ集められることによって、この本に収められた手紙はより大きな物語、アメリカの歴史を伝えている。二〇〇六年に出版されたこの本の中のもっとも古い例は、一六三〇年、ニュー・イングランドから故国に送られた手紙である。故国より遠く離れた植民者にとって、手紙はかけがえのないものであった。それに対してもっとも最近の手紙の日付は一九九五年である。

しかし、ここで問題にしたいのは、手紙の小説や歴史との関わりではない。より重要な問題は、三七〇年にわたるアメリカの手紙の時代を経て、今後このような手紙の本を編むことが可能であろうか、ということである。おそらくは難しいであろう。今日人々はもはや手紙を書かなくなったからである。書簡の機能が無用になったわけではない。それは別のメディア、とりわけ電子メールに姿を変えたのである。電子メールは書簡の多くの機能を受け継いだだけでなく、速さ、簡便さ、容量において、書簡の機能を凌駕した。携帯電話のメールにいたっては、電話の機能さえ、受け継ぎ、超えているかと思わせるほどである。そして人々は手紙を書かなくなった。しかし、それで本当によいのであろうか。

機能において電子メールは手紙と比べものにならない。速さ、簡便さはもちろんのこと、とりわけ国際通信において、電話とほぼ同じことを、時差を気にせず、コストもかけずにおこなうことができるという利点がある。国内通信では、お互いの条件さえ一致すれば、チャットのようなほぼ同時の通信も可能である。容量を気にする必要もなく、添付によって、図や大部のテクストの伝達にもその威力を発揮する。メールはまさに手紙の機能強化ヴァージョンであるかのようである。しかしそのすべての利点の一方で、欠点も存在する。まず、事務的、機能的文書の伝達にすぐれていることには間違いがないが、いくつかの技術的問題がある。操作ミスに過ぎないとはいえ、せっかく書いたテクストを失うこと、あるいは受け取ったものを読む前に消してしまうこと、保存するべき通信を誤って削除してしまうことがよく起こる。これらの消失はすべて瞬時であり、復元できない場合もある。あるいは誤信も多い。文面においては、よく言われるような簡単に書けるゆえの言葉使いの失敗例も、少なからずある。しかしながら、これら技術的な問題は注意さえすれば防止できるだろう。重要なのは、より本質的な問題である。

メールには実体がない。メールが生活に浸透したことは現実であり、世界はその上に構築されている。初期にメールを主題とした映画が作られたように、小説の上でもいまやごく日常的なできごととしてメールがやりとりされているに違いない。しかし手紙に基づいて書簡体小説が作られたように、メールに基づくと言えるような作品が作られることは可能だろうか。ごく初期のそのような作品に、小説と絵本の中間のような、挿絵を多用したファンタジー、『ヴェニス人の妻』(*The Venetian's Wife* 1996) がある。作者のニック・バントック (Nick Bantock 1949–) は、グリフィンとサビーヌ三部作という、ほんものの手紙のように見えるポップアップの封筒や手紙を張り付けた「書簡体絵本」で知られているが、『ヴェニス人の妻』は、主人公が十五世紀のヴェニス人と交信するメールから成っている。電子ネットワークそのものがまだ現実感がとぼしく、時空を越えるというイメージを駆使することにふさわしかったのである。しかしながらこの作品には、同じ書簡体絵本でも先の作品とは異なり、電子メール自体を思わせる「もの」も「挿絵」も存在しない。書簡体小説や小説に挿入された手紙のように、宛名、日付、署名といったプロトコルによって、とくにメールに特徴的な@マークによって、「手紙」であることを誇示してはいるが、ここにはこの作家を特徴づける手紙の「実体」がない、つまり「実体」を示すことができないのである。一方で挿絵に描かれた（メールに添付された）古い手紙は、手書きの文字や焼けこげのある紙を示して、存在感を表している。それゆえ、この物語はメールに基づくというより、メールの存在感のなさに依存しているというべきなのかもしれない。

しかし、電子メールによっても物語が成立することは事実である。何よりもメールも書かれるものであり、書くことを含むことにおいて、メールは文学の基本を保持しているように見える。小説においても、書簡体小説も、手紙文の挿入も、事件としての手紙のやりとりも、ネットワークの象徴も、書かれた手紙と同様に可能である。物語自体が電子媒体であれば、メールの「存在感」も別の形で表すことが可能かもしれない。それでは何が問題なのか？　何が違うのか？　なぜメールは人間と手紙が持つような関係を持つことができないのか？　おそらくは、もっと深いところでの、書くことの意味が違っているのである。

メールに実体がないということは、「書く行為」がないことを意味する。メールは人間の肉体から疎外されているのである。メールは残らない。残す価値もないように見える。メールには残すことをうながす実体がなく、その空白感から、仮に誤って消されなくても、メールは結局ほとんど削除されてしまうのである。私信のメールは印刷して保存することもあるかもしれないが、プリントアウトは、当然のことながら無味乾燥で、固有の性質を示さない。内容は心がこもっていることもありうるが、心がこもっているようには見えにくいのである。また、本当に心がこもらないことも多い。その簡便さは、書く人から書くために必要な熱意、心構え、物理的な用意、要するに広義の書く行為を奪うからである。往々にして言葉使いの失敗が起こるのも、推敲がたやすく、注意すれば防げるのであるから、むしろ基本的に失礼な文面が作られる構造があるのだとも考えられる。おそらくそれは、より本質的な書く行為の欠如である。

書く行為が成立しないのは、皮肉にもコンピューターの「手書きパッド」と、デリダが検証したフロイトの「マジックパッド」(Derrida "Writing and Difference" 200) との、外見上の類似と本質的相違に明らかである。マジックパッドが、書いた文字を消して何度も容易に書き換えることができても、その痕跡を表面の下に残しているのに対して、手書きパッドに書かれた文字は、決してその跡を残さない。特殊なペンでモニターに直接文字や図を書き入れる装置も、同じことである。マジックパッドが重なる層と加えられる力と痕跡によって、無意識と書く作用の類似を表象するのに対し、コンピューターのデジタル文字パッドは、意識や力さえはねつける。

それは、メールの問題は単に状況的な問題ではなく、メールがデジタル媒体であるという、メディア・テクノロジーの問題であることを示している。テクノロジーが人間の感覚を体の外に延長し、文化を変容させることはすでに知られていることであり、文字や活字印刷が果たしてきた役割も、十九世紀から二十世紀にかけての電気によるメディアの発明の威力も明らかである。音声の録音再生、映画、そしてタイプライターをそれら革命的な現代の発明としてあげながら、フリードリヒ・キットラーはさらに、デジタル化は将来すべてのメディアをひとつにし、メディア間の差異がなくなるとともに、五感の差異もインターフェイスに過ぎなくなる、と予言する(Kittler 1)。彼によれば、まずタイプライターによって、「身体と紙、書くことと魂がばらばらになる」(14)ということが起こった。この時代の機械は、これまでのように人間の筋肉のみならず、中枢神経系にとってかわったからである。しかもそれだけではない。タイプライターは、その仕組みにおいてコンピューターに(ワードプロセサーやネットワークに)つながるものであった。いまや人々はタイプライターを打つように、キーボードを打つ。しかしその文字は、単に基準化された、手軽に活字印刷されたというだけの文字ではない。それは実体のない、デジタル化された文字である。それは光ファイバーの中をかける数値に過ぎないのである。電子メールは、まさにそのような、人間の五感も魂も無意味になりかねない、デジタルによるメディア統合が「メディアという概念そのものを消す」(2)かもしれない状況の途上にあるメディアであると言える。

手書きの文字が身体と紙、書くことと魂を結びつけていた、ということは、すなわち手紙が本来フェティッシュになりうる、ということを示している。手書きの文字がその固有の特徴によって書き手を表象するからだけではない。そもそも「かく」こととは、「人間が道具を手にして自然に働きかけ、減算的に自然を変形する」(石川 34)ことである。それは「自然に傷をつける」ことかもしれないが、それが「創る」ことでもある(38)。すなわち書くこととは、人間が体重のみならずその存在のすべてをかけて物理的な痕跡を残すという創造行為なのである。しかも手紙を構成するのは文字だけではない。筆記道具（万年筆のインクの色、筆の墨）や紙（選ばれた便箋や封筒であれば、その質感、てざわり、場合によっては薫きしめられた香り）、切手（色、形、図柄）が感覚を刺激し、書き手と結びつける。さらに、書くことに費やした時間、送るための準備、実際に投函するまでに要した手間が、手紙に付加価値をつける。その努力を払ったことが、書き手の「魂」を伝えるのである。なかでもフェティッシュにとってもっとも重要なものは、手紙の物質性、すなわちものとしての文字と、それを運ぶものとしての紙であろう。手紙は本質的に、永遠にではなくとも、残る。あるいは逆説的に、滅びることができるために残る。

それゆえ、電子メールが残らないということは、それがフェティッシュにならない、と言ってもいいだろう。このような書くことが持つ人間的意味をすべて失う、つまり「魂」を見い出すことができない、ということである。たとえタイプライターによって書かれた文字であっても、せめてその文字を運ぶ紙さえあれば、本人が書いたのでさえあれば、分断された魂の跡が見い出せるかもしれない。文字が刻印されたそのものの紙を目にすることで、キーにかたむけられた書き手の手の重さを想像することが可能だからである。だれが使ったかが特定できなくなるのが機械の本質ではあるが、紙があることで救われる場合もあるということである。それでは、結果としての印字された紙は、コンピューターのワードプロセサーを印刷したものと変わりはない、すなわち電子メールも印刷すれば同じ効果を生み出しうる、という説もあるかもしれない。しかし決定的に違うのは、タイプライターはものとしての文字、ものとしての紙を属性とする、つまり必然的にプリントアウトを伴う、したがって紙が送られるプロセスは手紙と同じであるのに対し、コンピューターは本質的にものを持たない、送られることもなく、残らないということである。

フェティッシュには限らない。そのようなコンピューターにおいては、ことばの意味さえ伝わらない。つまり、表象作用が成立しないのである。これは極論に聞こえるかもしれないが、本質的にものを持たないコンピューターにおいては、そもそもその作用をささえる基盤が、物理的にも、論理的にも、存在しないのである。コンピューターは文字どおりの幽霊の機械であり、そこには何もなく、たとえ見えたとしても、絵も、写真も文字も、実はそこに存在していない。そこにあらたにインプットしたものも、実は形も本質も持たず、形として見えるものも幻想に過ぎない。そのような幻想の絵や文字は、そもそもその表象作用をささえる「メディアの概念がない」のであるから、論理的には表象していないということになる。論理的に表象しているかどうかは、見えさえすればいいイメージにおいて、またテクストにおいても、ほとんどの作業にとって問題にはならない。しかし、人の魂を伝えることを第一の目的とする私信のテクストにおいては、その論理基盤は絶対的なものである。言い換えれば、シンボリックなものはシニフィアンが解体されるとまったく機能しない。メールは構造的に表象作用が壊れているのである。

それにもかかわらず、われわれがメールを日常的に書き、読むことができるのは、これはもう過去の記憶の上にのった、習慣と惰性によるものにほかならない。現代においては幻想を受け入れ、それに従うことが、求められており、その上にすべてが築かれていく。たとえキットラーが憂えるように世界の破滅に向かっているとしても、複雑な現代社会において、コンピューターやメールを手放すことはもはや不可能である。それゆえ議論は、メールより手紙がいい、メールをやめるべきである、というものではない。われわれに必要なことは、メールは手紙ではないということを知ることであり、そのうえで、手紙がいかなる意味を持つかを再確認すべきである。

手紙の再確認とは、郵便事業の代弁でも、封筒や便箋、筆記器具の美を主張することでも、「手で文字を書くと脳を活性化する」というポピュラー・サイエンスに乗じることでもない。そのすべてが意味のないことではないし、特に最後の項については、手と脳は直結している、同じ手紙を書いても、コンピューターや携帯電話のメールを書く場合には前頭葉はほとんど活動しないのに対し、紙に手書きで書く場合は非常に活発に活動するという、興味深いことが知られている。しかし、より重要なことは、ひとつは精神論じみているが、手紙には手紙にしか伝えられないものがあるということ、さらには、ここにおいて強調したいことであるが、手紙が文学の本質を表すということである。

手紙が文学の本質であると論ずること、ネット時代に文学は可能であろうかと問うことは、必ずしも手紙とメールの差異の問題とは同じではないように見える。文学そのものは、口承文学もありえたし、印刷技術が生まれて以来、手書きで流布されることはないからである。文学には無名性もありうるし、言うまでもなく媒体よりも中身が重要である。しかし、ここにおいても、ものと、ものをめぐる人の作用を考慮に入れねばならない。デジタル文学に疑問を持つのは、何もノスタルジックに書物の実用的、美学的形態を惜しむことではない。「かく」ことのないウェブ上では、ひとが手紙を書くように書く文学が可能とは思われないということである。手紙が文学を作ったということは、文学とは手紙における広義の書くということ、人生の跡を刻み込み、行為として読者に向けて送り出すというシステムなのだということである。それはひとの心が、ものとそのものに関わるひとを織り込んだ形を保持して、またものとして現れるということである。デジタル文学には、独自の機能的特性によって、何か今までにない性質が加わっているかもしれない。しかしそれはこれまでの文学が持っていた、「手」と「紙」の要素を欠くことで、これまでの書かれた文学にあったものを失った文学になったという危惧を感じる。

アメリカ文学も、ウェブ文学に変わっていくのだろうか。手紙に関するアメリカ小説の歴史をゆるやかにたどってきたが、アメリカ文化の特徴は、とりわけ人の移動が重要な要素となっていると同時に、テクノロジーの発達を担ってきたということでもある。メディア・テクノロジーもその一部であり、今後の文学の変遷も必然的な道筋なのかもしれない。しかしながら、少なくとも今日までのアメリカ文学、とくに小説において、手紙すなわち書くことが持つ意義がいかに大きいかは、これまで見てきたとおりである。このように、手紙と小説の関係をほぼ時間に沿って述べたからといって、手紙がアメリカ小説史を決定したなどとはとても言えない。しかし少なくとも、小説の形成に関わったように、手紙がアメリカ小説史のそれぞれのフェイズに深く関わり、これ重要な意味を持っていたことは、示されているのではないだろうか。そしてそれと同時に、これらの作品で展開された手紙の諸相に、手紙の、そして「書くこと」の意義をもう一度考えてみることはできないだろうか。

あとがき

はじめて手紙について考えるきっかけを与えられたのは、フォークナーの『アブサロム、アブサロム！』論を書いたときに取り上げた、ジュディスの手紙によってだった。そこには、手紙と、書くことと、文学と、アメリカとのすべてがあった。その後ヘンリー・ジェイムズを論じたときにも、作品に多くの手紙があることに気がついた。そして、本気で手紙を研究しようと決心し、アメリカ小説の他の作品をそのつもりで眺めたとき、多くの作品で手紙が重要な意味を持つことを知った。こうしてそれらさまざまな様態の手紙、あるいはさまざまな手紙の側面を、扱っていくようになったのである。さらにこの時期は、自分自身が多くの手紙を書いた時期と重なり、短期間に手紙――ファックス――メールへの推移を経験した。そしてその途中で、宣教師の書簡にも出会った。そして今、薄い便箋の裏表、縁までびっしりと書かれ、長い時間をかけて日本からアメリカに届いた十九世紀の手紙と、簡単に、いくらでも書けて、同じアメリカにでも瞬時に届けることのできるメールとの、落差の大きさを思うのである。

宣教師の書簡というのは、筆者が偶然研究することになった日本在住の宣教師が本国に送った手紙であるが、その現物に触れたのはアメリカ西海岸のシアトルにおいてであった。その手紙群は十九世紀末に根室で書かれ、アメリカ東海岸ボストン近郊へと送られた。その後、別の州の子孫の手に渡り、保管されていたが、彼女の死後さらにその子孫であるパリ在住の友人のもとに送られた。友人から共同研究を持ちかけられて、その手紙のコピーをとるべく出会ったのが、二〇〇〇年、シアトルだったというわけである。そのときの、一〇〇年の時を経た手紙の束を手に取った感慨、思いと力と時間と移動を体現する、便箋をうめつくして書かれたこれらの手紙の紙と文字とインクの実感を、忘れることはできない。その後フランスに持ち帰られたこの手紙は、三世紀にまたがって、太平洋を一回、大西洋を三回越えたことになる。(アメリカ大陸内でもさらに移動し、書簡のある部分は、ニューヨーク州の図書館に納められている。そのコピーを含めるなら、もう一度太平洋を渡って、日本に戻った。)あるひとの思いが、心傾けて書いた文字や紙の形をとり、ひとからひとへと手わたされ、あるいはおそらく機械や乗り物をも経て、遠い距離を移動し、ときには海をわたり、そして長い時間を隔てて、宛先のひとへと、そのままの形で届くのである。そこには、書いたひとの思いだけではなく、そのものに触れたすべてのひとの人生と、かかった時間の歴史とが織り込まれる。この宣教師の手紙の場合、その移動は日米の交流史のみならず、より広範囲の世界の移動の時代を映し出していた。人間の移動と手紙との関わり、そしてアメリカとの関係にあらためて気づかされたのも、このときであった。

メールの問題は、実は本書を計画する当初から考えていた。手紙とメールの違いこそが、手紙について書かねばならないと思わせた要因のひとつであった。その機能に魅了され、現在では事実上メールなしには生活できないようになっているが、同時にその意味について懐疑的にならざるを得ない。それは、メールに実体、手紙独特のフェティッシュ性がないからである。宣教師の手紙が与えてくれたような移動や時間の織り込まれた「もの」の力がないからである。

今日、もはや電子メールをやめることは不可能であるが、手紙を書くことも、たぶんやめてはいけないのである。なぜなら、手紙とメールは似て非なるメディアであり、両者は本質的に異なるからである。いかに機能的にすぐれていても、そして一見手紙と同様に移動することばであるように見えても、電子メールは、手紙が人間と持つ関係と同じような関係を持つことは決してできないのである。やぎさんの場合のように、手紙は食べられるものでなくてはならない。

この書の出版に当たり、幸運にも福原記念英文学研究助成基金を受賞することができたことは、大きな励ましとなりました。関係者に深く謝意を表したいと思います。また、カバーデザインのために貴重な蔵書をお貸しくださいました志村正雄先生のご好意に、心から御礼申し上げます。この企画に興味を持ち、助言を与えてくださり、実現させてくださった南雲堂の原信雄氏にも、深く感謝いたします。そのほか、さまざまな形でささえてくださった多くの方々にも、この場を借りて御礼申し上げます。

二〇〇七年十月

時実早苗

初出一覧（英語論文はすべて抄訳、日本語論文は一部を書き換えて使用）

＊本書に引用した原典の翻訳はすべて著者によるものである。

第二章

2　文字は殺す

"The Letter Killeth: Literality and *The Scarlet Letter*" 千葉大学『人文研究』33, pp. 297–329, 2004.

3　手紙はだれのものか

"Its Rightful Owner: Ownership and Sending in 'The Purloined Letter' " 千葉大学『人文研究』31, pp. 305–39, 2002.

4　手紙は死なない

"A Letter is Not Dead: 'Bartleby' and a Theory of the Letter" 千葉大学『人文研究』29, 291–326, 2000.

第三章

2　そして手紙を破いた

"*Adventures of Huckleberry Finn* and the Problem of 'I' "『名古屋大学総合言語センター言語文化論集』V（2）, pp. 63–74, 1984.

3　日付も、挨拶も、署名もなく

「キャディの手紙」筑波大学『アメリカ文学評論』16, pp.1–9, 1998.

Faulkner and/or Writing. Liber Press, 1986.

第四章

3　ディアスポラは手紙を書けないか

"Letters, Diaspora, and Home in *The Color Purple*"　千葉大学『人文研究』35, pp. 117–49, 2006.

書誌

作品

Alcott, Louisa May. *Little Women*. London: J. M. Dent & Sons Ltd., 1997. 『若草物語』小林みき訳　ポプラ社　二〇〇六年。

Bantock, Nick. *The Venetian's Wife*. San Francisco: Chronicle Books, 1996.

Barth, John. *LETTERS*. Normal, Il: Dalkey Archive Press, 1994. 『レターズ』岩元巌・他訳　国書刊行会　二〇〇〇年。

Bellow, Saul. *Herzog*. Penguin Books, 1976. 『ハーツォグ』宇野利康訳　早川書房　一九八一年。

Brown, William Hill. *The Power of Sympathy, in The Power of Sympathy and The Coquette*. Penguin Books, 1996.

Carroll, Andrew, ed. *Letters of a Nation: A Collection of Extraordinary American Letters*. New York: Broadway Books, 1997.

Crèvecoeur, J. Hector St John de. *Letters from an American Farmer*. Oxford World's Classics, 1997. 「アメリカ農夫の手紙」秋山健他訳『クレヴクール』アメリカ古典文庫2　研究社出版　一九八二年。

Faulkner, William. *Absalom, Absalom!* New York: Modern Library, 1964. 『アブサロム、アブサロム！』高橋正雄訳　講談社　一九九八年。

——. *Flags in the Dust*. New York: Random House, 1973（*Sartoris*. New York: Harcourt, Brace, 1951）. 『サートリス』林信行訳　白水社　二〇〇四年。

——. *Soldiers' Pay*. New York: Washington Square Press, 1985. 『兵士の報酬』原川恭一訳　フォークナー全集

2　冨山房　一九七八年。
———. *The Sound and the Fury*. New York: The Modern Library, 1956. 『響きと怒り』平石貴樹他訳　岩波書店　二〇〇七年。

———. "There Was a Queen." *Collected Stories of William Faulkner*. New York: Random House, 1950. 「女王ありき」瀧川元男訳　『医師マーティノ他』フォークナー全集10　冨山房　一九七一年。

Foster, Hannah Webster. *The Coquette*, in *The Power of Sympathy and The Coquette*, Penguin Books, 1996.

Hawthorne, Nathaniel. *The Scarlet Letter*. Norton Critical Edition. New York: W. W. Norton & Company, 1988. 『緋文字』　八木敏雄訳　岩波書店　一九九二年。

James, Henry. "The Aspern Papers." *The Complete Tales of Henry James*. Vol. 6: 1884–1888. Ed. Leon Edel. London: Rupert Hart-Davis, 1963. 『アスパンの恋文』　行方昭夫訳　岩波書店　一九九八年。

———. "A Bundle of Letters." *The Complete Tales of Henry James*. Vol. 4: 1876–1882. Ed. Leon Edel. London: Rupert Hart-Davis, 1962.

———. *The Portrait of a Lady*. The New York Edition of Henry James. Vols. 4–5. New York: Charles Scribner's Sons, 1936. 『ある婦人の肖像』　行方昭夫訳　岩波書店　一九九六年。

———. "The Turn of the Screw." *The Complete Tales of Henry James*. Vol. 10: 1898–1899. Ed. Leon Edel. London: Rupert Hart-Davis, 1964. 『ねじの回転・デイジー・ミラー』　行方昭夫訳　岩波書店　二〇〇三年。

Lahiri, Jhumpa. *Interpreter of Maladies*. London: Flamingo, 1999. 『停電の夜に』　小川高義訳　新潮社　二〇〇三年。

Melville, Herman. "Bartleby, the Scrivener." *Billy Budd, Sailor and Other Stories*. Penguin Books, 1967. 「バートルビー」『幽霊船他一篇』　坂下昇訳　岩波書店　一九九八年。

———. *Moby-Dick*. New York: The Modern Library, 1952. 『白鯨』　八木敏雄訳　岩波書店　二〇〇四年。

———. "To Nathaniel Hawthorne." [16 April?] 1851. *Correspondence*. Vol. 14 of The Writings of Herman Melville: The Northwestern-Newberry Edition. Evanston: Northwestern University Press and The Newberry Library, 1933. 184–187.

Poe, Edgar Allan. *The Narrative of Arthur Gordon Pym*. Penguin Books, 1986. 「ナンタケット島出身のアーサー・ゴードン・ピムの物語」大西尹明訳 『ポオ全集』1 東京創元新社 一九六三年。

———. "The Purloined Letter." *Great Tales and Poems of Edgar Allan Poe*. New York: Washington Square Press, 1970. 『盗まれた手紙』 富士川義之訳 国書刊行会 一九八九年。

Pynchon, Thomas. *The Crying of Lot 49*. New York: Harper Collins, 1999. 『競売ナンバー49の叫び』 志村正雄訳 筑摩書房 一九九二年。

Salinger, J. D. "Hapworth 16, 1924." *New Yorker* June 19: 1965. 32–113. 『ハプワース 16 1924』 原田敬一訳 荒地出版 一九九七年。

Twain, Mark. *Adventures of Huckleberry Finn*. Indianapolis: The Bobbs-Merrill Company, Inc., 1967. 『ハックルベリー・フィンの冒険』 西田実訳 岩波書店 一九七七年。

Updike, John. *S*. New York: Penguin Books, 1988.

Walker, Alice. *The Color Purple*. New York: Pocket Books, 1982. 『カラーパープル』 柳沢由実子訳 集英社 一九八六年。

Webster, Jean. *Daddy-Long-Legs*. London: Hodder and Stoughton Ltd., 1958. 『あしながおじさん』 谷口由美子訳 岩波書店 二〇〇二年。

West, Nathanael. "Miss Lonelyhearts." *Nathanael West: Novels and Other Writings*. New York: Library of America, 1997. 55–126. 「孤独な娘」 丸谷才一訳 『世界文学全集——20世紀の文学』 集英社 一九六六年。

1　手紙と手紙性に関する批評

Altman, Janet Gurkin. *Epistolarity: Approaches to a Form*. Columbus: Ohio State University Press, 1982.

Bower, Anne. *Epistolary Responses: The Letter in 20th-Century American Fiction and Criticism*. Tuscaloosa: The University of Alabama Press, 1997.

Chartier, Roger, Alain Boureau, and Cecile Dauphin. *Correspondence: Models of Letter Writing from the Middle Ages to the Nineteenth Century*. Trans. Christopher Woodall. Cambridge: Polity Press, 1997.

Cook, Elizabeth Heckendorn. *Epistolary Bodies: Gender and Genre in the Eighteenth-Century Republic of Letters.* Stanford: Stanford University Press, 1996.

Davidson, Cathy N. *Revolution and the Word: The Rise of the Novel in America*. NewYork: Oxford University Press, 1986.

Decker, William Merrill. *Epistolary Practice: Letter Writing in America before Telecommunications*. Chapel Hill: University of North Carolina Press, 1998.

Derrida, Jacques. *The Post Card: From Socrates to Freud and Beyond*. Trans. Alan Bass. Chicago: University of Chicago Press, 1987.

———. "The Purveyor of Truth." Trans. Alan Bass. Muller, 173–212.

———. *Writing and Difference*. Trans. Alan Bass. The University of Chicago Press, 1978.

Fuller, Wayne E. *The American Mail: Enlarger of the Common Life*. Chicago: The University of Chicago Press,

1972.
Gilroy, Amanda and W. M. Verhoeven, eds. *Epistolary Histories: Letters, Fiction, Culture*. Charlottesville: University Press of Virginia, 2000.
Goldberg, Jonathan. *Writing Matter: From the Hands of the English Renaissance*. Stanford: Stanford University Press, 1990.
Goldsmith, Elizabeth, ed. *Writing the Female Voice: Essays on Epistolary Literature*. Boston: Northeastern University Press, 1989.
Hewitt, Elizabeth. *Correspondence and American Literature, 1770–1865*. Cambridge: Cambridge University Press, 2004.
John, Richard. R. *Spreading the News: The American Postal System from Franklin to Morse*. Cambridge, Ma: Harvard University Press, 1995.
Kauffman, Linda S. *Discourses of Desire: Gender, Genre and Epistolary Fictions*. Ithaca: Cornell University Press, 1986.
———. *Special Delivery: Epistolary Models in Modern Fiction*. Chicago: University of Chicago Press, 1992.
Muller, John P. and William J. Richardson, eds. *The Purloined Poe: Lacan, Derrida, and Psychoanalytic Reading*. Baltimore: The Johns Hopkins University Press, 1988.
Richard, Claude. *American Letters*. Trans. Carol Mastrangelo Bove. Philadelphia: University of Pennsylvania Press, 1987.
Siegert, Bernard. *Relays: Literature as an Epoch of the Postal System*. Trans. Kevin Repp. Stanford: Stanford University Press, 1999.
Simon, Sunka. *Mail-Orders: The Fiction of Letters in Postmodern Culture*. New York: State University of New

York Press, 2002.
Watson, Nicola J. *Revolution and the Form of the British Novel, 1790–1825 : Intercepted Letters, Interrupted Seductions*. Oxford: Clarendon Press, 1994.
大井浩二 『手紙の中のアメリカ』〈新しい共和国〉の神話とイデオロギー　東京、英宝社　一九九六年。
東浩紀 『存在論的、郵便的』ジャック・デリダについて　東京、新潮社　一九九八年。

2　その他の批評

第1章

Baym, Nina. *American Women of Letters and the Nineteenth-Century Sciences: Styles of Affiliation*. New Brunswick, New Jersey: Rutgers University Press, 2002.
———. *Woman's Fiction: A Guide to Novels by and about Women in America 1820-70*. 2nd Edition. Urbana: University of Illinois Press, 1993.
Kerber, Linda K. *Toward an Intellectual History of Women*. Chapel Hill: The University of North Carolina Press, 1997.
Kolodny, Annett. *The Lay of the Land*. Chapel Hill: The University of North Carolina Press, 1975.
Lawrence, D. H. *Studies in Classic American Literature*. Penguin Books, 1981. 『アメリカ古典文学研究』　大西直樹訳　講談社　一九九〇年。
Lawson-Peebles, Robert. *Landscape and Written Expression in Revolutionary America: The World Turned Upside Down*. Cambridge: Cambridge University Press, 1988.

Looby, Christopher. *Voicing America: Language, Literary Form and the Origins of the United States*. Chicago: University of Chicago Press, 1996.
Manning, Susan. Introduction. *Letters from an American Farmer*. By Crèvecoeur. Oxford World Classics, 1997.
Mulford, Carla. Introduction. *The Power of Sympathy and The Coquette*. By Brown. Penguin Books, 1996.
Showalter, Elaine. *Sister's Choice: Tradition and Change in American Women's Writing*. Oxford: Oxford University Press, 1991. 『姉妹の選択』 佐藤宏子訳　みすず書房　一九九六年。
Warner, Michael. *The Letters of the Republic: Publication and the Public Sphere in Eighteenth-Century America*. Cambridge. Ma: Harvard University Press, 1990. Chapter 1.

第11章

Bercovitch, Sacvan. *The Office of The Scarlet Letter*. Baltimore: The Johns HopkinsUniversity Press, 1991.
Berlant, Lauren. *The Anatomy of National Fantasy: Hawthorne, Utopia, and Everyday Life*. Chicago: The University Chicago Press, 1991.
Bloom, Harold, ed. *Herman Melville's* Billy Budd, "*Benito Cereno,*" "*Bartleby the Scrivener,*" *and Other Tales*. New York: Chelsea House Publishers, 1986.
Bonaparte, Marie. "Selections from The Life and Works of Edgar Allan Poe: A Psycho-analytic Interpretation." Muller. 101–132.
Bretzius, Stephen. "The Figure-Power Dialectic: Poe's 'Purloined Letter,' " *MLN* 110.4 (1995): 679–691.
Brown, Gillian. "Hawthorne, Inheritance, and Women's Property," *Studies in the Novel* 23.1 (spring 1991): 107–118.
Carlson, Eric W. ed. *The Recognition of Edgar Allan Poe: Selected Criticism since 1829*. Ann Arbor: The

University of Michigan Press, 1969.

Chase, Richard. *Herman Melville: A Critical Study*. New York: McMillan, 1949.

Chambers, Ross. "Narratorial Authority and 'The Purloined Letter.' " Muller. 285–306.

Colacurcio, Michael. "Introduction: The Spirit and the Sign," *New Essays on* The Scarlet Letter. Ed. Michael Colacurcio. London: Cambridge University Press, 1985, 1–28.

——. " 'The Woman's Own Choice': Sex, Metaphor, and Puritan 'sources' of *The The Scarlet Letter*," *New Essays on* The Scarlet Letter. Ed. MichaelColacurcio. London: Cambridge University Press, 1985. 101–136.

Crain, Patricia. *The Story of A: The Alphabetization of America from The New England Primer to* The Scarlet Letter. Stanford: Stanford University Press, 2000.

de Man. Paul. *Allegories of Reading*. New Haven: Yale University Press, 1970.

Derrida, Jacques. "The Purveyor of Truth." Trans. Alan Bass. Muller. 173–212.

Feidelson, Jr. Charles. *Symbolism and American Literature*. Chicago: The University of Chicago Press, 1953, 1981 『象徴主義とアメリカ文学』 山岸康司他訳 旺史社 一九九一年。

Felman, Shoshana. "Turning the Screw of Interpretation." *Literature and Psychoanalysis: The Question of Reading: Otherwise*. Ed. Felman. Baltimore: The Johns Hopkins University Press, 1982.

——. "On Reading Poetry: Reflections on the Limits and Possibilities of Psychoanalytic Approaches." Muller. 133–156.

Gallop, Jane. "The American Other." Muller. 268–282.

Garland, David E. *The New American Commentary*, Vol. 29, 2 Corinthians. Nashville: Broadman & Holmer Publishers, 1999.

Gutbrodt, Fritz. "Poedelaire: Translation and the Volatility of the Letter," *Diacritics* 22, 3–4, (1992): 49–68.

Gutjahr, Paul C. and Megan L. Benton, eds. *Illuminating Letters: Typography and Literary Interpretation*. Amherst: University of Massachusetts Press, 2001.

Harvey, Ronald C. *The Critical History of Edgar Allan Poe's* The Narrative of Arthur Gordon Pym: "*A Dialogue with Unreason*." New York: Garland Publishing, Inc., 1998.

Herbert, T. Walter. *Dearest Beloved: The Hawthornes and the Making of the Middle-Class Family*. Berkeley: University of California Press, 1993.

Hoffman, Daniel. *Poe*. Baton Rouge: Louisiana State University Press, 1972.

Holland, Norman N. "Re-covering 'The Purloined Letter': Reading as a Personal Transaction." Muller. 307–322.

Inge. M. Thomas. *Bartleby the Inscrutable. A Collection of Commentary on Herman Melville's Tale* "*Bartleby the Scrivener*." Hamden, Connecticut: Arehon Books, 1970.

Irwin, John, T. *American Hieroglyphics: The Symbol of the Egyptian Hieroglyphics In the American Renaissance.* Baltimore: Johns Hopkins University Press, 1983.

———. "Mysteries We Reread, Mysteries of Rereading: Poe, Borges, and the Analytic Detective Story; Also Lacan, Derrida, and Johnson," *MLN* 101. 5 (1986): 1168–1215.

Jackson, Leon. " 'The Italics Are Mine': Edgar Allan Poe and the Semiotics of Print," Gutjahr and Megan L. Benton. 139–161.

Jay, Gregory S. "Poe: Writing and the Unconscious," *Bucknell Review* 28 (1983): 144–169.

John, Richard R. "The Lost World of Bartleby, the Ex-officeholder: Variations on a Venerable Literary Form." *The New England Quarterly* (December 1981): 631–641.

Johnson, Barbra. "The Frame of Reference: Poe, Lacan, Derrida." Muller. 213–251.

Korobkin, Laura Hanft. "*The Scarlet Letter* and the Law: Hawthorne and Criminal Justice," *Novel* 30. 2 (Winter

1997), 193–217.

Kuebrich, David. "Melville's Doctrine of Assumptions: The Hidden Ideology of Capitalist Production in 'Bartleby.'" *The New England Quarterly* 69.3 (September 1996): 381–405.

Lacan, Jacques. "Seminar on 'The Purloined Letter.'" Trans. Jeffrey Mehlman. Muller. 28–54.

———. *Ecrits I*. Paris: Edtions du Seuil, 1969. 『エクリ』 宮本忠雄他訳 弘文堂 一九七二年。

MacCall, Dan. *The Silence of Bartleby*. Ithaca: Cornell University Press, 1989.

MacLean, Gerald. "Re-siting the Subject," Gilroy, Amanda and W. M. Verhoeven. 2000.

Miller. J. Hillis. *Versions of Pygmalion*. Cambridge, Ma: Harvard Univiersity Press, 1990.

Parker, Hershel. "The 'Sequel' in 'Bartleby.'" Inge. 159–165.

Railton, Stephen. "The Address of The Scarlet Letter." *Readers in History: Nineteenth-Century American Literature and the Contexts of Response*. Ed. James. L. Machor. Baltimore: The Johns Hopkins University Press, 1993, 138–63.

Renker, Elizabeth. *Strike Through the Mask: Herman Melville and the Scene of Writing*. Baltimore: The Johns Hopkins University Press, 1998.

Rovit, Earl. "Purloined, Scarlet, and Dead Letters in Classic American Fiction," *Sewanee Review* 96. 3 (Summer 1998); 96(3): 418–432

Rowe, John Carlos. *Literary Culture and U. S. Imperialism: From the Revolution to World War II*. Oxford: Oxford University Press, 2000.

———. "Poe, Antebellum Slavery, and Modern Criticism," *Poe's Pym: Critical Explorations*. Ed. Richard Kopley. Durham: Duke University Press, 1992, 117–138.

———. *Through the Custom-House: Nineteenth-Century American Fiction and Modern Theory*. Baltimore: The

Johns Hopkins University Press, 1982.
———. *The Theoretical Dimensions of Henry James*. Madison: The University of Wisconsin Press, 1984.
Schehr. Lawrence R. "Dead Letters: Theories of Writing in Bartleby the Scrivener." *Enclitic* 7. 1 (1983): 96–103.
Weinauer, Ellen. "Considering Possession in *The Scarlet Letter*," *Studies in American Fiction* 29. 1 (Spring 2001): 93–112.
Weisbuch, Robert. *Atlantic Double-Cross: American Literature and British Influence in the Age of Emerson*. Chicago: University of Chicago Press, 1986.
Williams, Michael J. S. A. *World of Words: Language and Displacement in the Fiction of Edgar Allan Poe*. Durham: Duke University Press, 1988.

第三章

Blair, Walter. *Mark Twain & Huck Finn*. Berkeley: University of California Press, 1960.
Cox, James. *Melville. Mark Twain: the Fate of Humor*. Princeton, N. J.: Princeton University Press, 1966.
Duncan, Jeffrey L. "The Problem of Language in 'Miss Lonelyhearts.'" *Nathanael West*. Ed. Harold Bloom. New York: Chelsea House Publishers, 1986. 145–156.
Holland, Laurence B. "A 'Raft of Trouble.'" *American Realism: New Essays*. Ed. Eric J. Sundquist. Baltimore: The Johns Hopkins University Press, 1982. 66–81.
Jehlen, Myra. "Banned in Concord: *Adventures of Huckleberry Finn* and Classic American Literature." *The Cambridge Companion to Mark Twain*. Ed. Forrest G. Robinson. Cambridge: Cambridge University Press, 1995. 93–115.
Jones, Beverly. "Shrike as the Modernist Anti-hero in Nathanael West's *Miss Lonelyhearts*." *Modern Fiction Studies*

36. 2 (Summer 1990): 218–224.
Lynch, Richard P. "Saints and Lovers: *Miss Lonelyhearts* in the Tradition." *Studies in Short Fiction* 31(1994): 225–35.
Millgate, Michael. *The Achievement of William Faulkner*. New York: Random House, 1966.
Mortimer, Gail L. *Faulkner's Rhetoric of Loss: A Study in Perception and Meaning*. Austin: University of Texas Press, 1983.
Richter, David H. "The Reader as Ironic Victim." *Novel* 14. 2 (Winter 1981): 135–151.
Sartre, Jean-Paul. "Time in Faulkner: The Sound and the Fury." *William Faulkner: Three Decades of Criticism*. Ed. Frederick J. Hoffman and Olga W. Vickery. New York: Harcourt, Brace & World, Inc., 1963. 225–232.
Smith, Henry Nash. *Mark Twain: The Development of a Writer*. New York: Atheneum, 1974.
Watson, James G. *William Faulkner, Letters and Fictions*. Austin: University of Texas Press, 1987.

第四章

Abbandonato, Linda. "A View from 'Elsewhere': *Subversive Sexuality and the Rewriting of the Heroine's Story in* The Color Purple." *PMLA* 106 (October1991), 1106–1115.
Berlant, Lauren. "Race, Gender, and Nation in *The Color Purple*." Bloom(2000). 3–27.
Bloom, Harold. Ed. *Alice Walker: Modern Critical Views*. New York: Chelsea House Publishers, 1989.
———. ed. *Alice Walker's* The Color Purple. Philadelphia: Chelsea House Publishers, 2000.
Bower, Anne. "Restoration and In-gathering —— *The Color Purple*." *Epistolary Responses: The Letter in 20th-Century American Fiction and Criticism*. Tuscaloosa: The University of Alabama Press, 1997. 59–77.
Cooper, Peter L. *Signs and Symptoms: Thomas Pynchon and the Contemporary World*. Berkeley: University of

California Press, 1983.

Gates, Jr. Henry Louise. "Color Me Zora: Alice Walker's (Re)Writing of the Speakerly Text." *The Signifying Monkey: A Theory of Afro-American Literary Criticism*. Oxford: Oxford University Press, 1988. 239–258.

Hall, Chris. " 'Behind the Hieroglyphic Streets': Pynchon's Oedipa Maas and the Dialectics of Readings. " *Critique: Studies in Contemporary Fiction* 33. 1(1991): 63–77.

Harris, Oliver. "Out of Epistolary Practice: E-Mail from Emerson, Post-Cards to Pynchon." *American Literary History* (2001): 158–168.

Hutcheon, Linda. *A Poetics of Postmodernism: History, Theory, Fiction*. London: Routledge, 1988.

———. *A Theory of Parody: The Teaching of Twentieth-Century Art Forms*. Urbana: University of Illinois Press, 1985.『パロディの理論』 辻麻子訳 未来社 一九九三年。

Jameson, Fredric. *Postmodernism, or, the Cultural Logic of Late Capitalism*. Durham: Duke University Press, 1991.

Karla, Virinder S, Raminder Kaur and John Hutnyk. *Diaspora and Hybridity*. London: Sage Publications Ltd., 2005.

King, C. Richard, ed. *Postcolonial America*. Urbana: University of Illinois Press, 2000.

Lauret, Maria. *Alice Walker*. New York: St. Martin's Press, 2000.

O'Donnell, Patrick, ed. *New Essays on* The Crying of Lot 49. Cambridge: Cambridge University Press, 1991.

Palmeri, Frank. "Neither Literally nor as Metaphor: Pynchon's *the Crying of Lot 49* and the Structure of Scientific Revolutions." *ELH* 54. 4 (1987): 979–999.

Schaub, Thomas. *Pynchon: The Voice of Ambiguity*. Urbana: University of Illinois Press, 1980.

Seed, David. "Media Systems in *The Crying of Lot 49*." *American Postmodernity: Essays on the Recent Fiction of Thomas Pynchon*. Ed. Copestake, Ian d. Bern: Peter Lang, 2003.

Sharpe, Jenny. "Is the United States Postcolonial? : Transnationalism, Immigration, and Race." *Diaspora* 1. 1 (1995): 181–199.

Smith, Amanda. *An Autobiography: The Story of the Lord's Dealings with Mrs. Amanda Smith, the Colored Evangelist*. New York: Oxford University Press, 1988.

Tanner, Tony. *Thomas Pynchon*. London: Methuen, 1982.

Williams, Carolyn. "Trying To Do Without God": The Revision of Epistolary Form in *The Color Purple*." *Writing the Female Voice: Essays on Epistolary Literature*. Ed. Elizabeth C. Goldsmith. Boston: Northeastern University Press, 1989. 274–284.

終章

Kittler, Friedrich A. *Gramophone, Film, Typewriter*. Trans. Geoffrey Winthrop-Young and Michael Wutz. Stanford: Stanford University Press, 1999. 『グラモフォン　フィルム　タイプライター』石光泰夫他訳　筑摩書房　二〇〇六年。

石川九楊　『筆触の構造・書くことの現象学』　筑摩書房　二〇〇三年。

Dust） 163
「手紙の束」（"A Bundle of Letters"） 60-70
『特別配達便』（*Special Delivery*） 32,33
『トム・ソーヤーの冒険』（*The Adventures of Tom Sawyer*） 152,159
「盗まれた手紙」（"The Purloined Letter"） 17,84,85,103,112-126,162,164
「『盗まれた手紙』講義」（"Seminar on 'The Purloined Letter' "） 84,112
『盗まれたポー』（*The Purloined Poe*） 112,114
「ねじの回転」（"The Turn of the Screw"） 32,89-92,204
『葉書』（*The Post Card*） 113,201,217
『ハーツォグ』（*Herzog*） 196
「バートルビー」（"Bartleby,the Scrivener"） 17,85,103,127-139,207
『ハックルベリー・フィンの冒険』（*Adventures of Huckleberry Finn*） 149,150-160
「ハップワース16 1924年」（"Hapworth 16,1924"） 202-207
『パメラ』（*Pamela*） 48,52,184
『響きと怒り』（*The Sound and the Fury*） 161,165-169
『緋文字』（*The Scarlet Letter*） 17,85,93-111,197
「『緋文字』の宛先」（"The Address of The Scarlet Letter'） 103
『「緋文字」の役目』（*The Office of The Scarlet Letter*） 108
「瓶の中の手紙」（"MS. Found in a Bottle"） 124
『兵士の報酬』（*Soldiers' Pay*） 162
『ポルトガル文』（*Portuguese Letters*） 30,58
「ミス ロンリーハーツ」（"Miss Lonelyhearts"） 149,181-192
『モウビ・ディック』（*Moby-Dick*） 133
『欲望の言説』（*Discourses of Desire*） 30,33
『ライ麦畑で捕まえて』（*The Catcher in the Rye*） 202
『リトル・ウィメン（若草物語）』（*Little Women*） 10
『レターズ』（*LETTERS*） 202,207-217
『ロット49の叫び』（*The Crying of Lot 49*） 19,236-248

ホーソン（Nathaniel Hawthorne） 17,60,82,83,92,93-111,197,215
ミラー（J. Hillis Miller） 135
メルヴィル（Herman Melville） 18, 60,82,83,92,103,127-139
ラカン（Jacques Lacan） 84,112, 113,115,118,122
ラクロ（Pierre Ambroise François Choderlos de Laclos） 26
ラヒリ（Jhumpa Lahiri） 11
リシャール（Claude Richard） 84, 85
リチャードソン（Samuel Richardson） 49
ロヴィット（Earl Rovit） 103
ロレンス（D. H. Lawrence） 35
ワトソン（James Watson） 161

書名

『S.』（*S.*） 196,197
『アーサー・ゴードン・ピムの物語』（*The Narrative of Arthur Gordon Pym*） 124
『あしながおじさん』（*Daddy-Long-Legs*） 60,70-79
「アスパンの手紙」（"The Aspern Papers"） 88,89
『アブサロム・アブサロム！』（*Absalom, Absalom!*） 161,170-180, 207,263
『アメリカの象形文字』（*American Hieroglyphics*） 84
『アメリカの文字』（*American Letters*） 84
『アメリカン・シーン』（*The American Scene*） 64
『アメリカ古典文学研究』（*Studies in Classic American Literature*） 35
『アメリカ人農夫からの手紙』（*Letters from an American Farmer*） 16,35-45
『ある貴婦人の肖像』（*The Portrait of a Lady*） 144
『ウィリアム・フォークナー、手紙と虚構』（*William Faulkner, Letters and Fictions*） 161
『ヴェニス人の妻』（*The Venetian's Wife*） 254
『お化け屋敷で迷って』（*Lost in the Funhouse*） 213
『危険な関係』（*Les Liaisons dangereuses*） 26
『カラー・パープル』（*The Color Purple*） 218-235
『クラリッサ』（*Clarissa*） 48,52, 184
『国民の手紙』（*Letters of a Nation*） 252
『コケット』（*The Coquette*） 46-58,63,77
『三人のマリア――新ポルトガル文』（*Three Marias: New Portuguese Letters*） 30
『ジェーン・エア』（*Jane Eyre*） 30-31
「視点」（"The Point of Views"） 61
『象徴主義とアメリカ文学』（*Symbolism and American Literature*） 84
「女王ありき」（"There Was a Queen"） 164
『書簡の歴史』（*Epistolary Histories*） 33
『書簡体』（*Epistolarity: Approaches to a Form*） 26
「真実の配達人」（"The Purveyor of Truth"） 113,201,217
「セン夫人宅」（"Mrs. Sen's"） 11
『親和力』（*The Power of Sympathy*） 46,49,53,55,58
『塵にまみれた旗』（*Flags in the*

索　引

人名

アーウィン　(John Irwin)　84
東浩紀　201
アップダイク　(John Updike)　196, 197
アルトマン　(Janet G. Altman)　26-29, 30 33
ヴァーホウヴェン　(W. M. Verhoeven) 26
ウェスト　(Nathanael West)　149, 181-192
ウェブスター　(Jean Webster)　60, 70-79
ウォーカー　(Alice Walker)　201, 218-235
オースター　(Paul Auster)　195
オルコット　(Louisa May Alcott) 10
カウフマン　(Linda S. Kauffman) 26, 30-33
カウリー　(Malcolm Cowley)　161
キットラー　(Friedrich A. Kitler) 256, 259
ギブソン　(Charles Dana Gibson) 21
ギュイアール　(Adélaïde Labille-Guiard)　209
ギルロイ　(Amanda Gilroy)　26, 33
クレヴクール　(J. Hector St. John de Crèvecoeur)　16, 35-45
ケンブル　(E. W. Kemble)　141, 159
サリンジャー　(J. D. Salinger)　201, 202-207
サルトル　(Jean-Paul Sartre)　178
ジェイムズ　(Henry James)　18, 60, 61-70, 88, 89, 144, 145, 147, 204, 263
ジェイムソン　(Fredric Jameson) 194
タブマン　(William V. S. Tubman) 225
デ・リーロ　(Don DeLillo)　195
デュボイス　(W. E. B. DuBois)　225
デリダ　(Jacques Derrida)　112, 113, 120, 200, 201, 217, 241, 256
トウェイン　(Mark Twain)　149, 150-160
トドロフ　(Tzvetan Todorov)　30
バーコヴィッチ　(Sacvan Bercovitch) 108
バース　(John Barth)　195, 201, 207-217
ハッチオン　(Linda Hutcheon) 194
バフチン　(Mikhail Bakhtin)　30
バントック　(Nick Bantock)　254
ピンチョン　(Thomas Pynchon) 19, 195, 201, 236-248
ファイデルソン　(Charles Feidelson, Jr.)　84
フェルマン　(Shoshana Felman) 90,
フォークナー　(William Faulkner) 18, 149, 161-180, 263
フォスター　(Hannah Webster Foster)　46-59
ブラウン　(William Hill Brown) 46, 53
フランクリン　(Benjamin Franklin)　15
フロイト　(Sigmund Freud)　113, 256
ベロー　(Saul Bellow)　196
ホイットマン　(Walt Whitman)　84
ポー　(Edgar Allan Poe)　18, 60, 83, 84, 92, 112-126, 147

著者について

時実早苗（ときざね・さなえ）

東京教育大学大学院文学研究科修士課程修了。博士〈文学〉（一九九四年　筑波大学）現在、千葉大学大学院人文社会科学研究科教授。専門はアメリカ文学・文学理論。

著書　***Faulkner and/or Writing***（Liber Press, 一九八六年）、『文化のヘテロロジー』〈共著〉（リーベル出版、一九九五年）、***The Politics of Authorship***（Liber Press, 一九九六年）、『腐敗と再生』〈共著〉（慶應義塾大学出版会、二〇〇四年）。

翻訳　クリストファー・ノリス著『ポール・ド・マン――脱構築と美学イデオロギー』（法政大学出版局、二〇〇四年）ハンス・バーテンス他編『キーパーソンで読むポストモダニズム』〈共訳〉（新曜社、二〇〇五年）。

手紙のアメリカ

二〇〇八年二月二十五日　第一刷発行

著　者　時実早苗
発行者　南雲一範
装幀者　岡孝治
発行所　株式会社南雲堂
東京都新宿区山吹町三六一　郵便番号一六二―〇八〇一
電話　東京(〇三)三二六八―二三八四
振替口座　東京〇〇一六〇―〇―四六八六三
ファクシミリ　(〇三)三二六〇―五四二五
印刷所　壮光舎印刷株式会社
製本所　長山製本

落丁・乱丁本は、小社通販係宛御送付下さい。
送料小社負担にて御取替いたします。
〈IB-307〉〈検印廃止〉

ISBN978-4-523-29307-1　C 3098

亀井俊介の仕事/全5巻完結

各巻四六判上製

1＝荒野のアメリカ

アメリカ文化の根源をその荒野性に見出し、人、土地、生活、エンタテインメントの諸局面から、興味津々たる叙述を展開、アメリカ大衆文化の案内書であると同時に、アメリカ人の精神の探求書でもある。

２１２０円

2＝わが古典アメリカ文学

植民地時代から十九世紀末までの「古典」アメリカ文学を「わが」ものとしてうけとめ、幅広い理解と洞察で自在に語る。

２１２０円

3＝西洋が見えてきた頃

幕末漂流民から中村敬宇や福沢諭吉を経て内村鑑三にいたるまでの、明治精神の形成に貢献した群像を描く。比較文学者としての著者が最も愛する分野の仕事である。

２１２０円

4＝マーク・トウェインの世界

ユーモリストにして懐疑主義者、大衆作家にして辛辣な文明批評家。このアメリカ最大の国民文学者の複雑な世界に、著者は楽しい顔をして入っていく。書き下ろしの長篇評論。

４０００円

5＝本めくり東西遊記

本を論じ、本を通して見られる東西の文化を語り、本にまつわる自己の生を綴るエッセイ集。亀井俊介の仕事の中でも、とくに肉声あふれるものといえる。

２３００円

＊定価は税込価格です。